CARLO LUCARELLI

Der Kampfhund

Buch

»Pitbull« – das ist das letzte Wort, welches ein blutüberströmter Mann dem hilflosen Brigadiere Carrone noch zuflüstern kann, bevor er an den Folgen eines Sprengstoffattentats stirbt. Der Brigadiere ist verwirrt, denn warum sollten die Gedanken eines Sterbenden um eine Hunderasse kreisen. Auch Inspektorin Grazia Negro weiß darauf keine Antwort, und außerdem beschäftigen sie zurzeit ganz andere Dinge. In ihrem Privatleben herrscht Chaos, da sie sich ihrer Liebe zu dem blinden Simone nicht mehr sicher ist. Und auch beruflich steht sie unter erheblichem Druck, nachdem ein offensichtlich völlig lautloser Killer die von ihr observierten Personen während eines Abhöreinsatzes tötete. Doch Grazia Negro, die bei der »Mobile« in Bologna als Spezialistin für das Auffinden untergetauchter Mörder gilt, gibt so schnell nicht auf. Allerdings verhilft ihr erst eine Meldung des Studenten Alessandro zu einem ersten Anhaltspunkt. Alessandro hat im Internet zufällig einen Chat über Kampfhunde belauscht, in dem jedoch nicht über Hunde, sondern viel mehr über die Ermordung eines Menschen gesprochen wurde. Was bis zu diesem Zeitpunkt weder Alessandro noch Grazia Negro wissen können: Es gibt einen tödlich abgerichteten Kampfhund in menschlicher Gestalt. Er heißt Vittorio, und sein Markenzeichen ist ein Pitbull – und dies ist auch das Wort, unter dem man mit ihm im Internet Kontakt aufnehmen kann. Vittorio tötet, wenn man ihn darum bittet und angemessen entlohnt. Niemand kennt seine Identität, und niemals hat jemand sein wahres Gesicht gesehen, denn er ist ein Meister der Verkleidung und der Tarnung. Und er hat soeben einen neuen Auftrag erhalten …

Autor

Carlo Lucarelli, geboren 1960 in Parma, lebt in Mordano bei Bologna. Er ist Mitbegründer des literarischen Zirkels Gruppo 13, gibt eine Internetzeitschrift heraus, singt in einer Post-Punk-Band, schreibt neben Romanen auch Scripts für Comics und Videoclips und unterrichtet an der von Alessandro Baricco gegründeten Schule für kreatives Schreiben in Turin. Sein literarisches Werk wurde mehrfach preisgekrönt.

Von Carlo Lucarelli außerdem lieferbar

Der grüne Leguan. Roman (54150)
Schutzengel. Roman (54186)

Carlo Lucarelli

Der Kampfhund

Roman

Aus dem Italienischen
von Peter Klöss

GOLDMANN
MANHATTAN

Die Originalausgabe erschien 2000
unter dem Titel »Un giorno dopo l'altro«
bei Giulio Einaudi, Turin

Umwelthinweis:
Alle bedruckten Materialien dieses Taschenbuches
sind chlorfrei und umweltschonend.

Manhattan Bücher erscheinen im Wilhelm Goldmann Verlag, München,
einem Unternehmen der Verlagsgruppe Random House GmbH.

1. Auflage
Genehmigte Taschenbuchausgabe November 2003

Die Nutzung des Labels Manhattan
erfolgt mit freundlicher Genehmigung
des Hans-im-Glück-Verlags, München
Umschlaggestaltung: Design Team München
Umschlagfoto: Zefa
Satz: Uhl + Massopust, Aalen
Druck: Elsnerdruck, Berlin
Verlagsnummer: 54198
KvD · Herstellung: Sebastian Strohmaier
Made in Germany
ISBN 3-442-54198-0
www.goldmann-verlag.de

Meiner Mutter,
die ganz anders ist als diese hier

Pitbull ***(American pit bull terrier)***. Der P. entstand im 18. Jh. aus einer Kreuzung zwischen Bulldogge und Terrier und wurde aufgrund seiner Willensstärke und seines athletischen Körperbaus als Kampfhund eingesetzt. Nach dem Verbot von Hundekämpfen entwickelte er Wesenszüge wie Geselligkeit, Treue und Kameradschaftlichkeit. Gerät jedoch ein Jungtier an einen skrupellosen Abrichter, entwickelt der P. wieder jene Grausamkeit, die ihm seinen Ruf als »gefährlichster Hund der Welt« eingetragen hat.

Er musste mindestens zehn Meter weit geflogen sein, denn das immer noch brennende Auto stand viel weiter hinten, am Bürgersteig zwischen einem kleinen Lieferwagen mit gesprungener Windschutzscheibe und einem Volvo, dessen Kofferraumhaube von der Wucht der Explosion aufgerissen worden war. Wie aus einem Düsenjäger musste er mitsamt dem Sitz und allem durch das Glas katapultiert worden sein und sich im Flug überschlagen haben, denn er war auf dem Rücken gelandet, praktisch mitten auf der Kreuzung. Er hätte eigentlich tot sein müssen, weil die Bombe, die ihn aus dem Wagen geschossen hatte, ihm auf Höhe der Knie beide Beine abgerissen und den übrigen Körper bis auf die Knochen verbrannt hatte, aber nein, er lebte noch und klammerte sich an den weißen Schulterriemen von Brigadiere Carrone, klammerte sich mit aller Kraft daran, als ob er ihn strangulieren wollte. Er versuchte zu sprechen, seine Lippen kräuselten sich über den Zähnen, waren so angestrengt herabgezogen, dass in einem Mundwinkel eine Blase aus rotem Speichel wuchs. Mit dem verbliebenen offenen Auge starrte er den Brigadiere an, und dabei zog er und zog, und aus der verbrannten Kehle stieß er ein kratziges, angespanntes Gurgeln aus, als würde ihm die Lunge durch den Mund herausgerissen.

»Halt durch«, sagte der Brigadiere, »der Krankenwagen kommt gleich... Halt durch.« Er kam sich bescheuert vor; unglaublich bescheuert, dass er so zu einem Mann mit tödlichen Verbrennungen sprach, der keine Beine mehr hatte, und gleichzeitig reckte er sich möglichst weit nach hinten, solche Sachen war er gewöhnt, er war in Irpinia gewesen, nach dem Erdbeben dort, er hatte einen Einsatz *im Kosovo hinter sich, und er war in Capaci gewesen, wo sie Falcone und die Kollegen vom Personenschutz in die Luft gesprengt hatten, aber dieser Mann hier zog ihn immer weiter zu sich hin, zu dem eingefallenen und ausgetrockneten Mund, der schon fast der Mund eines Toten war; und doch war es kein Ekel, was er empfand. Es war Angst.*

Der Mann hörte auf zu ziehen, und seine Hände glitten über das rissige Leder des Carabinieri-Schulterriemens, wo sie eine rötlich-schwarze Spur hinterließen. Er hörte auf zu ziehen, als hätte er keine Kraft mehr, als wollte er sie sammeln und für etwas anderes aufsparen, und tatsächlich spannte er den Hals an und spuckte ein Knurren aus, das hart war wie ein Hustenanfall.

»Pitbull!«, rief er. »Pitbull!«

Brigadiere Carrone, der dachte, im Auto müsse wohl ein Hund sein, auf der Rückbank oder eingeschlossen im Kofferraum, sah sich nach der verkohlten Karosserie um, die von Garben wilder Flammen aufgebläht wurde, und er dachte, falls wirklich ein Hund da drin gewesen sein sollte, dann war er jetzt weiß Gott wo, die arme Kreatur, doch der Mann begann wieder, an seinem Schulterriemen zu ziehen, als hätte er gemerkt, was der andere dachte, dabei meinte er doch ganz etwas anderes, ganz etwas anderes. Da sah Brigadiere Carrone ihn an und dachte: Wie grausig es auch sein mag, einen Mann, der verbrannt und ohne Beine im Sterben liegt und immer noch etwas sagen will, muss man anhören, deshalb sträubte er sich nicht länger und ließ sich zu jenem Mund hinziehen, so heftig, dass seine Wange gegen die Zähne stieß.

Er lauschte einem abgehackten, tonlosen Krächzen, das kaum zu verstehen war. So versunken war er, dass er nicht bemerkte, dass die Sanitäter eingetroffen waren, einer hatte ihn an der Schulter gepackt und versuchte ihn von dem Mann loszureißen.

»Halt!«, rief der Brigadiere. »Halt!«, rief er noch einmal und

breitete die Arme aus, um den Sanitäter zurückzuhalten, der ihn bedrängte.

»Wie, halt?«, entgegnete dieser. »Was soll das heißen?«

»Das soll heißen, dass ihr kurz warten sollt«, sagte der Brigadiere. Er steckte die Hand in die Jackenöffnung, unter den blutverschmierten Schulterriemen, und suchte nach Stift und Notizbuch.

»Ihr beide seid Zeugen«, sagte er, während er auf den Kugelschreiberknopf drückte. »Wir nehmen jetzt ein Protokoll auf.«

Es gibt eine Stille voller Geräusche, die sich gegenseitig aufheben. Dann nämlich, wenn die Geräusche unbestimmt werden, so konstant und monoton, dass sie keine Aufmerksamkeit mehr erregen. Ein Rauschen manchmal, das leise Brummen eines Autoradios zum Beispiel, bei dem schon wer weiß wie lange kein Sender mehr eingestellt ist, das nichts mehr empfängt, erst hat es noch in den Ohren gekratzt, aber irgendwann schließlich war es so, als hätte es tief drinnen so lange geschabt, dass das Trommelfell unempfindlich geworden ist, wie betäubt. Oder das eintönige und dumpfe Tuckern des Automotors, der wer weiß wie lange schon mit derselben Geschwindigkeit und im selben Gang läuft, obwohl sein kompaktes Keuchen vorher ab und zu von einem schrilleren Seufzer unterbrochen worden war, dem Seufzer eines Lagers im Hinterrad, der nur zu einer weiteren bedeutungslosen, ebenso dissonanten Note geworden war, so monoton, dass er nicht mehr existierte.

Schon wer weiß wie lange.

Durch die Lüftungsgitter kam ein Hauch Nachtluft herein, stimmlos wie ein Seufzer bei offenem Mund, und auch dieser verschmolz, vermischte sich mit der lärmenden kompakten Stille, die den Innenraum von Vittorios Wagen erfüllte, den ganzen Raum zwischen Fenstern, Boden und Dach. Sie schmiegte sich an ihn, rann wie schwarzes Quecksilber in seine Kleider, über die Haut, drang in Nase und Ohren ein, flüssig und fein, bis sie schließlich den Raum zwischen den Gehirnwindungen ausfüllte.

Er dachte: ich muss den Wagen in die Werkstatt fahren.

Klar und rund hallten die Wörter in seinem Kopf. Sie kitzelten sogar in der Kehle, wo die Zunge endete, pressten auf den Kehlkopf, als er sie stumm zusammenrollte, und prallten gegen den Gaumen, sonor und stimmlos.

Es gibt eine Stille, in der die Wörter, die man nicht ausspricht, lauter sind. Es lag nicht nur an der Geräuschlosigkeit um ihn oder daran, dass ihm die Stille der Einsamkeit Lippen, Zunge und Kehle bis hinunter zum Magen wie ein unbrauchbares, verstopftes Rohr versiegelt hatte. Es hatte mit dem Licht zu tun. An einem von Eis glitzernden Wintermorgen kann ein Schrei durchdringender und schneller sein als an einem Nebeltag. Im Sommer wiederum ist der Himmel an manchen Tagen so klar, dass man glaubt, der Blick reiche bis ans andere Ende der Welt, warum also nicht auch der Schall? Und auf dem Meer, wenn die Sonne ins Wasser taucht, gelangen sogar die Stimmen der fernen Boote bis zum Strand, als liefen sie über den Widerschein, hüpfend wie flach über die Wellen geschleuderte Steine. Mit den Stimmen ohne Klang hingegen, den Wörtern der Gedanken, verhält es sich genau andersherum.

Die brauchen die Dunkelheit.

Die Dunkelheit der Autobahn.

Bei Nacht ist die Autobahn schwarz. Hätten nicht die Scheinwerfer der Autos sie erleuchtet, hätte sie reglos und dunkel dagelegen wie ein unendlich langes, schlafendes Tier, die Mittellinie ein klein wenig heller, wie eine Kette von Wirbeln, die sich unter der Haut abzeichnen. Hätten seine Scheinwerfer sie nicht weit vor der Motorhaube zum Glitzern gebracht, besonders jetzt, da es gerade geregnet hatte, wären sie nicht rot und gelb von den Katzenaugen der Leitplanke reflektiert worden und hätten die LED-Anzeigen des Autoradios nicht nervös und grün an der Dunkelheit im Wageninnern gekratzt, das am Lenkrad, um seine Hände herum, vom blassen Licht der Instrumente erhellt wurde, wäre die Kontrolllampe des Reservetanks nicht gewesen, die ganz links in seinem Blickfeld orangefarben blinkte, wenn er eine Kurve fuhr, dann wäre alles schwarz gewesen, er, das Wageninnere, die Straße, die Luft, der Himmel und auch das Meer, wenn er daran entlangfuhr. Denn die Autobahn leuchtete nicht aus eigener Kraft. Wie der Mond.

In diesem seltsamen strahlenden, brummenden und kaum erleuchteten Zwielicht hörte er die Gedanken, seine Gedanken, am lautesten.

Er dachte: ich brauche einen Kaffee.

Das kam ihm gerade in den Sinn, als er das quadratische Hinweisschild der Raststätte sah, »Agip 500 Meter«, also trat er unvermittelt auf die Bremse und warf erst dann einen Blick in den Rückspiegel, um nachzusehen, ob jemand hinter ihm war. Es war jemand da, zwei Scheinwerfer, nicht so nah, dass sie ihn erfasst hätten, aber doch so nah, dass er schuldbewusst den Blinker setzte. Er bog zur Raststätte ein und löste den Sicherheitsgurt, der sich schnalzend bis zur Schulter aufwickelte. Der Parkplatz war klein, aber leer, deshalb steuerte er das gelbe Viereck an, das Behinderten vorbehalten war, und brachte den Wagen so zum Stehen, dass er vorn nicht gegen die Bordsteinkante schrammte. Erst als er den Motor ausstellte, bemerkte Vittorio den Mann.

Er war um die dreißig und kam lächelnd näher, eine Hand auf Brusthöhe in die Jeansjacke gesteckt. Er hob einen Finger und wedelte damit durch die Luft, als ob er Vittorios Aufmerksamkeit erregen wollte, dann zeigte er auf die Jacke, wobei er den Stoff über der verborgenen Hand berührte, und lächelte noch breiter, noch anzüglicher. Vittorio, der bereits die Tür geöffnet hatte, schüttelte den Kopf. Er stöpselte das Handy aus der Freisprechanlage unter dem Armaturenbrett und wollte dem Mann zeigen, dass er bereits ein Mobiltelefon besaß, danke, doch der breitete den freien Arm aus und ersetzte das Lächeln durch einen übertrieben enttäuschten, fast beleidigten Gesichtsausdruck, wobei er die Hand ganz öffnete und auf halber Höhe schweben ließ. Dann lächelte er wieder und hob den Finger, wie zuvor, so, als wollte er von vorn anfangen, weitermachen, bis einer von beiden nachgab. Vittorio seufzte. Er wollte gerade aussteigen und etwas zu ihm sagen, obwohl er noch nicht wusste, was, als der Mann ihm die freie Hand auf die Schulter legte, ihn zurück in den Wagen stieß und dabei die andere aus der Jacke zog. Er drückte die Klinge eines Schnappmessers gegen seine Wange, kalt und kantig, die Spitze kitzelte am Ende der Augenbraue. Vittorio hielt den Atem an und presste den Nacken in die Kopfstütze. Der Mann griff nach seiner Krawatte, wickelte sie sich ein paarmal um die Hand, damit er ihn besser im Griff hatte, und kroch halb in den Wagen.

Keinen Mucks. Wenn du schreist, stech ich dir das Auge aus. Vittorio machte keinen Mucks. Er schrie nicht. Er verhielt sich ruhig und vermied es, den anderen anzuschauen. An seinem Gürtel, vom Sakko verborgen, hatte er eine Pistole, aber er verschwendete keinen Gedanken daran, sie auch nur anzufassen. Er streckte eine Hand nach dem Musterkoffer aus, der auf der Rückbank lag, doch der Mann drückte das Messer noch fester gegen seine Wange. Vittorio presste sich noch stärker gegen das Leder der Kopfstütze. Im Außenspiegel konnte er den Wagen sehen, der ihm auf die Raststätte gefolgt war. Er stand neben seinem, der Motor lief, die Beifahrertür stand offen, und der Mann, der am Steuer saß, sah zu ihnen herüber. Der mit dem Messer löste die Hand aus der Krawatte, beugte sich über ihn und griff nach dem Musterkoffer. Vittorio dachte, er müsse mehr Angst zeigen, es könne vielleicht so aussehen, als hätte er nicht genug Angst.

Bitte. Bitte, tun Sie mir nichts. Und er schloss die Augen, aber nur halb, denn sie ganz zu schließen, traute er sich nicht.

Du kleines Arschloch. Du Scheißer. Ich hasse so feine Wichser wie dich.

Er holte den Koffer hervor, und dabei rammte er eine Ecke in Vittorios Jochbein, der aufstöhnte. Vittorio biss die Zähne zusammen, damit er still sitzen blieb und das Messer ihm nicht das Gesicht zerschnitt. Seine Augen begannen zu tränen, er musste sie schließen, es ließ sich nicht vermeiden.

Du rührst dich nicht von der Stelle. Warte, bis wir weg sind, bevor du aussteigst. Und pass auf, was du erzählst. Ich kenne deine Runde, und wenn ich will, krieg ich dich wieder. Dich haben wir schon eine ganze Weile auf dem Kieker, Arschloch.

Instinktiv hob Vittorio die Lider und sah hinter einem glänzenden Schleier, wie der Mann sich bewegte. Das Messer war weg, doch das kalte Gefühl auf seinem Gesicht war noch da.

Er dachte: wir haben dich auf dem Kieker.

Er musste nur einmal blinzeln, dann waren die Augen trocken. Er sah, wie sich das Gesicht des Mannes entfernte, wie die Schultern durch die Tür gezogen wurden und der Mann ihm den Rücken kehrte. Vittorio hatte eine Pistole unter dem Sakko, aber er verschwendete keinen Gedanken daran, sie auch nur anzufassen.

Er dachte: wir haben dich auf dem Kieker Arschloch.

Er warf einen Blick zur Raststätte hin, durch die Windschutzscheibe. Von dort aus konnte man ihre Ecke des Parkplatzes nicht sehen. Er senkte den Blick und sah den grünen Rücken eines Tuttocittà-Telefonbuchs im Seitenfach der halbgeöffneten Tür. Während er aus dem Wagen glitt, griff er danach und fasste zugleich mit der anderen Hand hinten in die Hosentasche nach dem hölzernen Griff des Klappmessers, das ihm unter das Portemonnaie gerutscht war. Er öffnete es, und gerade als der Mann sich umzudrehen begann, weil er ihn gehört hatte, stieß Vittorio ihm das Messer in die Kehle, genau in die Halsschlagader, hinein und hinaus, und hob das Telefonbuch, damit das Blut ihm nicht ins Gesicht spritzte.

Während er in den Wagen mit laufendem Motor stieg und über den Sitz auf den zweiten Mann zuglitt, legte er sich in Gedanken schon zurecht, was er morgen früh seiner Mutter erzählen, wie er den blauen Fleck rechtfertigen sollte, der sich üppig an seinem Jochbein auszubreiten begann.

Ich habe mich in dich verliebt…
weil ich nichts zu tun hatte…

Wie lange kann man still, unbeweglich auf einem Drehstuhl sitzen, die Beine auf dem Tisch, die Stirn in die Hand gestützt, mit geschlossenen Augen? Wie lange dauert es, bis Milliarden unsichtbarer Ameisen deine erstarrten Oberschenkel aufzufressen beginnen, bis der Ellbogen auf der Lehne Stromstöße den Arm hinauf auszusenden beginnt? Bis die Tischkante in die Fersen schneidet? Wie lange hält man es in dieser Haltung aus? Das ganze Leben? Geht das, das ganze Leben lang?

Ich habe mich in dich verliebt…
weil ich nicht mehr allein sein konnte…

Von hinten, von der Tür, Morbidos Stimme, eher erschöpft als sauer: »Hör zu, Alex, drei Dinge. Erstens: Ich kann das Gedudel nicht länger ertragen. Weißt du, warum du dir das anhörst? Hm? Weißt du das?«

Ich: »Weil es schön ist.«

Er: »Nein, weil es traurig ist, und weil du auch traurig bist, spielst du den ganzen Tag immer dieselbe CD. Bei mir ist das anders, ich bin gut drauf, ja, und in zwei Tagen habe ich eine Prüfung, also mach leiser, ich muss nämlich lernen. Zweitens…«

Und jetzt, wo ich tausend Dinge zu tun hätte …
spüre ich, wie meine Träume sich verlieren …

»… müssen wir diese Woche der Signora die Miete geben, und es geht mich zwar nichts an, aber da deine Eltern dir das Geld nur schicken, wenn du wieder Prüfungen machst, wäre es besser, wenn du ebenfalls lernen würdest. Drittens: das Problem. Er muss sofort verschwinden, okay? Sofort, das heißt jetzt gleich, heute. Und wo ich schon dabei bin … das geht mich zwar auch nichts an, aber meiner Meinung nach machst du einen Fehler, wenn du dich wegen der so hängen lässt. Alles hat Grenzen, Alex. Und so was Besonderes war sie ja auch nicht. Das Leben geht weiter.«

Den letzten Satz hat er mehr solidarisch als erschöpft gesagt, fast traurig, und obwohl ich mich immer noch nicht rühre, nicht bevor er gegangen ist und die Tür wieder zugemacht hat, weiß ich schon, dass ich die Fersen vom Tisch nehmen und zur Stereoanlage humpeln werde, bei lebendigem Leibe verschlungen von Heerscharen wild gewordener Ameisen, wegen denen ich mich ans Kopfende des Bettes klammern werde wie ein Querschnittsgelähmter, den der Blitz getroffen hat. Aber erst warte ich, bis das Stück zu Ende ist. Teils, um nicht sofort klein beizugeben. Und teils, weil es nicht stimmt.

Ich habe mich in dich verliebt …
und jetzt weiß ich einfach nicht, was ich tun soll …
tagsüber bereue ich, dass ich dir begegnet bin,
nachts suche ich nach dir.

Es stimmt nicht, dass ich mir dieses Gedudel anhöre, weil es traurig ist. Ich mag Tenco wirklich. Okay, im Moment gefällt es mir vor allem deshalb, weil es von einer gescheiterten Liebe handelt, aber das allein ist es nicht, das beweist schon die Tatsache, dass mein Blick, als ich gerade alles ausmachen will, auf die CD im Player fällt, auf das Verzeichnis der Lieder, und ich ein Stück entdecke, das zwar nichts mit Liebe zu tun hat, aber trotzdem schön ist, weshalb ich die CD wieder in den Player schiebe, warte, bis im Display die richtige Nummer erscheint, und auf Play drücke. Und um Morbido nicht zu ärgern, denn im Grunde hat er ja Recht, stelle ich fast auf minimale Lautstärke, setze mich auf den Boden und lehne den Kopf gegen die Box.

Es geht sofort los, aus der dichten Stille der unsichtbaren CD-Rillen heraus. Ein Gitarrenarpeggio, das auf- und absteigt, langsam und leicht einschläfernd, auf halber Strecke ein wenig zurückgehalten, als ob es kehrtmachen wollte, am Ende ein wenig verwischt durch einen tieferen Ton, der das nächste, identische Arpeggio einleitet, immer das Gleiche, melancholisch und sanft, immer das Gleiche, bis zum Schluss.

Es stimmt nicht, dass ich nur das Geld meiner Eltern habe. Ich arbeite. Eine Scheißarbeit zwar, aber immerhin, ich arbeite. Ich jobbe bei einem dieser Internet-Provider, die einen Gratiszugang plus eine Reihe weiterer Serviceleistungen anbieten. Niederlassung Bologna. Ich bin einer von diesen E-Mail-Kontrolleuren, ich passe auf, dass keine Viren verbreitet werden, dass die User keinen Blödsinn machen, dass die Passwörter funktionieren. Ich bin eine Art virtueller Portier, ein Nachtportier, denn ich arbeite hauptsächlich nachts, häufig von zu Hause aus. Wenigstens zur Zeit.

Kurz vor der Hälfte des dritten Arpeggios beginnt Tenco zu singen. Ohne Trauer, obwohl der Text, den er singt, einer der herzzerreißendsten ist, die ich je gehört habe.

Einen Tag nach dem andern …
vergeht die Zeit …
Die immer gleichen Straßen …
die gleichen Häuser.

Ich verdiene neunhunderttausend Lire im Monat. Das ist nicht viel, aber ich tue auch nicht besonders viel, ein paar Stunden täglich bin ich online, ich mache meinen Job, mehr nicht. Als das Geld meiner Eltern noch kam, ging es mir prächtig, aber jetzt, wo ich davon auch die sechshunderttausend für das Zimmer abzwacken muss, herrscht ziemliche Ebbe. Die Stereoanlage, der ich gerade lausche, mit den halbmeterhohen Pioneer-Boxen, an denen ich lehne, ist das Vorletzte, was ich mir von meinem Lohn kaufen konnte. Informatik I war dann auch die letzte Prüfung, die ich dieses Jahr gemacht habe. Seitdem gab es von meinen Eltern nichts als Drohungen und Anschisse per Telefon.

Es stimmt auch nicht, dass Kristine nichts Besonderes wäre, und nicht nur, weil ich davon überzeugt bin, dass ich nie mehr ein so schönes Mädchen haben werde. Okay, vielleicht sehe nur ich sie jetzt so, und wahrscheinlich geht es früher oder später vorbei, und ich werde meine Meinung ändern, aber schlecht geht es mir jetzt, und was irgendwann mal passieren wird, interessiert mich jetzt einen Dreck.

Recht hat Morbido nur mit dem, was er über das Problem gesagt hat. Das ist die letzte Erwerbung, die ich von meinem Lohn getätigt habe, obwohl ich sie mir eigentlich nicht hätte erlauben können. Aber Kristine hatte ihn bei Ivan zu Hause gesehen, wie er zusammen mit den anderen Welpen gegen den Draht hopste, und Ivan kam auf die geniale Idee zu sagen, solche Hunde hätten es echt schwer, denn wenn sie in die falschen Hände geraten, werden sie böse und müssen sich früher oder später in organisierten Kämpfen zerfleischen lassen, dabei sind sie von Natur aus angeblich ganz sanft. Vier Hunderttausender hat er mich gekostet, und wirklich, süß ist er ja, dauernd schläft er in seiner Kiste im Bad, aber hässlich, meine Güte, mit dieser spitzen Rattenschnauze und den kleinen, weit auseinander liegenden Augen, fast an den Schläfen. Ich kam dann nicht mehr dazu, ihn Kristine zu schenken. Aber hier kann er nicht bleiben.

Und die Augen suchen nach der Zukunft,
von der sie träumten …

In diesem Stück gibt es einen Moment, in dem Tencos Stimme bricht. Bis dahin hat er so gesungen, wie er nun mal singt, seine Stimme scheint aus der Tiefe der Kehle aufzusteigen und sich einen Weg durch einen Mund voll Zigarettenrauch zu bahnen und bleibt dennoch dicht und weich. Man könnte denken, er sei unschlüssig, versunken, melancholisch vielleicht, der Blick verloren im Nichts, die Augen womöglich halb geschlossen, in den Winkeln gespannt, aber nicht an dieser Stelle, da bricht seine Stimme, rutscht weiter nach unten, wird heiserer und verrät, was er wirklich ist. Er ist nicht versonnen, er ist verzweifelt.

Doch die Träume sind noch immer Träume,
und die Zukunft ist schon fast vorbei.

Plötzlich muss ich die Lippen aufeinander pressen, denn meine Mundwinkel fallen herab und beginnen zu zittern. Ich muss schniefen, denn ich kann nicht atmen, abgehackt, mit Seufzern, die wehtun. Ich muss die Hände vors Gesicht schlagen und die Augen schließen, obwohl aus ihnen nichts kommt, nur diese Grimasse, die mein Gesicht verzerrt, ich muss den Mund öffnen und mit den Fingern bedecken, damit Morbido drüben dieses lange Stöhnen nicht hört, das mir durch die Lippen schlüpft, und ich kneife die Lider so fest zusammen, dass die Tränen schließlich kommen, und auch sie tun weh.

Ich habe Angst.

Ich habe Angst, weil ich mich leer fühle. Weil ich mich müde fühle. Weil es mir so vorkommt, als bekäme ich nichts auf die Reihe. Weil ich dreiundzwanzig bin und mich fühle, als wäre ich zweitausend.

Ich habe Angst, weil ich denke, dass all das wenig oder nichts mit Kristine zu tun hat. Dass es so ist, weil es so ist und fertig. Ausweglos.

Einen Tag nach dem andern.

Grazia erwachte, und während sie die Augen öffnete, ohne etwas zu erkennen, hatte sie das Gefühl, sie habe etwas gemurmelt, etwas Unbekanntes, das ihr zusammen mit einem Seufzer durch die halb geöffneten Lippen geschlüpft war, kurz wie ein Schluchzen. Der Ruck, mit dem sie den Kopf hob, war nur eine Kontraktion, aber der stechende Schmerz im Nacken genügte, damit ihr Hals steif wurde. Mit einem weiteren kurzen, diesmal sehnsüchtigen Seufzer, der halb Protest und halb Wollust war, schloss sie die Augen wieder und versuchte, die Knie anzuziehen, zog die Schultern hoch, machte sich krumm und vergrub die eine Hand unter der anderen, die unter der Wange lag. Wenn sie im Bett gelegen hätte, in ihrem Bett, in Slip und BH, hätte nichts auf der Welt sie daran hindern können, erneut in den Schlaf einzutauchen wie ein Keks in ein Glas warmer Milch, aber hier, wo die Jeans in ihrer Kniekehle zwickten und sie die Strümpfe aneinander rieb, dass der Frottee ganz heiß wurde, hier wurde sie schlagartig wach, mit dem plötzlichen glasklaren Bewusstsein, wo sie war und in welcher Situation. Sie lag auf einer Seite, eingerollt wie ein Embryo und halb angekleidet, zusammengekauert auf einer Liege, die in der Mitte eines feuchten, leeren Raums unter einer Dachluke stand. Sie hatte Jacke und Turnschuhe ausgezogen, aber die Armbanduhr vergessen, die ihr ein Mal in die Schläfe gegraben haben musste, in Form eines Triangels und, dem Brennen nach zu schließen, ziemlich tief. Und ja, wahrscheinlich hatte sie wirklich etwas gesagt.

Grazia richtete sich auf der Liege auf und verharrte noch einen Moment reglos, nach vorn gebeugt, die Arme vor der Brust gekreuzt und auf die Knie gestützt, die halb geschlossenen Augen auf irgendeinen Punkt an der Wand gerichtet, die sich in einem flimmernden und grauen, gefährlich einschläfernden Nichts abzuzeichnen begann. Noch ein bisschen länger in dieser Haltung, und sie wäre auf die Seite gesunken und wieder eingeschlafen, also schüttelte sie den Kopf, fuhr sich mit den Händen über das Gesicht und durch die Haare, drückte den Rücken durch und ordnete das T-Shirt, das sich im Schlaf um sie gewickelt und sie gefesselt hatte, und stand auf. Auf der Schwelle zum anderen Zimmer blieb sie stehen, lehnte sich an den Türrahmen und setzte einen Fuß auf das Knie, um sich an dem raupenförmigen Mal, das der Frotteestoff an einem Knöchel hinterlassen hatte, zu kratzen und das Jucken zu lindern.

»Das wurde auch Zeit, verdammt«, sagte Sovrintendente Sarrina und setzte die Kopfhörer ab. »Ich habe schließlich auch das Recht auf ein bisschen Schlaf, oder?«

»Hm-m …«, murmelte Grazia. Sie stieß sich vom Türrahmen ab und ging zurück zur Liege, um Turnschuhe und Pistole zu holen, die sie auf dem Boden gelassen hatte. Fast auf der Schwelle hielt sie mitten im Schritt inne, das Bein nach hinten gestreckt wie eine Ballerina, um Sarrina vorbeizulassen, der schnurstracks und entschlossen hindurchging. Sie setzte sich auf den Hocker vor dem Tisch mit dem Abhörgerät und stellte die Schuhe auf die Holzplatte, was, so kam ihr in den Sinn, an der Geruchssituation auch nicht viel ändern würde. Seit drei Tagen waren sie in den beiden Zimmern unterm Dach eingesperrt, ohne Kleider zum Wechseln und mit gerade mal einem Waschbecken, um sich zu waschen, und wie fest sie die

Reste der Brötchen desjenigen, der oben blieb, wenn die anderen beiden zum Essen in die Bar hinuntergingen, in den Tüten auch zubanden, der Müllgeruch war deutlich wahrnehmbar, begann unter dem dichteren Geruch nach Asche und altem Rauch auf sie zuzukriechen. Wie Sarrina rauchte auch Inspektor Matera, und einmal hatte er sogar eine Zigarre hervorgezogen, sich für diesmal allerdings damit begnügt, sie in der Hand zu halten und ab und zu mit den Fingern zusammenzudrücken. Aber lange würde er ihr nicht mehr widerstehen, er hatte bereits verkündet, es sei eine kubanische und sie stinke nicht so wie die andern.

Grazia setzte die Kopfhörer auf und justierte sie am Hinterkopf, aber aus dem Mikrofon im Haus gegenüber wehte ihr nur eine brummende und volle, fast schlafende Stille in die Ohren. Sie nahm die Kopfhörer wieder ab und zuckte die Achseln.

»Wer hat mich geweckt?«, fragte sie Matera. Er hatte die Augen geschlossen und die Hände vor dem Bauch verschränkt und kippte mit dem Stuhl so weit nach hinten, dass er an der Konsole lehnte.

»Ich«, sagte Matera, ohne die Augen zu öffnen.

»Habe ich etwas gesagt?«

»Ja«, rief Sarrina aus dem anderen Zimmer. »›Genug, Schatz, du hast mich total geschafft.‹«

Matera lächelte, immer noch mit geschlossenen Augen. Grazia nahm einen Plastikbecher vom Tisch und warf ihn Richtung Durchgang, wo die Liege stand, doch er war zu leicht und kullerte bald über den Boden.

»Nein, wirklich … was habe ich gesagt?«

»Du hast gesagt: ›Simo', halt bitte still.‹ Ehrenwort.«

Grazia nickte. Sie suchte auf dem Tisch nach einem zweiten Plastikbecher, fand einen und warf einen Blick hinein. Auf dem Boden klebte ein dunkler, körniger Kaffeering, der so festsaß, dass der Becher selbst unter diesen Umständen nicht recycelt werden konnte. Aber die Thermoskanne mit den neuen Bechern stand auf dem Fensterbrett, neben dem Stativ mit der Videokamera, und schien so weit weg. Matera öffnete die Augen und sah sie an, wie ein kleines Mädchen hatte sie die Lippen zusammengepresst und nach vorn geschoben, eine leichte Falte, gerunzelt und ärgerlich, zwischen den dichten, markanten Augenbrauen. Er hob die Hand in ihre Richtung, aber Grazia war schon aufgestanden.

»Bleib sitzen«, sagte sie, »wenn du dich rührst, fällst du und brichst dir den Hals. Ich geh mir selbst welchen holen.«

Auf dem Rückweg, während sie mit dem Stäbchen aus durchsichtigem Plastik im leicht angewärmten Becher rührte, beugte sie sich über die Videokamera, schloss ein Auge und blickte hinein. Vergrößert vom Tele, im Fadenkreuz der beiden dünnen graduierten Linien, lag der Eingang des Hauses gegenüber noch immer still da, grau und verschlossen, eingezwängt in einen hässlichen Rahmen aus Glasbeton, der das schmutzige Halbsieben-Morgenlicht zurückwarf. Sie wollte gerade trinken, als sie bemerkte, dass der Timecode mehr anzeigte als vor ein paar Stunden, als sie schlafen gegangen war.

»Was war los?«, fragte sie Matera.

»Nichts. Gestern Abend ein junger Typ, der nach Hause kam, und heute Morgen ein Mann, der arbeiten ging. Das Haus ist bewohnt, er lebt eben nicht allein da.«

Grazia runzelte die Stirn und kniff erneut die Lippen zusammen. Sie deutete auf die Kopfhörer auf dem Tisch und öffnete den Mund, aber Matera kam ihr zuvor, als könnte er Gedanken lesen.

»Nein. Der Junge ist nicht in den dritten Stock hinaufgegangen, sondern höher, in den vierten oder fünften. Und die ganze Nacht über hat es keine komischen Geräusche gegeben. Wir haben die Kopfhörer fast immer aufgehabt … und außerdem ist alles aufgezeichnet.«

Grazia betrachtete das Abhörgerät, die verchromte Vorderseite wie bei einer Hi-Fi-Anlage, die Knöpfe zur Einstellung der Pegel, die 120er-Kassette, die sich hinter dem Recordertürchen drehte, und die Antenne, die das Gerät mit dem Sender verband. Vor drei Tagen hatten sie ihn in der Wand der gegenüberliegenden Wohnung installiert, die an den Aufzugschacht grenzte. Sie hatten die Kabine im zweiten Stock blockiert und waren durch die Fluchtluke aufs Aufzugdach gestiegen. Solche Häuser hatten Wände aus Pappe, und wenn nicht gerade der Aufzug vorbeisurrte, konnte man alles hören, von der Wohnungstür bis fast ins Schlafzimmer.

»Meinst du, er weiß, dass wir da sind?«, fragte Matera.

»Nein«, sagte Grazia. »Wenn wir in Palermo wären, ja, aber hier in Bologna, nein. Er kontrolliert die Gegend nicht sorgfältig genug, um zu merken, dass sich Fremde herumtreiben … zumindest solange wir uns hier drin einschließen.«

»Mag sein … aber ich finde das Ganze immer noch hirnrissig, Inspektor Negro. Wenn Jimmy Barracu da drin ist, warum gehen wir ihn dann nicht holen?«

Grazia seufzte und setzte sich wieder hin. Der Kaffee war eisig geworden und hinterließ einen kalten Geschmack im Mund, wie von Eisen. Sie erschauerte und zog die Schultern hoch, und als sie die rauen Strümpfe aneinander rieb, fiel ihr ein, dass sie noch immer ohne Schuhe herumlief.

»Ich fand es auch hirnrissig«, sagte sie und winkelte die Knie an, um in die Schuhe zu schlüpfen, »aber dann hat Dottor Carlisi mir die Sache genau erklärt. Der Untersuchungsrichter will es so, hat er gesagt. Wenn wir uns Jimmy schnappen, dann sollen wir ihm unbedingt die Fotos von den Leuten unter die Nase halten, die ihn besucht haben, die Aufzeichnungen von allem, was er gesagt hat, sogar das Stöhnen, wenn er mit seiner Frau geschlafen hat. Er soll denken, dass es kein Zufall war, dass wir ihn geschnappt haben, dass er uns sowieso nicht mehr entwischen kann und schließlich Reue zeigt. Sprich … dass er zur Zusammenarbeit bereit ist. Halt dass er redet.«

Sie kehrte Materas zweifelndem Gesichtsausdruck den Rücken zu, setzte die Kopfhörer auf und rückte die Muscheln zurecht. Ohne die Wärme des Schaumgummis und das matte Summen einer Interferenz wäre es gewesen, als hätte sie sie gar nicht aufgehabt. Mimmo der Fascho, Jimmy Barracus Leibwächter, schlief in dem Zimmer genau hinter der Aufzugwand, Jimmy und Frau schliefen im Zimmer am Ende des Flurs, keiner stand vor zehn auf, abgesehen von der Ehefrau, die den Wecker auf sieben stellte, eine Medizin einnahm und sich gleich wieder hinlegte. So hatten sie ihn auch gefunden, indem sie sich an die Fersen der Frau geheftet hatten. Sie waren ihr durch halb Italien gefolgt, besser gesagt, Grazia war ihr gefolgt, von Palermo nach Bologna, und nun waren sie hier, in dieser von einem Studenten beschlagnahmten Mansarde, und hörten ihnen beim Schlafen zu.

Grazia presste die Kopfhörer auf die Ohren und beugte sich nach vorn, zum Abhörapparat, als kämen die Wohnungsgeräusche wirklich von dort. Irgendetwas stimmte da nicht, flüsterte sie, mehr zu sich selbst als zu Matera, der wieder die Augen geschlossen hatte.

»Da stimmt was nicht.«

»Was hast du gesagt?«

»Da stimmt was nicht. Es ist zu still.«

»Die schlafen alle.«

»Eben. Keiner schnarcht.«

Mimmo der Fascho schlief genau unter dem Mikrofon, das sie installiert hatten. Grazia erinnerte sich an sein übles Grunzen, das sich wie ein Schlurfen anhörte, ein verknäultes Drängen gegen die Zähne, um dann plötzlich herauszubrechen. Und genau dieses Grunzen fehlte in der summenden Stille, und es fehlte auch das nasale Atmen von Jimmys Frau, fern aber laut, so laut, dass sie sich gefragt hatte, wie er bloß neben ihr schlafen konnte. Grazia sah aus dem Fenster.

»Nein«, sagte Matera. »Es ist keiner rausgekommen. Das hätten wir gemerkt, und außerdem hätten wir das Geräusch gehört.«

Auf dem Tisch lag ein Handy. Grazia schob es Matera hin. »Ruf Dottor Carlisi an. Erzähl ihm das mal.«

»Um diese Uhrzeit? Nur um ihm zu sagen, dass wir nichts hören? Der kriegt doch einen Anfall ...«

Grazia streckte den Arm aus und wedelte mit der Hand: Warte, warte. Sie sah auf die Uhr, die sechs Uhr neunundfünfzig anzeigte, dann schloss sie die Augen und presste die Hände auf die Kopfhörermuscheln, wobei sie den Oberkörper noch weiter nach vorn beugte, als wollte sie den Kopf in die rauschende Stille stecken, die ihre Ohren erfüllte. Fast kam es ihr vor, als könnte sie sie wittern, warm und grau wie der Geruch des Recorders, der sich vor ihr drehte, körnig und von leuchtenden Pünktchen übersät, wenn sie die Augen noch mehr zusammenkniff. Sie wartete. Sie hielt den Atem an, um besser zu hören, und wartete. Wartete.

Sie schrak zusammen, als das elektronische Kreischen des Weckers aus dem Zimmer am Ende des Flurs zu ihr drang, hysterisch und intermittierend, drei Töne und dann Pause, drei Töne und dann Pause, so schrill, dass ihre Ohren schmerzten. Dann hörte es auf. Vielleicht hatte jemand ihn ausgeschaltet, Grazia stellte sich vor, wie der Arm von Jimmys Ehefrau sich nach dem Wecker streckt, wie die Finger suchend durch die Luft tasten, dann ein schläfriger Seufzer, das dumpfe Schlappen der Pantoffeln im Flur, bis in die Küche, bis zum Medizinschränkchen.

Aber nichts von alledem. Nach zwanzig Sekunden programmierter Pause erneut das schrille Stöhnen des Weckers, noch hysterischer, noch eindringlicher.

»Da ist etwas passiert«, sagte Grazia und streifte die Kopfhörer ab. »Ruf Carlisi an. Wir gehen rein.«

An der gegenüberliegenden Haustür kam ihnen eine Frau entgegen, die sich, als sie die drei Bewaffneten über die Straße rennen sah, gegen den Türrahmen quetschte und die Tasche fallen ließ.

»Nicht zumachen!«, rief Grazia. »Polizei!«

Sie betraten den Hausflur und stürmten die Treppe hinauf, Matera etwas hintendran, keuchend wegen seines Alters und seines Bauchs, Sarrina mit der Pistole in der Linken, um mit der Rechten das Geländer packen zu können, und Grazia mit der Maschinenpistole, die vordere Platte der kugelsicheren Weste, die sie noch nicht zugeschnallt hatte, schlug bei jeder Stufe gegen ihren Bauch.

Im dritten Stock befand sich ein rechteckiger Treppenabsatz mit zwei Türen. Sie blieben mit dem Rücken zur ersten Tür stehen, die sich öffnete, jemand sagte: »Was ist denn los? O Gott, Mama!«, und Matera hatte sich noch nicht umgedreht, da war sie schon wieder zu.

Jimmys Tür war die zweite. Alle drei sahen sie an, und alle

sahen sie unwillig, mit angehaltenem Atem an. Sie war nämlich nicht geschlossen.

»Mist, die können unmöglich weg sein!«, knurrte Sarrina. »Es gibt nur die Haustür unten… die können uns doch nicht durch die Lappen sein!«

Mit der Hand bedeutete Grazia ihm, still zu sein. Sie war die Ranghöchste von den dreien, und bei der Vorstellung, dass etwas passiert sein könnte, bei der Vorstellung, dass Jimmy abgehauen sein könnte, dass es ihre Schuld wäre, wenn die ganze Operation den Bach runterging, verspürte sie plötzlich den unbändigen Wunsch zu weinen. Sie spürte ein Stechen in den Lidern, biss die Zähne zusammen, zog an den Klettverschlüssen der kugelsicheren Weste und stieß mit dem Lauf der Maschinenpistole die Tür auf.

»He-e, Mädchen, langsam«, murmelte Matera. »Und was, wenn da eine Bombe ist?«

Da war keine Bombe. Da war ein enger Flur, eingehüllt in graues, körniges Zwielicht. Vom Flur gingen drei Türen ab, und am Ende befand sich eine weitere Tür, die zur Hälfte aus Mattglas bestand. Das Piepen des Weckers war immer noch da und ertönte demonstrativ weiter. Und da war ein eigenartiger Geruch, stark und herb, weshalb sie eine Hand von der Maschinenpistole nahm und auf den Mund presste. Es war ein Geruch, den sie kannte. Es war der Geruch des Todes.

Im ersten Zimmer rechts, das an den Aufzugsschacht grenzte, lag Mimmo der Fascho auf dem Bett, in Slip und Unterhemd. Wer ihm die Kehle durchgeschnitten hatte, musste ihm ein Kissen aufs Gesicht gedrückt haben, es lag noch da, zerknautscht und unbefleckt, trotz des Blutes, das alles getränkt hatte, Bett, Slip und Unterhemd und auch das Laken, das sich um Mimmos Beine gewickelt hatte. Er musste lange gestrampelt haben, bevor er gestorben war.

Im letzten Zimmer hinten, neben der Glastür, waren Jimmy und seine Frau, ebenfalls im Bett. Sie lag rechts, ihre nackten Schultern schauten unter dem Laken hervor, und ein Arm baumelte über dem Boden. Er lag auf dem Rücken, zu ihrer Linken, unter dem Laken zeichnete sich eine Hand auf der Kurve ihres Hinterns ab, die andere umfasste das Laken, aber so fest, krampfhaft, dass sie es unter der Matratze, wo es gewöhnlich festgeklemmt war, hervorgerissen hatte und einen Fuß unbedeckt ließ. Sie mussten ihnen beiden in den Kopf geschossen haben, und zwar mehrmals, denn die Köpfe waren praktisch nicht mehr vorhanden.

Grazia ließ die MP sinken und lehnte sich an den Türrahmen. Der Geruch, der Anblick und die Überraschung hatten den Wunsch zu weinen vertrieben, dafür zitterten ihr die Beine. Sie trat in das Zimmer, und während sie versuchte, nicht zum Bett zu schauen, drückte sie mit dem Handrücken auf den Knopf und brachte den Wecker zum Schweigen. Erst da sah sie ihn, besser gesagt, sie hörte ihn.

Ein tragbarer Computer, der auf der Ablage einer Kommode summte. Der Schirm war auf die Tastatur herabgelassen worden, und als Grazia ihn langsam anhob, begann das Microsoft-Logo von einer Ecke zur anderen zu tanzen und mit seinem bunten Schweif das Zwielicht im Zimmer zu erhellen. Grazia berührte den roten Punkt der Maus zwischen den Tasten, und der Bildschirmschoner verschwand.

Statt dessen erschien ein Bild, das wie eine Internetseite über Hunde aussah, so bunt und hell, dass Grazia einen Augenblick lang wegschauen musste.

Als sie wieder hinsah, fand sie sich einer spitzen, braun gefleckten Schnauze gegenüber, die sie mit kleinen, weit voneinander entfernten, fast an den Schläfen liegenden Augen ansah.

»American pit bull«, stand unter dem Foto, »the most dangerous dog in the world.« Pitbull. Der gefährlichste Hund der Welt.

Immer musst du dir die Haare so kurz schneiden, sagte seine Mutter und streckte die Hand aus.

Instinktiv zog Vittorio den Kopf zurück, und genauso instinktiv erstarrte er, die verkrampften Halsmuskeln hemmten die Bewegung, damit sie die Finger auf die eine etwas längere Locke legen konnte, die sich leicht auf seiner Stirn kräuselte, blond und hell.

Schönes Haar hab ich dir vererbt … die langen Haare standen dir so gut.

Die Liebkosung seiner Mutter war derb. Die kleinen Hände, zart und gepflegt, wirkten schwerer, als sie in Wirklichkeit waren. Sie berührte weniger, sondern stieß und drückte, als ob sie sich vergewissern wollte, dass er noch ganz da war, bei ihr, unter ihren Fingern. Es war eine Liebkosung, die nicht berührte, sondern wegschob, und Vittorio spannte die Halsmuskeln so lange an, bis er auf der Kopfhaut die harte, kalte Berührung des Fingers seiner Mutter spürte, und als die Liebkosung sich zurückzog und wie eine Welle am Strand versickerte, zuckte er mit den Schultern, gleichgültig.

Ich trage sie lieber so.

Seine Mutter dachte bereits an anderes, an das Kotelett, das auf der Herdplatte brutzelte, an die Gabel, die im rechten Moment hineingesteckt werden musste, um es zu lösen und auf die andere Seite zu drehen, an das Salz, an das Blut, das auf dem glühenden Metall eindampfte, denn sie war schon immer der Überzeugung gewesen, Vittorio möge sein Fleisch gut durchgebraten, es war ihm nie gelungen, ihr das auszureden. Genauso wenig hatte er erreicht, dass sie auf dem Sofa im Wohnzimmer sitzen blieb und weiter fernsah, wenn er um zehn oder elf Uhr abends nach Hause kam, und es war sinnlos, ihr zu sagen, dass er sich mit seinen dreißig Jahren das Kotelett auch selbst machen könne, sie stand so oder so auf, mitten im Film, und kam in die Küche, und wenn er darauf bestand, dass sie zurückging, erwiderte sie, sie sähen sich doch so wenig, nie sei er da, und dies sei eine gute Gelegenheit, sich ein bisschen zu unterhalten. Obwohl dann fast immer nur sie redete und Vittorio nur ab und zu mal antwortete.

Da bitte, gut durch, wie du es am liebsten magst. Heb den Kopf, sonst verbrennst du dir die Nase. Salat oder Tomaten? Ein bisschen Gemüse tut dir gut, wer weiß, was du isst, wenn du unterwegs bist. Arbeitest du auch nicht zu viel? Ich finde, du siehst sehr müde aus … du machst mir doch keinen Kummer? Also, Salat oder Tomaten?

Tomaten.

Auch er dachte bereits an anderes. Er dachte an eine Nase, an die Nase eines alten Mannes, die ihm am Nachmittag aufgefallen war. Er konnte sie sogar sehen, während er das weiße, wegen der überlangen Kochzeit zäh gewordene Fleisch schnitt und dabei auf irgendeinen Punkt zwischen den Karos der Tischdecke starrte. Eine gebrochene Nase mit eingedrückter Scheidewand, in der Mitte platt und leicht nach links gebogen. Die Nase eines Mannes, der viel erlebt hat, und fast nur Unangenehmes, Mühseliges, Hässliches.

Seine Mutter schob einen Stuhl beiseite und stützte die Arme auf die Tischkante.

Hörst du? Die Festa dell'Unità hat angefangen, aber die ganze Straße hat sich darüber beschwert, und jetzt machen sie so leise, dass man es von hier aus fast nicht mehr hört. Stimmt doch, man hört es nur ganz leise, oder?

Ja, man hört es nur ganz leise.

Annalisa sagt, dass sie dich dauernd anzurufen versucht, aber du hast immer das Handy ausgeschaltet. Ich finde, du vernachlässigst das Mädchen, du spielst doch nicht etwa mit ihr? Wann siehst du sie? Siehst du sie Sonntag Abend?

Ja. Ich sehe sie Sonntag Abend.

Bist du diese Woche zu Hause? Wenn du zu Hause bist, könnten wir Papà besuchen. Wie lange hast du Papà nicht gesehen, einen Monat?

Ja. Ich bin diese Woche zu Hause.

Dann fahren wir morgen Vormittag hin? Nicht zu früh, ich lasse dich schlafen. Ist morgen Vormittag in Ordnung?

Ja.

Bist du damit fertig? Kann ich den Teller abräumen? Ja.

Iss ein paar Tomaten, die sind gut für dich. Ja.

Ich sehe mir den Film zu Ende an. Lass alles hier stehen, ich mache das morgen früh.

Ja.

Vittorio wartete, bis seine Mutter die Küche verlassen hatte, dann legte er sich drei Tomatenschnitze auf den Teller, aß einen, spießte den zweiten auf die Gabel und stand auf.

Gehst du ins Zimmerchen?, rief seine Mutter aus dem Wohnzimmer. Mach nicht mehr so lange, du bist müde.

Vittorio antwortete nicht. Er durchquerte den dunklen Flur und ging die Treppe hinauf, die ins Obergeschoss führte. Im bläulich blinkenden Licht des Fernsehers konnte er die hölzernen Treppenstufen mitzählen und musste nicht mit der Fußspitze die Stufenhöhe ertasten, um zu überprüfen, ob die siebte noch immer knarrte. Auch der Flur im Obergeschoss war dunkel, das Licht des Fernsehers drang nicht bis hierher, doch Vittorio kannte sich zu gut aus, um die Tür zu seinem Zimmer zu verfehlen. Das Zimmerchen, wie seine Mutter sagte.

Erst als er eingetreten war und die Tür zugemacht hatte, schaltete er die Lampe auf dem Schreibtisch an der Wand ein, blieb dann still im Zimmer stehen, bis die Augen sich so weit an das neue Zwielicht gewöhnt hatten, dass er das Kruzifix über dem Kopfteil des Bettes, den getöpferten Schutzengel, das eine Poster mit den erleuchteten Umrissen der New Yorker Wolkenkratzer und das andere mit den bunten Windsurfersegeln erkannte. Seine Mutter hatte Recht, dachte er, der Lärm und die Musik der Festa dell'Unità waren kaum zu hören, obwohl sie nur eine Straße weiter stattfand, auf dem Sportplatz am Rand des Wohnviertels, das aus Einfamilienhäuschen wie dem ihren bestand. Dann öffnete er eine der beiden Schreibtischschubladen und zog ein Modellflugzeug aus Plastik hervor, eine Messerschmitt 262 aus dem Zweiten Weltkrieg, von Airfix, Maßstab 1:150. Er stellte es auf die lackierte Tischplatte, mit offenem Rumpf, die Kanzel fehlte noch, und neigte den Rumpf so weit, dass er den Piloten mit Hilfe der länglichen Augenbrauenpinzette einsetzen konnte, die er zusammen mit Sekundenkleber, den kleinen Schraubzwingen und der Rasierklinge zum Wegkratzen der Schmelzreste von den Plastikrändern neben das Flugzeugmodell legte. Dann schob er das Ganze in eine Ecke des Schreibtischs. Er holte einen Schlüssel aus der Tasche und öffnete die andere Schublade. Daraus nahm er eine Holzkiste, öffnete sie im Lampenlicht und betrachtete die Nase.

Sie war nicht so, wie er wollte. Es war nicht die, die er brauchte, noch nicht. Er nahm die Nase aus der Kiste, indem er den elastischen Latexfilm von einem großen Gipsabdruck löste, und streifte sie sich über, glättete die Ränder über den Backenknochen und hielt sie mit einer Fingerspitze an der Nasenwurzel fest, damit sie nicht abfiel. Sie saß perfekt. Sogar die im Latex eingelassenen Röhrchen, er hatte die Nasenlöcher nämlich noch nicht ganz geöffnet, fügten sich direkt in seine ein, als wäre dieser klobige weißliche Höcker von allein in seinem Gesicht gewachsen. Aber es war nicht die richtige, noch nicht.

Er nahm den Gipsabdruck, hielt ihn gut fest und stülpte die Latexhülle darüber. Dann riss er ein Stückchen Plastilin aus dem Block in der Kiste, rollte es eine Zeit lang zwischen den Fingerkuppen, wodurch es geschmeidig wurde, klebte es auf halber Höhe auf die Scheidewand und nahm zum Andrücken und Formen den Daumen zu Hilfe. Mit dem Nagel kratzte er noch eine Plastilinlocke vom Block, ein winziges, fast unsichtbares Komma, und klebte sie links an die Scheidewand, genau ans Ende der Ausbuchtung.

Mit Daumen und Zeigefinger, den Ellbogen auf die Schreibtischplatte gestützt, hob er die Nase hoch, kniff ein Auge zu und verharrte lange in dieser Haltung, um sie im Licht der Lampe zu betrachten. Sie war perfekt. Die neuen Teile fügten sich harmonisch in die unharmonischen Züge des Abdrucks, und nur der Kontrast zwischen dem Dunkelgrau des Plastilins und dem Altweiß des Latex verriet, dass es künstliche Zusätze an einer künstlichen Nase waren. Nun musste er sie nur noch ein weiteres Mal mit Gips bestreichen, und er hatte einen einheitlichen Abdruck, den er durch die Hohlräume mit Latex ausgießen würde, bis die richtige Dichte erreicht war, die richtige Dicke. Am Ende hätte er eine Nase, die Nase eines alten Mannes, von den Jahren vergrößert, angeschwollen und deformiert, vom Leben gebrochen.

Draußen vor seinem Zimmer, hinter der Tür, auf der Treppe, knarrte laut die siebte Stufe, wie immer. Vittorio legte die Nase des alten Mannes in die Holzkiste und zog das Flugzeugmodell zu sich heran. Schon lange betrat seine Mutter sein Zimmer, das Zimmerchen, nicht mehr plötzlich und ohne vorher zu fragen, doch er war überzeugt, dass immer, dauernd und jedes Mal die Handgriffe seiner Defensivroutine zu wiederholen nichts schaden konnte, zumindest hielt es die Schwelle der Vorsicht hoch.

Seine Mutter, vom Flur aus: Ich gehe ins Bett. Mach nicht mehr so lange, du bist müde.

Er wartete, bis er hörte, wie sich die Tür zum Zimmer seiner Mutter schloss, dann streifte er den Latexfilm vom Abdruck, strich eine dünne Schicht Mastix auf den Rand der Nase des alten Mannes, nur ganz wenig, gerade so viel, dass sie eine Zeit lang an der Haut klebte und von allein oben blieb, und setzte sie auf. Etwas fehlte immer noch.

Also nahm er, während sein Atem durch die Röhrchen in den Gumminasenlöchern pfiff, einen langen Metallhaken aus dem Schrank, öffnete die Luke, die auf den Speicher führte, und zog die Klappleiter herunter. Vielleicht lag es an der zu niedrigen Decke oder an den schmalen Fenstern, die fast auf Fußbodenhöhe angebracht waren, jedenfalls ging er nicht gern in den Speicher hinauf, nur bei allzu riskanten oder kompromittierenden Arbeiten, zum Beispiel um den Brügger-+-Thomet-Schalldämpfer durch eine dämmende Schicht kleiner Filzscheiben aus dem Luftfilter eines Außenbordmotors zu verbessern. Er verwahrte ihn auf einem Regalbrett, unter einem Lumpen, zusammen mit der SIG Sauer Kaliber 9, für deren Lauf er ihn anpasste. Allerdings konnte er auf dem Speicher ein Fenster öffnen, sich rittlings mit einem kleinen Swarovski-

Fernglas aufs Fensterbrett setzen und, während er leise durch die Plastikröhrchen pfiff, die Festa dell'Unità beobachten.

Auf dieser Seite des Hauses hörte man die Musik lauter. Immer noch weit weg, immer noch verzerrt vom Widerhall der Häuser, durcheinander gewirbelt von der Entfernung, die die Höhen abschnitt und kaum mehr als das aggressive Pulsieren der Bässe herüberdringen ließ, aber laut genug, dass man sie erkannte. Subsonica, *Tutti i miei sbagli - Alle meine Fehler*. Er suchte einen alten Mann. Einen passenden alten Mann. Er verschob die Linsengruppen des Fernglases und drehte an den Rändelschrauben, bis er einen sauberen, runden Bereich hatte, durch den er die Menge absuchen konnte, die sich auf dem Sportplatz drängte. Er verließ den zentralen Platz, wo das Konzert stattfand, weil da nur junge Leute waren, suchte rasch den Biergarten ab und konzentrierte sich dann auf den Essensstand, der anscheinend noch geöffnet hatte. So, aus der Ferne und völlig unbeteiligt an dem, was die schwarzen Kreise des Fernglases einfingen, wirkte die Musik noch abstrakter, fast asynchron, als würde man ohne Ton fernsehen und dabei Radio hören.

Du schützt mich und tust mir weh
du tötest mich und erweckst
mich zu neuem Leben …
Du bist alle meine Fehler …

Er suchte die Tische ab, sah hinter der Theke nach, zwischen den Feuerstellen, fand aber nicht, was er brauchte. Dann entdeckte er ihn. Er stand gerade von einem Tisch neben der Theke auf. Er trug ein Tablett mit Plastikschalen in der einen Hand, mit der anderen zog, ja riss er sich fast eine Schürze von den Hüften. Im Mundwinkel kaute er auf einem Zahnstocher, Vittorio notierte sich dieses Detail im Geist, für ein andermal, denn jetzt hatte er dafür keine Verwendung. Der Mann wirkte wie einer, der freiwillig an dem Stand arbeitete und gerade nach Beendigung seiner Schicht etwas gegessen hatte, doch auch dafür interessierte sich Vittorio nicht, obwohl er das Fernglas auf die Reste in den Tellern auf dem Tablett richtete, mehr aus Neugier und Gewohnheit als aus Notwendigkeit. Tortellini mit Fleischsauce, Würstchen mit Polenta, einen halben Liter Roten und Zuppa inglese. Kein Wasser oder Kaffee. Er wartete darauf, dass der andere sich bewegte, denn was ihn interessierte, war sein Gang. Die Geschwindigkeit, der Rhythmus seiner Gesten, wie man es ihm im letzten Schauspielkurs beigebracht hatte. Und schließlich sah er sie: Rasche harte ruckartige Schritte, die sich zurückzogen, bevor sie ganz geöffnet waren, wie gehemmt. Die Art, wie er den freien Arm bewegte, angewinkelt, wie um mit dem Ellbogen in die Luft zu stoßen, die Art, wie er das Tablett hielt, gerade, sicher, jedoch mit steifen breiten Fingern, die mehr stützten als fest hielten, und auch die Art, wie er den Kopf zur Theke hin drehte, eine halbe Drehung auf dem Hals, gerade und langsam wie der Geschützturm eines Panzers. Ein alter Panzer, ein alter Arbeiter, ein alter Handwerker oder ein alter Bauer, noch voller Energie, doch mit einem Körper, der nicht mehr gehorcht, nur noch ruckartig, und gleich danach das Bein nachzieht.

Du, der ertrinkt, um zu atmen,
der auch lernt zu bluten
am Tag, der entgleitet…
Du bist die wirkliche Zeit…
Er dachte: so einer wie der da.

Mit diesen Bewegungen, mit einer solchen Nase, wie er selbst jetzt eine trug. Er überlegte sogar, dass ein Mann mit einer solchen Nase beim Atmen pfeifen würde wie er durch seine Röhrchen und dass er die Löcher im Latex nicht zu weit öffnen durfte, nur an der Oberfläche, damit er nicht zu leicht atmete, und mit diesem Detail im Sinn, das ihm so deutlich vor Augen stand, lehnte er sich mit dem Nacken an den Fensterrahmen und lächelte zufrieden.

Du mein Stolz, der warten kann
und auch wenn es noch stärker schmerzt,
klage ich nicht
ich kann mich einfach nicht
all meinen Fehlern ergeben …

Es fehlte noch ein Stuhl. Sarrina machte Anstalten, einen zu holen, doch die Tür zum Nachbarbüro versperrte der Wagen mit dem Fernseher, den sie davorgezogen hatten. Deshalb wollte er draußen einen suchen, als Dottor Carlisi knurrte: »Schluss jetzt … wir sind hier doch nicht im Kino!«, und Matera sagte, er werde stehen, er habe sowieso Rückenschmerzen. Er lehnte sich an die Wand, die Hände hinter dem Gesäß, und da wagte Sarrina, der fast schon am anderen Ende des Raumes war, nicht mehr, zu seinem Stuhl zurückzugehen, und blieb ebenfalls stehen, neben der Tür. Grazia saß abseits auf einem Metallhocker, auf einem dicken Stapel Gerichtsakten, so weit weg vom Kommissar wie möglich. Von ihrem Platz aus würde sie nicht besonders viel erkennen können, weil sich das Fenster im Fernseher spiegelte und sie den Wagen deshalb so gedreht hatten, dass Carlisi die beste Sicht hatte. Doch weil sich nach ihrem Eindringen in die Wohnung die Ereignisse überstürzt hatten, war sie nicht zum Duschen gekommen, und es war ihr peinlich, ihrem Chef so nahe zu kommen. Außerdem war es einstweilen in jedem Fall ratsam, so gut es ging in Deckung zu bleiben und in Vergessenheit zu geraten.

»Über das Unheil, das ihr angerichtet habt, und über die Konsequenzen reden wir später …«, sagte der Kommissar. »Also haltet jetzt die Klappe, und hört euch das hier an, das ist nämlich merkwürdig, ziemlich merkwürdig. Sasà … schalt doch mal ein.«

Inspektor Di Cara war am frühen Nachmittag aus Palermo

eingetroffen und vom Flughafen auf direktem Weg zur Bologneser Mordkommission gefahren, um die Tonbänder und Videokassetten zu untersuchen, die sie in der Mansarde gegenüber von Jimmys Wohnung aufgenommen hatten. Über vier Stunden lang hatte er sich in eben jenen Raum zurückgezogen, in dem sie sich jetzt befanden. Als er sich über den Wagen beugte, reckten Grazia, Matera und Sarrina sich zum Fernseher hin, bis sie merkten, dass der Inspektor nur das Tonbandgerät eingeschaltet hatte.

»Wir können praktisch den exakten Zeitpunkt feststellen, an dem die Morde stattfanden. Also«, sagte er und deutete mit dem Finger auf einen der Lautsprecher, die zu beiden Seiten des Wagens standen. »Drei Uhr siebenundvierzig: Mimmo der Fascho.«

Ein verhaltenes Zischen, ein gequetschtes Gurgeln und ein schnelles Rauschen, sofort unterdrückt.

»Drei Uhr siebenundfünfzig und einundzwanzig Sekunden: die anderen beiden.«

Zwei Seufzer, aus geringer Entfernung, fast eins. Nur ein Rauschen.

»Aufgepasst, da kommt noch einer.« Ein Seufzer, noch leiser, dumpf, fern.

»Wer hatte um diese Uhrzeit Wache?«, fragte der Kommissar.

»Ich«, sagte Sarrina, »aber ich habe nichts…«

»Ich auch«, sagte Matera. »Ich habe gestern Nacht fast gar nicht geschlafen. Ich habe diese Geräusche gehört, die letzten… aber ich habe gedacht, da seufzt einer im Schlaf und dreht sich im Bett um.«

»Dabei waren es drei Glasprojektile mit Kunststoffummantelung. Kaliber 22 Highspeed-Pistole, der Wirkung nach zu urteilen. Schalldämpfer«, sagte Di Cara. »Und ein Krampfanfall. Aber nehmt's euch nicht zu sehr zu Herzen… so, wie ich sie euch eben gerade vorgeführt habe, sind die Schüsse verstärkt und vom Equalizer gereinigt. Ohne Kopfhörer hätte ich sie auch nicht bemerkt…«

»Hör auf, Sasà…«, sagte der Kommissar. »Entlaste sie mir nicht zu sehr. Sie haben zugelassen, dass der Spezi, den sie überwachen sollten, ermordet wurde… drei Morde in einer Schicht. Wenn du mich fragst, ich finde das ziemlich trottelig. Aber darüber unterhalten wir uns später.«

Grazia hatte die Ellbogen auf die Knie gestützt, sie bohrte den Daumen in die Wange und kaute darauf herum. Sie sah die Szene vor sich. Der Mörder von Jimmy und seinen Leuten musste ein Nachtsichtgerät benutzt haben, um sich so leise in der Wohnung bewegen zu können, ohne irgendwo anzustoßen. Er musste lautlos durch ein Labyrinth aus grünen phosphoreszierenden Linien und blass strahlenden Umrissen geschlichen sein, auf Mimmo zu, um ihm die Kehle durchzuschneiden. Der Schütze, ein zweiter Mann wahrscheinlich, musste, um mit derartiger Präzision schießen zu können, ein Rotlichtvisier auf den Pistolenlauf montiert haben. Ein kleiner roter Punkt, der aus dem unförmigen Schalldämpfer austritt, einem Brügger + Thomet oder einem Mark White Millennium, möglicherweise eingewickelt in einen feuchten Lappen, ein kleiner roter Punkt tanzt auf dem grünen Kopf, der aus dem Laken lugt, und hält plötzlich inne. Eine Kugel für jeden, plus den Gnadenschuss für Jimmy. Er musste auch ein kleines Netz am Schloss der Pistole befestigt haben, denn man hörte die Hülsen nicht fallen, und außerdem hatten sie in der Wohnung keine gefunden. Alles stand Grazia vor Augen, bis auf eins.

»Wie sind sie reingekommen? Es gibt nur die Tür, und die

hätten wir hören müssen. Einbruchslärm... wir hätten sie doch bemerkt, oder?«

»Drei Uhr einundzwanzig«, sagte Di Cara. Er wollte sich über das Aufnahmegerät beugen, berührte die Rücklauftaste, schüttelte dann aber den Kopf. »Ist nicht wichtig, ich erzähl's euch so. Um drei Uhr einundzwanzig hört man etwas Metallisches. Ganz leise... ich habe es erst bemerkt, als ich die Schwankungen der Tonspur visualisiert habe. Neunzehn Minuten später ein weiteres metallisches Geräusch, wie von einer Kette, ein wenig lauter, aber immer noch leise. Er hat einen Dietrich ins Schloss gesteckt und so langsam umgedreht, dass er neunzehn Minuten dafür gebraucht hat, Millimeter für Millimeter. Dann hat er mit einer winkelförmigen Pinzette die Sicherheitskette gepackt und weitere sieben Minuten gebraucht, um sie zu lösen.«

»Himmel«, murmelte Matera. »So was von kaltblütig.«

Der Kommissar warf Inspektor Di Cara einen Blick zu. Der lächelte.

»Das ist nicht alles«, sagte Di Cara. »Ratet mal, warum er das tut. Dass er langsam macht, ist verständlich, er will nicht, dass die in der Wohnung aufwachen... aber warum so langsam?«

»Weil er weiß, dass wir da sind«, sagte Grazia. »Er weiß, dass wir auf der Lauer liegen und feinere Ohren als Jimmy und seine Leute haben. Deshalb steht er zwanzig Minuten lang fast reglos da, um einen Dietrich in einem Schloss umzudrehen.«

»Bravo«, sagte Di Cara.

»Von wegen bravo...«, sagte der Kommissar. »Sasà, das Mädchen hier ist Expertin im Fangen von Untergetauchten. Bevor sie zu uns zur Mordkommission kam, war sie mit mir in Rom, und ich schwöre dir, die war der reinste Bluthund. Wenn sie einen schnappen sollte, heftete sie sich an ihn und schlief nicht mehr, sie studierte ihn, sie wusste alles über ihn, was er gemacht hatte, was er gesagt hatte, wie er als Kind war, sogar wovon er träumte, verdammt, als wäre sie mit ihm verlobt... Nur dass sie ihn nicht heiraten, sondern hinter Gitter bringen wollte. Diesen Job habe ich absichtlich ihr gegeben... und jetzt hat sie mir diesen Mist eingebrockt. Bravo, Grazia, herzlichen Glückwunsch!«

Grazia sagte nichts. Sie blickte zu Boden, die Lippen zusammengekniffen, das Kinn zitterte vor Wut. Wenn sie hochgeschaut hätte, das wusste sie, hätte sie angefangen zu heulen.

Matera zog die Hände unter dem Hintern hervor und holte eine Zigarre aus der Hemdtasche. Er wollte sie nicht rauchen – als sie vorhin hereingekommen waren, hatte der Kommissar sofort gesagt, dass der Raum zu klein sei und dass nur er rauchen werde –, er wollte sie nur in den Fingern halten. Am liebsten hätte er nämlich noch mal gesagt: »So was von kaltblütig«, doch er wurde von einem Gedanken abgelenkt, einem ärgerlichen Gedanken, den er einfach nicht unter Kontrolle bekam: »Moment mal«, sagte er. »Wenn Sie denken, dass die von unserer Überwachung gewusst haben, einverstanden... aber wenn Sie glauben, die hätten das spitzgekriegt, während wir da waren, dann bin ich nicht einverstanden. Ich hab aufgepasst und hab keinen bemerkt, der uns aufgelauert hätte. Wenn wir zum Essen runter sind, wenn wir raus sind... ich hab nie einen mehr als einmal gesehen und nie einen, der sich verdächtig verhalten hätte.«

»Möglicherweise hast du es nicht mitgekriegt«, sagte der Kommissar. Matera löste sich von der Wand und drückte den Rücken durch. Seine Nase und die Haut unter seinen Augen waren plötzlich rot geworden, wie eine auf halber Höhe abgeschnittene Maske. Er quetschte die Zigarre in seiner Hand, dass es knirschte.

»Entschuldigen Sie bitte, Dottore, aber nicht mal Ihnen erlaube ich …«

»Reg dich nicht auf, Matera«, schnitt der Kommissar ihm das Wort ab. »Das ist kein Anschiss. Sieh dir das an, dann verstehst du, was ich meine.«

Inspektor Di Cara beugte sich wieder über den Wagen, und diesmal schaltete er den Videorecorder ein. Grazia stand von ihrem Hocker auf und trat an den Schreibtisch, von wo aus sie den Schirm ohne Spiegelungen sehen konnte. Sie drängte nach vorn, wobei sie sich mit einer Hand auf die Stuhllehne des Kommissars stützte, geduckt, fast über seiner Schulter. An ihren Geruch nach drei Tagen ohne Dusche oder daran, dass sie damit den Kommissar belästigen könnte, dachte sie nicht mehr.

Das Band war schon eingelegt, und auf dem Monitor erschien, von oben aufgenommen, die Eingangstür des Hauses, in dem Jimmy sich versteckt hatte. Unbeweglich, grau, verschlossen. In der rechten Ecke glitten die kleinen weißen Ziffern des Timers vorbei. Am Ende der Ziffernfolge, die drei Uhr zehn anzeigte, folgten die Sekunden regelmäßig aufeinander.

»Das Haus«, sagte Inspektor Di Cara, »ist ein Sozialwohnungsbau aus den siebziger Jahren …«

»Wissen wir«, unterbrach ihn Sarrina. »Wir haben drei Tage gegenüber gehockt. Zwei Zwillingsblöcke mit zwei Zugängen und zwei Treppenhäusern. Kein weiterer Zugang. Sechs Geschosse pro Block, zwei Wohnungen auf jeder Etage.«

Di Cara seufzte. Er beugte sich nach vorn und stoppte das Band mit der Fingerspitze. Der Ausschnitt zeigte dasselbe Bild wie vorher, die verschlossene Haustür, den dunklen Glasbeton des Türrahmens, ein Stückchen Straße davor, erleuchtet vom Lichtkegel einer Laterne, blass und mit unbeweglichen Schattenflecken.

»Immer mit der Ruhe, Kollege«, sagte Di Cara, noch immer nach vorn gebeugt, den Finger auf der Recordertaste. »Ich suche bestimmt nicht das Haar in der Suppe. Ich will nur sagen, dass in diesem verdammten Bunker im Schnitt fünfzig Leute pro Aufgang leben, und daraus folgt, auch wenn sich eure Leute alle Nachbarn noch mal ganz genau vorgenommen haben, um zu prüfen, ob auf eurem Band jemand drauf ist, der nicht in dem Haus wohnt, müsst ihr das Ergebnis mit Vorsicht genießen.«

Außer Atem, weil er die ganze Zeit mit vorgebeugtem Oberkörper gesprochen hatte, drückte er eine Taste und lehnte sich in seinem Stuhl zurück. Das Band lief wieder an.

»Grazia«, sagte der Kommissar, »was meinst du, wie viele waren es?«

Da war etwas auf dem Video, etwas, das näher kam. Grazia wandte den Blick nicht vom Bildschirm. Sie hörte nur auf, von innen auf den Wangen herumzukauen.

»Ein Kommando aus zwei Leuten«, sagte sie. »Mindestens zwei. Kein Schmieresteher, den hätte Sarrina gesehen.« Aber sie war nicht wirklich überzeugt.

»Tatsächlich«, sagte Di Cara, »haben wir zwei Leute in Verdacht. Da kommt der Erste.«

Es war ein junger Mann auf dem Fahrrad, dem eine Veränderung des Lichts zwischen den Schatten auf der Straße vorausging, wie eine Vorankündigung. Zwischen zwanzig und fünfundzwanzig. Typ Student. Groß, schlank, langes, leicht gewelltes Haar, im Nacken zu einem krausen Zopf zusammengebunden. Verwaschener brauner Rippenpullover, der bis zum Hintern reicht, und rote Baumwollstrümpfe. Turnschuhe. Kleiner schwarzer Rucksack auf dem Rücken. Der Bart, rot wie die Strümpfe und das Haar, spärlich, schütter, lockig, wie bei einer Ziege, ausschließlich am Kinn. Er lehnt das Fahrrad an die Hauswand, auf der Straße, fast am Rand des Bildausschnitts, wickelt eine um den Lenker geschlungene Kette ab, steckt sie durch die Speichen und schließt sie an etwas fest, das man nicht sieht, weil es außerhalb des Blickfelds liegt. Dann schließt er die Tür auf und geht hinein. »Da«, sagte Di Cara, hielt das Band an und drückte den Schnellvorlauf. »Das ist der Erste. Zehn Minuten später beginnen die Geräusche an Jimmys Tür. Allerdings ist da noch ein anderer.«

»Ich erinnere mich an ihn«, sagte Matera.

»Ich erinnere mich auch«, sagte Sarrina. »Er hatte nichts Besonderes an sich…«

»Abgesehen davon, dass er zwanzig Minuten nach dem letzten Schuss herauskam«, sagte Di Cara. »Aber das ist nicht das Entscheidende. Seht ihn euch mal genauer an…«

Timer vier Uhr siebzehn. Aus der grauen Tür tritt ein Mann um die fünfzig. Klein, vierschrötig, ein paar graue Haare an die Schläfen geklatscht und quer über den runden Schädel gelegt. Blaumann unter einer grauen Daunenskijacke, die gelben und roten Streifen an den Ärmeln stark ausgeblichen. Im Mund hat er eine fast aufgerauchte Zigarette, und in der rechten Hand hält er eine alte Sporttasche, die ebenfalls stark ausgeblichen ist. Auf der Schwelle bleibt er einen Augenblick stehen und nimmt einen Zug, die Finger der anderen Hand am Filter, die Augen halb geschlossen, ein Mundwinkel geöffnet zu einer schiefen Grimasse, bevor er die Kippe mit dem Mittelfinger wegschnippt. Die Kippe sicherstellen, dachte Grazia. DNS im Speichel.

»Da stimmt was nicht«, sagte Matera. »Der Junge hat das Fahrrad angeschlossen, als er rein ist. Das macht doch keiner, der drei Leute umbringen will.«

Der Kommissar lächelte. Er warf sich nach hinten, gegen die Stuhllehne, und verschränkte die Hände im Nacken. Grazia, in deren Armen er plötzlich lag, zuckte etwas übertrieben zurück, was aber niemand zu bemerken schien.

»Los, Sasà«, seufzte der Kommissar. »Komm zum Schluss und sag's ihnen.«

»Ich habe spaßeshalber mal ein bisschen mit dem Programm gespielt, mit dem euer Erkennungsdienst biometrische Vergleiche anstellt.«

Grazia nickte, als hätte er sie angesprochen, dabei sah Di Cara den Kommissar an. Sie kannte dieses Programm. Es vermass verschiedene Schlüsselpunkte im Gesicht einer Person. Es digitalisierte eine Fotografie oder ein Fotogramm, berechnete den Abstand der Augen, den Ansatzwinkel der Nase, die Länge der Ohren, und reduzierte sie auf numerische Formeln, die mit denen anderer, nach dem gleichen Muster bearbeiteter Gesichter verglichen werden konnten. Auf diese Weise gelang es ihnen, bei Banküberfällen achtzig Prozent der Täter zu identifizieren.

»Ich habe die Ergebnisse der beiden mit denen in unserem Vorstrafenregister verglichen«, fuhr Di Cara fort. »Nichts… keiner von beiden hat Vorstrafen. Mord, Banküberfall… nichts. Sauber und unbekannt. Aber das ist nicht das Merkwürdigste. Dottor Bozzi hatte die Idee… wir haben den Mann und den Jungen miteinander verglichen, und wissen Sie, was dabei herauskam? Dass sie ein und dieselbe Person sind.«

Der Kommissar schob zwei Fotos aus der Akte, die auf seinem Schreibtisch lag. Der Junge mit dem Fahrrad und der

Mann im Arbeitsanzug, auf einem Fotogramm, das sie von vorne aufnahm. Schwarzweißvergrößerungen, körnig, matt, auf den reglosen Gesichtern Linien und Kreise, die mit rotem Filzstift aufgemalt waren.

»Verdammt…«, murmelte Sarrina. »Wie ist denn das möglich?«

Grazia stützte sich mit den Armen auf den Stuhl des Kommissars und beugte sich über die Fotos. Sie sahen aus wie zwei verschiedene Personen. Sie *waren* zwei verschiedene Personen. Vollkommen verschieden.

»Matera«, sagte der Kommissar, vermied aber, ihn anzusehen. »Tut mir Leid, aber deine Ferien fallen aus… deine Kubanerin siehst du ein andermal. Wir haben den Karren in den Dreck gefahren, also müssen wir ihn auch wieder rausziehen. Wir haben es mit einem Profikiller zu tun, der seine Identität nach Belieben wechselt, der allein tötet, ohne danebenzuschießen, und das, während wir die Opfer überwachen. Negro…« Er sah zu Grazia hin, die ihm aufmerksam in die Augen blickte. »Das ist dein Fall. Häng dich rein in die Sache, und schnapp mir diesen Kerl.«

Grazia nickte, sagte aber nichts. Sie stieg über einen Stuhl, der im Weg stand, und folgte Matera und Sarrina auf den Flur. Di Caras Stimme war kaum mehr als ein Flüstern, vom Mund ins Ohr, doch Grazia war noch nicht sehr weit und hörte es trotzdem.

»Dottore… sind Sie eigentlich sicher, dass die Kleine für so eine Sache den nötigen Mumm hat?«

»Das ist kein Pitbull.«

»Sieht aber so aus.«

»Das ist kein Pitbull, das ist ein American Staffordshire. Sieht aus wie ein Pitbull, ist aber keiner. Er ist total lieb, der liebste Hund auf der Welt.«

»Mag sein… aber ich finde, er sieht aus wie ein Pitbull. Lass ihn bitte an der Leine.«

Jedes Mal dasselbe. Wenn ich ihn ausführe, reißen die Leute ihre Kinder fort und nehmen ihre Hunde auf den Arm. Wenn ich vorbeigehe, werfen sie mir böse Blicke zu, Marke: »Das ist doch der mit dem bösartigen Hund«, aber sie sagen nichts, denn wenn sie was sagen würden, wenn sie mich zum Beispiel beschimpfen würden, könnte ich ihnen erklären, dass das hier eigentlich gar kein Hund ist, sondern eher eine Wurst mit Beinen, dass dieses Maul nie etwas anderes getan hat, als mit abstoßender Gefräßigkeit zwei Dosen DOG pro Tag zu verschlingen, die für tausend Lire im Sonderangebot. Und dass dieses grausame Grinsen, das sie auf seiner Schnauze zu erkennen glauben, nur das blöde Lächeln ist von einem, der dreiundzwanzig Stunden am Tag schläft und den Rest der Zeit entweder frisst, kackt oder pisst. Aber mich spricht nie einer an, alle gucken, als ob ich ein Fanatiker wäre, ja soll ich etwa mit einem Schild um den Hals herumlaufen, auf dem steht: »Das ist kein Pitbull, verdammt noch mal!«

Immerhin, der eine oder andere hat's zum Glück kapiert. Morbido, zum Beispiel, der abgesehen davon, dass er ihn wirklich nicht im Haus haben will, mit allem übrigen kein Problem hat. Unter anderem, weil er offenbar keinen Schimmer hat, was ein Pitbull ist. Hier bei Freeskynet hingegen haben sie's nicht begriffen. Heute Abend habe ich ihn zum ersten Mal mitgebracht, und schon bricht das Chaos aus. Der Chef hat gesagt, dass ich das nie wieder tun soll, und Luisa will einfach nicht glauben, dass das kein Pitbull ist, verdammt noch mal.

Ich tu dir mehr weh als ein Pistolenschuss
Was Besseres verdienst du nicht…

»Nimm die Leine kürzer… wegen dir sitze ich schon ganz außen auf der Kante. Da, ich komm nicht bis an die Tasten…«

Luisa ist gerade damit beschäftigt, einen Mitschnitt vom Subsonica-Konzert auf der Festa dell'Unità ins Netz zu stellen. Aber nicht live, sondern mit einem Tag Verspätung, denn für einen Provider ist Freeskynet Bologna eine ziemliche Niete. In Wirklichkeit kontrolliert Luisa weniger, eigentlich schaut sie sich das Konzert an, denn sie mag Subsonica. Ich auch, aber momentan bevorzuge ich Tenco. Einen Tag nach dem andern.

Du wirbelst herum wie nach einem Pistolenschuss
da fällt dir nichts mehr ein

»Entweder nimmst du die Leine kürzer, oder du gehst an ein anderes Terminal… Da, schau mal! Er berührt fast mein Bein!«

»Lass uns Plätze tauschen… ich mache mit der Musik weiter.«

»Nichts da… um die Chats kümmerst du dich, mein Lieber.« Sie hat Recht. Die Kontrolle der Chats ist nicht der langweiligste Job bei einem Provider, aber auf die Dauer ödet er mehr an als alle anderen. In der Praxis besteht Freeskynet Bologna aus drei Räumen im zweiten Stock eines Hauses in der Innenstadt. Der erste, gleich wenn man reinkommt, mit dem Schreibtisch der Sekretärin, die sich um Publikumsverkehr, Abos, Marketing und so weiter kümmert. Im zweiten, gleich dahinter, sitzt der Chef, sein Büro ist winzig, aber ihm gefällt's. Im dritten sitzen wir, das Herz des Ganzen, die Tische mit den Terminals, die Konsolen mit den Modems, die Sklaven, die die Websites gestalten, die Dateien herunterladen und überspielen, die darüber wachen, dass alles glatt läuft, vor allem die Chats und die E-Mail. Alles in allem: ich, Mauri und Luisa. Oder, in hierarchischer Reihenfolge: Mauri, Luisa und ich.

Während dieser Zeit
habe ich Groll ausgekotzt…
Ich habe die Teile zusammengeflickt
wieder zu hoffen begonnen…

Ehrlich gesagt, würde ich jetzt am liebsten gar nichts tun. Ich möchte die Arme auf die Tastatur legen und den Kopf darauf betten, die Nase auf dem Zet, und für alle Ewigkeit einschlafen, während über den Bildschirm eine unendliche Reihe von zzzzzzzzzzz läuft. Den Rest meines Lebens so verbringen, einen Tag nach dem andern, wirklich. Das Letzte, was ich möchte, das Allerletzte, ist hier zu sein und mich um die Chat Area zu kümmern. Darauf aufzupassen, dass alles funktioniert, dass die User sich an die Regeln halten, dass niemand sich einen Chatroom zu illegalen Themen einrichtet… vor allem dass sich keine Pädophilen hier herumtreiben. Wenigstens nicht jetzt, bei all den Geschichten in den Zeitungen. Früher waren die

Naziskins die Bösen, dann die Satanisten, aber das ist vorbei, da war der Chef unmissverständlich: Passt mir auf die Pädophilen auf. Das hat er auch auf die Homepage des Portals gestellt, neben das Logo der Chat Area: »Warning, net patrol! Vorsicht: antipädophile Überwachung!« Damit bin ich gemeint: Nachtportier, E-Postbote und Cyber-Streife gegen Kinderschänder. Als ob man hier, zwischen diesen Zeilen in 14-Punkt-Helvetica, die einander auf dem Bildschirm in rasendem Tempo folgen, tatsächlich einen Pädophilen ungetarnt findet.

<Cl@udia> Ciao! Wie alt bist du?

<M@xbonissimo> Was machst du?

<Robert@> Wer bist du?

<@uror@> Von wo aus tippst du?

<Debby> :)

<Roby> ;)

<Kitty> :(

<Patty> :(((

Wenn man den Namen anklickt, kann man ein kurzes Profil lesen, falls eins da ist. Aber die Geschichten der anderen interessieren mich im Augenblick nicht die Bohne. Ich bin zu sehr mit meinen eigenen beschäftigt.

»Ragazzotriste87 (für Mara, I. L. Y.) «

»Ramones88 (stinxauer)«

»Fumata86 (Bumalek Bumalek Shivaaa!)«

»Sag mal, Luisa… wie ist das eigentlich, machen deine Typen mit dir Schluss, oder machst du mit ihnen Schluss?«

»Ich mache mit ihnen Schluss.«

»Und hast du das noch nie bereut? Hast du noch nie deine Meinung geändert und bist zurückgekommen?«

»Nie.«

»Danke, Luisa.«

Sie merkt, dass sie wohl ein bisschen schroff war, denn sie dreht sich um und sieht mich an. Ich sehe sie auch an. Luisa wäre gar nicht übel. Fünfundzwanzig Jahre, klein und zierlich, aber gut bestückt. Hübsch. Blonde Haare, gewellt, schulterlang. Eine etwas freakige Halskette aus Röhrenknochen, ziemlich indianisch, auf der noch gut gebräunten Haut Marke: neulich in Urlaub gewesen, um das Handgelenk noch mehr Röhrchen, ziemlich afromäßig. Ringe aus geflochtenem Metall an Fingern mit kurzen Nägeln, die eine superdünne Merit-Zigarette halten. Khakifarbene Hose mit überall Taschen und unten mit Schlag, sowie ein ziegelrotes Unterhemd, der Chef spart nämlich an der Klimaanlage. Offene Sandalen, an der Ferse abgelaufen, der Lederriemen eingeklemmt unter den Füßen mit dunkelblauen Nägeln. Ein Silberkettchen um den Knöchel. Ich glaube, ich habe Luisa noch nie so ausgiebig betrachtet.

»Hör zu … sie war nicht die einzige Frau auf der Welt«, sagt sie. »Und du bist ja nun nicht der letzte Loser auf Erden. Früher oder später findest du eine andere.«

»Meinst du?«

»Ja.«

»Gehst du morgen mit mir aus?«

»Nein.«

»Danke, Luisa.«

Diesmal sieht sie mich nicht an, sie zuckt mit den Schultern und kehrt zu den Subsonicas zurück, zu der körnigen Bühne in dem winzigen Viereck in der Mitte des Monitors, körnig und bunt, wo Sänger und Musiker sich verwischt und abgehackt bewegen, der Musik immer ein bisschen hinterher.

Du hattest alles
auch meinen schönsten Traum…
Du hast genommen, was brauchbar war
ohne Rücksicht und Ehrgefühl…

Ich lehne mich nach hinten, aber langsam, um auf den drei Rollbeinen des Bürostuhls keinen Salto rückwärts zu fabrizieren, und verschränke die Hände im Nacken. Ich schaue nach oben auf eine feuchte Stelle, die in einer Ecke die Decke verdunkelt. Wie so viele Häuser in der Innenstadt von Bologna hat auch dieses hier bemalte Zimmerdecken, besser gesagt: hätte welche, wenn sich jemand daran erinnern würde, dass es sie gibt.

»Tatsächlich«, sage ich, »war sie das schönste Mädchen der Welt.«

»Ach du meine Güte«, sagt Luisa, fast zu sich selbst.

»Doch, sie war wunderschön. Blond und dänisch, mit blauen Augen. Aber nicht die gewöhnliche nordische Blondine, nein … sie hatte ein besonderes Gesicht. Ihre Nase war ein bisschen schief… eine Mischung aus Cameron Diaz und Ellen Barkin. Als Kind hatte sie mal einen Nasenbeinbruch…«

Ich fasse mir an die Nase, meine ist gerade, schmal. Jetzt würde ich gern diese Ausbuchtung, diese winzige Krümmung spüren. Ihre Nase fehlt mir.

»Ein Auge war ein kleines bisschen heller… das eine war blau, aber richtig tiefblau, und das andere war einen Tick mehr himmelblau. Genau wie bei dem einen Ohr… wenn sie ihre Haare ein bisschen nach hinten schob, konnte man es sehen… ein Ohr stand weiter ab als das andere. Das kam daher, weil sie als Kind in der Wiege immer darauf geschlafen hat. Und ein Schlüsselbein, hier…« Unter dem T-Shirt taste ich nach der Stelle, aber das ist nicht dasselbe. »… ragte ein bisschen weiter raus, stand ein bisschen vor…«

»Mit anderen Worten, sie war schief und krumm.«

»Aber nein, red keinen Stuss… sie war vollkommen harmonisch. Außergewöhnlich.«

»Also apart.«

»Nein, nicht apart, Luisa… sie war schön. Kristine war wunderschön, aber doch nicht apart.«

Das habe ich zu laut gesagt, zu feurig. Unter meinem Tisch wacht der Hund auf und hebt den Kopf. Er öffnet den Kiefer ein wenig und lässt aus dem Maul einen Streifen rosa Zunge heraushängen, dünn und nass. Er blickt um sich, mit diesen kleinen, entfernt am Rand des spitzen Gesichts stehenden Augen und mit diesem Ausdruck, den er immer hat, als wäre er ein bisschen down. Luisa macht eine halbe Drehung auf ihrem Bürostuhl und zieht die Beine an, so dass sie nur noch auf den Fußspitzen stehen, in Sicherheit. Das tut sie so schnell, dass eine Sandale am Boden liegen bleibt, der Hund interessiert sich dafür und zieht an der Leine, aber sachte, fast ohne sich aufzurichten.

»Halt mir dieses Monster vom Leib!«, kreischt Luisa.

»Der tut dir doch nichts…«

»Ruf ihn zurück! Er wird doch einen Namen haben, oder? Hat sie ihm keinen gegeben, die Alte, bevor sie mit dir Schluss gemacht hat?«

Ehrlich gesagt, nein, sie hatte nicht mehr die Zeit dazu. Und ich habe noch nie darüber nachgedacht. Morbido nennt ihn das Problem, ich nenne ihn *den Hund*. Aber momentan liegt mir weniger daran, diesen Punkt klarzustellen.

»Sie hat nicht mit mir Schluss gemacht«, sage ich, »das heißt, nicht richtig. Sie war ein Jahr mit einem Erasmus-

Stipendium hier, und als das Jahr zu Ende war, ist sie nach Kopenhagen zurückgefahren. Schluss, aus.«

Der Hund ist ein bisschen unentschlossen, ob er weiter zerren und sich an Luisas Sandale heranpirschen oder ob er es aufgeben soll. Er muss beschlossen haben, dass es die Mühe nicht lohnt, denn an der Stelle, wo er sich gerade befindet, lässt er den Kopf wieder auf den Fußboden sinken und schläft sofort ein. Luisa bleibt auf Abstand, an der Ecke ihres Schreibtisches, den nackten Fuß auf die Sandale des anderen gestellt. Sie sieht mich böse an, dann zieht sie ein letztes Mal an der Zigarette, drückt sie in einem Aschenbecher aus und deutet auf meinen Bildschirm.

»Da, schau mal, alles abgestürzt«, sagt sie boshaft.

Tatsächlich. Die Chat Area ist blockiert und reagiert nicht, wenn ich mit dem Cursor drübergehe. Auch die verschiedenen Fenster lassen sich nicht aktivieren, bleiben, wenn ich sie anklicke, untätig und passiv. Ich lege die Hände auf die Tastatur, aktiviere die Nachricht, mit der die User gebeten werden, offline zu gehen und sich neu einzuwählen, dann mache ich mich daran, die Dinge wieder in Ordnung zu bringen.

<Buffy> Was für ein Knall!
<Debby> Was für ein Kracher!
<Poppy> Bist du da?

Die Chat Area von Freeskynet hat rund fünfzig Räume. Die Liste befindet sich in einem Viereck links auf dem Schirm, und wenn man mit dem Cursor drüberfährt, erscheinen rechts die *Nicknamen*, die Decknamen derjenigen, die sich gerade darin aufhalten. Einige Räume, zum Glück nur wenige, werden *moderiert*, das heißt, es gibt einen Moderator, im vorliegenden Fall fast immer ich, der die Unterhaltung neu belebt, wenn sie verebbt, der aufpasst, dass nicht zu viel geflucht wird, und den unvermeidlichen Loser rauswirft, der sich mit dem Satz einführt: »Suche Nutte zum Ficken, wer hat so eine?« Jeder Raum hat einen Namen, der seltsam, komisch, sympathisch oder obszön ist, *Jungeleute.chat*, *Eismond*, *Das Reich von Avalon*, *Freunde von Filippo.chat*, aber mehrheitlich geht es um sexuelle Themen, *Sex.chat*, *Oralsex.chat*, *Analsex.chat*,*Kackmirnmund.chat*, sogar *Lassunsübermeinefreundinredenundunseinenrunterholen.chat*, und dann wartet noch eine Userin, Pippa27, alleine im Viereck links. Sado.maso oder SM-Räume gibt es vier, und sie sind immer voll. Schwule und lesbische gibt es fünfzehn, wobei die Girls mit acht zu sieben vorne liegen. Manche benutzen die Chats als Ersatz fürs Telefon, wie zum Beispiel Angestellter31, der sich immer mit dem Satz verabschiedet: »Ich muss jetzt, Mädels, der Chef kommt gerade.« Leute, die tatsächlich jemanden für etwas Spezielles suchen und sofort nach Fotos, Webcam-Bildern, E-Mail-Adresse und Handynummer fragen, bitte fernbleiben, ihr verliert nur eure Zeit. Manche spielen, legen sich eine Rolle zu und schlüpfen hinein, wie Casanova32cm, DreckSchwein und Sau, Reinhardt Junge ss, MisterMaster und demütigster sklave, klein geschrieben, denn den *slaves* ist es untersagt, Großbuchstaben im Nicknamen zu führen. In diesen Chaträumen spricht fast niemand öffentlich, indem er die eigenen Sätze per Eingabetaste in den gemeinsamen Raum wirft, Satz nach Satz, voller Fehler wegen der Eile beim Tippen. In diesen Chats sind alle immer im »Séparée«, denn man muss einen Namen im Viereck rechts nur einmal doppelklicken, und schon kann man direkt mit demjenigen sprechen, in einem gesonderten Raum, allein, unsichtbar für die anderen.

Glauben sie wenigstens.

Aber dem ist nicht so.

Ich lese mit.

Vor meinem Nicknamen steht eine Reihe von Befehlen, die grafisch durch ein @ dargestellt sind und mir die Macht verleihen, fast alles zu tun, was ich will. Zum Beispiel heimlich ins Séparée einzudringen und zu schauen.

<Cornelius> Spürst du meine Hände auf dir? Spürst du, wie meine Finger deine Kehle zudrücken, deine Lippen zerquetschen …

<Lara> Ich spüre sie …

<Cornelius> Spürst du meine Rute in dir? Ich drücke deinen Rücken gegen die Wand und stoße zu, Lara, ich stoße zu …

<Lara> Ja, Cornelius … Stoß zu … ich schlinge meine Beine um deine Hüften … stoß zu …

Cybersex, eher sogar von der softeren Sorte. Ich frage mich immer, was die in dem Augenblick wirklich tun. Berühren sie sich, sind sie wirklich erregt? Oder sitzen sie schön anständig im Büro und tun so, als würden sie arbeiten?

<Sade> Komm, Sklavin, ich peitsche dich aus … *Tschak! Tschak! Tschak!*

<Justine> Ich lecke dich, Herr … *Lutsch! Lutsch! Lutsch!*

<Masoch> Ja, tu mir weh … *Ahhh!Ahhh! Ist das geil!*

<Venus im Pelz> Dieses Rezept für braune Soße, das du mir das letzte Mal gegeben hast … tust du da wirklich all die Aromen rein? Auch Möhre?

Nicht dass diese Spannerei wirklich mein Fall wäre. Am Anfang ist es unterhaltsam, wie bei Big Brother, man spioniert in den Räumen, kümmert sich um anderer Leute Scheiß, entdeckt, was für komische Sachen es auf der Welt gibt… dann wird's öde. Ich hab genug eigene Probleme. Trotzdem, ich bin hier, um von einem Chat zum anderen zu springen, wie vor einer Prüfung, wenn ich mich nicht auf die Bücher konzentrieren kann, weil mich allein bei dem Gedanken daran eine schmerzhafte Müdigkeit überfällt und peinigt und ich die Zeit damit vertue, aus dem Fenster zu schauen, oder ich schalte den Fernseher ein, oder ich surfe im Internet, nur eine Viertelstunde, Ehrenwort, dann fange ich an.

Luisa muss mich gefragt haben, ob ich ihr kurz helfen kann oder so, denn als ich einen Blick auf ihren Bildschirm werfe, sehe ich, dass das Konzert der Subsonicas sich in dem bunten kleinen Viereck zu einem Streifen sich überlagernder Bilder verheddert hat. Geht nicht, sage ich, nicht aus Bosheit, sondern wegen dieser Empfindung physischen Schmerzes, die mich überfällt, wenn ich etwas tun soll, vor allem jetzt, da ich nichts anderes tun möchte, als Tenco zu hören und über Kristine zu reden. Um wenigstens ein bisschen Haltung anzunehmen, verlasse ich also die erotischen Räume und schaue auf einen Sprung bei den normaleren vorbei, die womöglich noch eigenartiger sind. Ich rücke den Cursor in die rechte untere Ecke und aktualisiere die Liste mit den Chaträumen, die sich dauernd ändert, denn jeder kann seinen eigenen haben und ihn schließen, wann er will. Und wirklich: Da ist ein neuer. Ich gehe mit dem Gesicht näher an den Bildschirm.

Er heißt *Pitbull.chat*. Im Viereck rechts stehen zwei Nicknamen, einer über dem anderen. *Pitbull* und *Ilvecchio*.

Ich werfe einen Blick auf den Hund, der auf dem Boden

schläft, so reglos, dass er wie tot aussieht, und betrete den Chatraum, ohne dass mein Nickname auf der Liste erscheint. Nichts. Leerer Bildschirm, keine geschriebene Zeile. Pitbull und Ilvecchio chatten im Séparée.

Luisa sagt wieder was, aber ich schüttele den Kopf, was immer es sein mag. Meine Finger liegen schon auf der Tastatur, die Maus ist bereit. Ich suche sie, finde sie und trete ein.

<Ilvecchio> Ist mein Pitbull so weit?

<Pitbull> Fast.

<Ilvecchio> Sie haben angerufen… sie machen mir Dampf. Sie wollen nicht länger warten.

Ich schaue auf den Hund, und ich schaue auf Luisas Sandale, die einsam mit der Sohle nach oben einen Zentimeter vor seiner Schnauze liegt. Gut möglich, dass er sie, wenn er aufgewacht ist, innerhalb einer Minute ratzeputz aufgeknabbert hat. Und dass Luisa dann anfängt zu kreischen.

<Pitbull> Sie bekommen ihn, wenn er so weit ist.

<Ilvecchio> Bald …

<Ilvecchio> Die Zeit drängt …

Ich würde mich am liebsten in den Chat einklinken und ihnen mitteilen, ich hätte da so einen Hund, wunderschön, absolut reinrassig, sie können ihn sogar umsonst haben. Auf der Stelle. Wo immer sie sind, in Pordenone, Palermo, wo auch immer, ich bringe ihn hin, mit Morbidos Auto, und er fährt. Soll ich? Aber wenn ich mich einklinke, gibt's Ärger, ich verliere meinen Job, und ich glaube, irgendwo war in diesem Zusammenhang auch die Rede von einer Anzeige.

<Ilvecchio> Mit einem American Staffordshire können wir nichts anfangen

<Ilvecchio>... es muss ein Pitbull sein. Mist. Dann eben nicht.

<Ilvecchio> Das wird nicht einfach.

<Ilvecchio> Das weißt du, oder?

<Pitbull> Ich weiß.

Diese Unterhaltung ist irgendwie seltsam. Irgendwie beunruhigend. Ich schaue auf den Bildschirm, und es jagt mir kalte Schauer über den Rücken. Ich weiß nicht, warum. Ich muss dran denken, den Chat zu speichern, bevor ich mich ausklinke.

<Ilvecchio> Du weißt, welchen ich will...

<Ilvecchio>... den besten...

<Ilvecchio>... den besten von allen.

<Pitbull> Ich weiß.

[Sun, Sep. 17, 02:09:30, Pdt 2000] Pitbull left private chat.

Der Chat endet just in dem Augenblick, als es Luisa gelingt, das Subsonica-Konzert wieder zum Laufen zu bringen. Die Musik explodiert höllenlaut, denn als Luisa vorhin an der Audiodatei herumfummelte, hat sie aus Versehen die Lautstärke voll aufgedreht. Aus den Boxen ihres Terminals bestürmt mich, verlangsamt und verzerrt von den Soundeffekten, die schrille, etwas näselnde Stimme des Sängers und reißt fast meinen Kopf zur Seite, als ob sie mich tatsächlich getroffen hätte.

Ich tu dir mehr weh als ein Pistolenschuss
das ist genau, was du verdienst...

Er fixierte ihn.

Er schaute ihn an, die ganze Zeit. Nie wandte er den Blick von ihm. Jedes Mal, sobald er eintrat, wenn sie ihn besuchen kamen, sah sein Vater auf und heftete den Blick auf ihn, so blau, so hell, fast grau. Er riss die Lider auf, als wollte er sie nicht einen Augenblick schließen, nicht einmal zum Blinzeln, und folgte jeder seiner Bewegungen. Sobald er ins Zimmer kam, gleich wenn er hinter seiner Mutter über die Schwelle trat, stellte er die üblichen Blumen in die Vase auf dem kleinen Tisch vorm Fenster, räumte den Bademantel vom Stuhl und setzte sich.

Er sagte kein Wort.

Nie.

Still sah er ihn an.

Ganz anders seine Mutter, die konnte einfach nicht still sein. Schon auf dem Flur begann sie eine Unterhaltung mit der Krankenschwester des Altenheims, und wenn sie ins Zimmer seines Vaters trat, wechselte sie nur das Thema, einfach so, ohne Ton oder Lautstärke zu variieren. Eigentlich war sie auch vorher nicht still gewesen, auf dem Weg zur Villa, und genauso wenig im Auto, auf der Ringautobahn, oder zu Hause, beim Mittagessen, und davor auch nicht. Man konnte sagen, dass sie redete, sobald sie aufwachte, und dass es in gewissem Sinne, wegen des gleichförmigen Tonfalls, in dem sie weitersprach, so war, als hätte sie die ganze Zeit zu seinem Vater gesprochen, schon von weitem.

Hast du gemerkt, Vittorio ist zu Besuch gekommen? Wie lange hast du ihn nicht mehr gesehen?

Er sagt, dass er diesmal ein bisschen länger zu Hause ist, da kommt er dich bestimmt noch mal besuchen.

Auch Vittorio, der in einer Ecke saß, den Arm auf der Tischplatte so weit von sich gestreckt, dass er mit der Fingerspitze fast den Wassertropfen berührte, der aus der Blumenvase gelaufen war, sagte nichts, außer seine Mutter sprach ihn direkt an und forderte ihn ausdrücklich auf, etwas zu erzählen. Dann öffnete er die Lippen, riss sie mit einem fast schmerzenden Ruck auseinander und sagte, murmelte, flüsterte, begann Sätze, die er in der Schwebe ließ, bis er den Eindruck hatte, er habe genug Wörter aneinander gereiht, um wieder schweigen zu können, um den Tropfen zu beobachten, der sich an den Tisch schmiegte und unter der Haut seines Fingers verdunstete.

Seit drei Jahren lebte sein Vater im Altenheim Villa Maria in San Lazzaro, seit er zum zweiten Mal nicht mehr nach Hause gefunden hatte. Er hatte Alzheimer, in ziemlich fortgeschrittenem Stadium, sehr ernst, wenn auch noch nicht hoffnungslos. Damals, als man ihn nach fast einer Woche in Trient aufgriff und keiner sich erklären konnte, wie er dorthin gekommen war, hatte seine Mutter beschlossen, ihn in der Villa Maria unterzubringen. Zu Hause lauerten zu viele Gefahren, die Terrasse, die Tür, die offen blieb, wenn sie einkaufen ging, die Staatsstraße in unmittelbarer Nachbarschaft, und er, Vittorio, war nie da und konnte ihr nicht zur Hand gehen. Also blieb nur die Villa Maria. Villa Maria. Doch sie ging ihn täglich besuchen, zweimal am Tag, und redete mit ihm, in einem fort.

Mit dem Lärm von der Festa dell'Unità ist es dieses Jahr viel besser, weißt du?

Pinas Tochter hat sich von ihrem Mann getrennt, weißt du?

Der Enkel von Signora Marangoni nimmt Drogen, weißt du? Er, Vittorio, sah seinen Vater nie an.

Wenn er konnte, vermied er es, den Blick zu heben und ihn anzuschauen. Wenn er sprach, starrte er auf irgendeinen Punkt rechts oder links von seinem Gesicht, und wenn er zufällig den Kopf bewegte und dabei seinem Blick begegnete, wandte er die Augen sofort ab, als hätte er etwas bemerkt, eine Fliege, eine Bewegung seiner Mutter, etwas, das er anschauen musste. Einen Tropfen auf dem Tisch.

Während er die feuchten Fingerkuppen aneinander rieb, fragte Vittorio sich, ob sein Vater auch schwieg, wenn er nicht da war. Bei der Krankenschwester, beim Doktor, allein.

Stille.

In seinen packpapierblauen Sessel gequetscht, umarmt von den runden Sechzigerjahreformen der kunstledernen Armstützen, ganz mager, eingefallen, eingehüllt in eine zu weite Anzugjacke, gebeugt, der hagere Hals im V des offenen Kragens, auf dem zweiten Hemdknopf lastend, die zarten Handgelenke und die Knöchel, die aus Ärmeln und Hosen ragten wie tote Gleise aus dem schwarzen Auge eines Tunnels. Die Hände klauenartig auf dem Kunstleder der Armstützen, die Finger vertrocknet wie alte Wurzeln, der Handrücken knochig, bedeckt mit hellen Flecken. Die Pantoffeln reglos, den ganzen Tag. Einen Tag nach dem andern.

Sein Vater war fünfundfünfzig Jahre alt, aber er sah aus wie hundert.

Wer weiß, welche Stille in seinem Kopf herrscht, dachte Vittorio. Was da für eine Stille ist. Ob sie surrt, wie es manchmal vorkommt, von außen die Ohren ausfüllt wie ein Wachspfropfen, eindringt, erst sanft wie ein Hauch, dann dichter, sie zieht die Maschen zu, und aus einem Netz wird ein kompaktes, dichtes Zelt, das aufs Trommelfell drückt und den anderen Geräuschen den Durchgang verwehrt, sie zudeckt mit dem heftigen Flug der Wespen, dem sengenden, beharrlichen Kreischen der Grillen und Zikaden, mit dem schrillen hysterischen Kratzen siedenden Öls.

Oder es ist eine flüssige Stille, eine schwarze Stille, wie sie sich im Kopf bildet, zwischen den Ohren, an einer unbestimmten Stelle in der Mitte des Gehirns, ein winziges Pünktchen, ein kleiner Fleck, eine Leere, die sich langsam ausdehnt und dabei alles absorbiert, Töne, Frequenzen, Vibrationen, Klangfarben, Höhen, Bässe, Wörter, Laute anzieht und verschlingt in einem bleiernen Strudel, dicht, trüb und dumpf, ein schwarzes Loch, das sich ausweitet, die Kehle hinuntergleitet und sich auch das Herz, die Lungen, die Eingeweide einverleibt und keine Grenzen mehr hat außer der nunmehr nutzlosen Haut des Körpers.

Oder nein, sie ist ein Tropfen, ein Tropfen, der fällt, der sich ganz oben im Schädel bildet, im Kopf, wie Wasser am Gewölbe einer Höhle, der anschwillt, sich dehnt und löst, um dann hinunterzustürzen, in rasendem Tempo die Wirbelsäule entlang, bis er auf der Sitzfläche des Sessels aufschlägt, in der Hose, konstant, präzise, rasch, ein Tropfen nach dem andern, ein durchdringender Glockenschlag, der nie endet, der zart und hypnotisch schwingt und dabei alle Geräusche auf sich vereint, sie vermischt und verschmilzt, sie nach hinten gleiten lässt und auslöscht, wie der Ton eines Triangels in einer Orchestersinfonie, der wiederkehrt und wiederkehrt, bis er zum Schluss allein übrig bleibt, mit seinem Tropfen, der innen widerhallt.

Eher am Ausdruck des Gesichts als am Gesicht selbst merkte Vittorio, dass er seinen Vater ansah. Unachtsam hatte er den

Blick von irgendeinem Punkt in der leuchtenden Leere des Zimmers auf seine Augen gerichtet, die nun immer mehr jene Leere besetzten, scharf gestellt wurden und alles ausfüllten. Aufgerissene Augen, so hell, dass sie grau wirkten, starr, die Lider nach oben gegen die Brauen gepresst, um sie ja nicht zuschlagen zu müssen. In diesen Augen bewegte sich etwas. Etwas so Heftiges, dass es unter dem gekrümmten Kristall der Hornhaut zu explodieren schien. Ein intensives und besonderes Gefühl, vollkommen klar.

Entsetzen.

Einen Augenblick lang spürte Vittorio jene schmerzhafte Bestürzung, die ihn immer befiel, wenn er ein Déjà-vu-Erlebnis hatte, wenn die Überzeugung, etwas wiederzuerleben, das er nie zuvor erlebt hatte, ihm den Atem nahm und fast seinen Blick vernebelte. Nur dass das kein Déjà-vu war. Vittorio hatte diesen Augenblick schon einmal erlebt, vor Jahren, fast genauso wie jetzt, und er erinnerte sich gut an den Ausdruck der Angst, des Entsetzens in den Augen seines Vaters.

Abgelenkt durch jene Erinnerung, die rasend schnell sein Gedächtnis gestreift hatte, hielt Vittorio deshalb dem Blick seines Vaters den Bruchteil einer Sekunde länger stand, als er wollte, und so sah er ihn weiter an, Auge in Auge, bis der Alte den Kopf nach hinten legte und den Mund aufriss.

Es gelang ihm nicht zu sprechen. Er brachte nur ein abgehacktes Schluchzen hervor, gekappt in der Tiefe der Kehle, ein tönendes Saugen, das seine Zunge wie durch Brechreiz hinausschob, der fehlgeschlagene Anfang eines unverständlichen Wortes, den Zähne abgeschnitten hatten und der, einem kurzen, erstickten Eselsschrei ähnlicher als einer Stimme, hinausgerutscht war. Seine Mutter bekam es mit und hörte sofort auf zu sprechen.

Hat er etwas gesagt? Vincenzo, hast du etwas gesagt?

Verlegen senkte Vittorio den Blick, er kniff sogar die Augen zu. Seine Mutter eilte an ihm vorbei, und als er die Augen wieder öffnete, sah er sie neben dem Vater, über ihn gebeugt, die Hände auf seinen Schultern.

Willst du sprechen, Vincenzo? Willst du mir etwas sagen? O Gott, Vincenzo … du hast dir in die Hose gemacht. Wolltest du mir das sagen? Ich ziehe dir gleich andere Sachen an.

Vittorio, gehst du bitte einen Moment hinaus?

Vittorio stand auf und vermied es, seinen Vater anzusehen.

Er ließ den Blick an den Wänden entlanggleiten, über die nutzlosen Gegenstände, auf die er dabei stieß. Er schob den Stuhl unter den Tisch und nickte.

Kommst du allein nach Hause? Dann würde ich jetzt Annalisa abholen und den Abend mit ihr verbringen.

Selbstverständlich, das mache ich doch immer … es gibt ja den Bus. Vincenzo, Vittorio geht jetzt … aber er kommt wieder. Du kommst doch ein andermal wieder und besuchst Papà, nicht wahr? Ja. Ich komme ein andermal wieder. Ciao.

Als sie noch in Rom lebte, hatte sie sich an manchen Tagen nicht einmal das Gesicht gewaschen, hatte sich nur die Augen gerieben, war sich mit den Fingern durchs Haar gefahren und fertig. Das hatte sie immer dann getan, wenn keine Zeit war, weil sie vom Feldbett gleich eine Schicht lang Posten beziehen musste oder weil der Flüchtige verduftet war und man ihm folgen musste oder weil der Befehl kam, einem Tipp nachzugehen und die Wohnung, die Stadt und manchmal sogar das Land zu wechseln. Umgekehrt hatte sie das auch an den Tagen getan, an denen sie nichts zu tun gehabt hatte und im Urlaub oder krankgeschrieben zu Hause war. Aber meist hatte es daran gelegen, dass keine Zeit war.

Bei der Fahndungseinheit hatte Grazia notgedrungen gelernt, sich mit vielem abzufinden. Mit den Gerüchen beispielsweise, ihren eigenen und denen der anderen, Gerüchen nach ungewaschenen Intimstellen, nach ungepflegten Haaren, nach nicht gewechselten Kleidern, nach Staub und altem Rauch, nach dem eingefetteten Metall von Pistolen und MPs. Sich mit den Geräuschen abzufinden, mit dem summenden Schweigen der Abhörgeräte, mit den verzerrten Stimmen der Abgehörten, mit der permanenten Geräuschkulisse ihrer Kollegen, die nicht stillhalten können, dem Schniefen der Verschnupften, den Hustenanfällen, den Fürzen, eigenen und fremden, unterdrückten oder nicht unterdrückten. Hier bei der Mordkommission Bologna hingegen ging es anders zu, alles war viel einfacher, viel ruhiger.

Trotzdem, nach vier Tagen ohne einen Tropfen Wasser auf der Haut wurde das Duschen sogar in Bologna zu einer dringenden Notwendigkeit, wurde zum körperlichen Bedürfnis, fast zur fixen Idee. In der Kabine, hinter dem Mattglas der Tür, schloss Grazia die Augen, als sie den Griff der Mischbatterie nach links drehte und das Wasser sich über sie ergoss. Als die kalten Tropfen auf ihren Busen prasselten, erstarrte sie erst, doch gleich darauf wurde das Wasser heiß, sehr heiß, und da hob sie das Gesicht und ließ es über Stirn und Lippen und durchs Haar laufen. Und als sie den Kopf nach vorn beugte und der Strahl über Nacken und Schultern strömte und weich und heiß über den Rücken lief, entfuhr ihr ein Stöhnen der Wonne, purer Wonne.

Nachdem sie so lange unter der Dusche gestanden hatte, dass die Haut ihrer Fingerkuppen schon so runzlig war, dass es wehtat, öffnete Grazia den Mund unter dem nunmehr lauwarmen Prasseln, ließ beide Wangen mit Wasser voll laufen und prustete einen zerstäubten Strahl gegen das Relief der Kachelquadrate, wie sie es jedes Mal tat, wirklich jedes Mal, schon seit frühester Kindheit.

Der Wunsch, sich zu waschen, war so groß gewesen, dass sie sich nicht einmal abtrocknete. Sie fuhr sich mit den Händen durch die glänzenden Haare, glättete sie nach hinten und wrang sie zu einem kurzen nassen Pferdeschwanz im Nacken, die rasch verfliegenden, nach Shampoo und Badeschaum duftenden Tropfen auf der Haut ließen sie erschauern, aber sie unternahm nichts dagegen. Nackt und barfuß, wie sie war, verließ sie das Bad. Im Wohnzimmer, vor der Treppe, die ins Schlafzimmer führte, stieß sie auf Simone.

Unter der Dusche hatte sie ihn nicht kommen gehört, dabei hätte sie eigentlich wissen müssen, dass Simone um diese Zeit vom Institut heimkam, schließlich lebten sie seit zwei Jahren zusammen. Sie hätte also nicht so zusammenzucken müssen, die Hand vor der Brust und mit einem unterdrückten Seufzer, abgehackt wie ein Schluchzer, doch sie hatte einfach nicht daran gedacht.

»Grazia?«, fragte Simone, und Grazia antwortete: »Ja.«

Eine unnötige Frage, die er eigentlich nur aus Überraschung stellte. Simone war blind, von Geburt an blind, doch er war in der Lage, Grazia an vielen Dingen zu erkennen, die nicht damit zusammenhingen, dass er sie sah. Tatsächlich sah er sie nicht an, drehte nicht einmal das Gesicht in ihre Richtung, sondern hatte den Kopf zur Seite gelegt, die Augen halb geschlossen, die Lider kaum auseinander, eins weiter als das andere, was seinen Zügen einen asymmetrischen, fast schiefen Schnitt verlieh. Simone konnte sie nicht sehen, doch er hörte sie. Er witterte sie. Er spürte sie.

»Ich höre keine Kleider rascheln«, sagte er. »Du bist nackt.«

»Ja.«

»Und kommst gerade aus der Dusche.«

»Ja.«

»Und warum kommst du nicht her?«

Ich weiß nicht, hätte Grazia am liebsten geantwortet, doch sie sagte nichts. Sie löste sich aus der Starre, ging zu Simone, umarmte ihn und schmiegte sich an ihn. Die warmen Kleider auf ihrer kühlen Haut gaben ihr ein Gefühl, das sie nicht recht einordnen konnte. Es fühlte sich an wie Ärger, doch sie überzeugte sich, dass es das nicht war. Simone wandte ihr den Kopf zu, mit dem Gesicht suchte er ihren Hals und berührte mit den Lippen den Winkel zur Schulter. Er sog ihren Geruch tief ein und drückte sie an sich, doch Grazia schob ihn weg, nahm sein Gesicht in beide Hände und küsste ihn rasch, Lippen auf Lippen, auf die Zähne gedrückt. Doch der Kuss geriet zu kurz, ein intensiver, aber zu kurzer Kuss, der zwar nicht geheuchelt wirkte, aber auch nicht richtig echt.

Simone zog den Kopf aus Grazias Händen und trat so rasch auf die Garderobenleiste an der Wand zu, als hätte er sie sehen können. Kurz bevor er dagegenstieß, blieb er stehen, streckte die Hand aus und fuhr damit über die hölzerne Fläche, bis er unter den Fingerspitzen den Messinghaken fühlte. Dann zog er die Jacke aus und hängte sie mit beiden Händen auf

Nackt und frisch nach Shampoo und Schaumbad duftend, stand Grazia da und sah ihm zu. Damals, als sie Simone während einer Ermittlung, in die er verwickelt wurde, kennen lernte, war er ein störrischer, misstrauischer Junge gewesen, der seine Tage eingeschlossen in einem Dachzimmer verbrachte und zur Musik einer Chet-Baker-Platte mit einem Scanner Handys und den Polizeifunk abhörte. Er tat nichts anderes, er verabredete sich mit niemandem, er sprach mit niemandem, er lebte eingeschlossen und allein in seinem Zimmer unterm Dach. Dann hatten sich die Dinge überstürzt, die Ermittlung wurde abgeschlossen, Grazia hatte ihren Mann geschnappt, und Simone begann sich zu verändern. Er wurde schöner. Vorher hatte er sich nicht mal gekämmt, er schob die Haare nur etwas nach hinten, damit sie ihm nicht in die Stirn fielen, und lächelte nie, seine Lippen waren immer aufeinander gepresst, eine ironische und abweisende Grimasse. Mittlerweile hatte er eine ordentliche Frisur, er ließ sich bei der Kleiderwahl beraten und lehrte Italienisch an einer Blindenschule. Doch die Empfindsamkeit, die Art, wie er den Kopf senkte, wenn etwas ihm nahe ging, wie er die Lippen nach vorn schob, wenn etwas ihm wehtat, ohne es verbergen zu können, auch wenn er nicht sprach, auch wenn er schwieg, die war geblieben. In diese

Empfindsamkeit hatte Grazia sich verliebt, als sie ihn damals kennen lernte.

»Ist dir kalt?«, fragte Simone. Er hatte gehört, wie sie sich mit den Händen schnell über die Arme rieb.

»Ja… ein bisschen.«

»Willst du dir was anziehen?«

»Nein.«

Grazia setzte sich in Bewegung. Sie ging auf Simone zu, und immer noch mit den Händen die Arme haltend, lehnte sie sich an ihn, kauerte sich an seine Brust und drückte so lange, bis auch er sich endlich rührte und sie fest umarmte, und da stellte sie sich auf die Zehenspitzen, bis sie an seine Lippen reichte, und küsste ihn, ein echter Kuss diesmal. Simone begann zu zittern. Das passierte ihm in solchen Momenten immer, ein leichtes Zittern, das manchmal zu einem heftigen Krampf wurde. Es dauerte nicht lang, doch so war es von Anfang an gewesen, seit sie zum ersten Mal miteinander geschlafen hatten. Daran musste Grazia jetzt denken, und über ihre Lippen huschte ein Lächeln, dann schob sie die Zunge vor, und als sie auf die von Simone traf, drängte sie sich an ihn, packte ihn am Hemd, an den Schultern, riss ihn an sich und ließ sich über die Armlehne des Sofas nach hinten gleiten. Simone folgte ihr, streckte aber instinktiv die Hände aus, um zu ertasten, wohin er fiel, während Grazia ihre Arme um seinen Nacken schlang, sich mit den Füßen von der Lehne abstieß und weiter über die Kissen glitt, zusammen mit ihm. Simone zitterte heftiger, benommen von Grazias Duft, der wärmer wurde, von ihrer Zunge, die zwischen seinen Lippen hin und her fuhr, von ihren Beinen, die an seinen hinaufgeglitten waren und sich um seine Hüften schlangen. Er fand keinen Halt, denn seine Arme waren unter ihrem Rücken gefangen, und als Grazia ihn schwer auf sich spürte, umarmte sie ihn noch stärker, noch fester, und hob das Kinn, damit er ihren Hals küsste, doch Simone gelang es, einen Arm hervorzuziehen, und als er die Hand nach unten gleiten ließ und sie mit der Fingerspitze zwischen den Beinen berührte, tat es Grazia weh, und sie verriet es durch ein Stöhnen, das sie zu verbergen versuchte, indem sie es einsog, als wäre es zwar ein Stöhnen, ja, aber ein lustvolles. Simone hatte es vielleicht bemerkt, denn er wollte die Hand wegziehen, doch sie erlaubte es ihm nicht, presste sich fest an ihn und dachte dabei an das erste Mal, als sie ihn berührt hatte, als sie sich auf seine Knie gesetzt und die Hände dieses blinden Jungen unter ihr T-Shirt dirigiert hatte, weil ihr dieser Junge gefiel, der sie nicht sehen konnte, aber spüren, und der ihr sagte, sie habe eine blaue Stimme und blaues Haar, denn Blau sei die Farbe aller schönen Dinge, und als sie auf ihn zuging, trällerte er ein Liedchen, die Melodie aus dem Werbespot ihres Deodorants, das ihr anhafte wie eine Tonspur, sagte er, die Tonspur eines Traums, obwohl sie dieses Deo schon eine ganze Weile nicht mehr benutzt hatte und sich nicht mal mehr an den Namen erinnerte. Und während sie an jenen blinden Jungen dachte, der in ihren Armen zitterte, wurde Grazia wärmer, feuchter und weicher, und da schnallte sie rasch seinen Gürtel auf und zog ihm die Hose herunter, fast mit Gewalt, fast wäre sie zerrissen. Dann nahm sie ihn und führte ihn hinein und biss die Zähne zusammen, weil es ihr einen Augenblick lang, noch einen, wehtat. Simone hörte auf zu zittern. Er stützte sich auf die Ellbogen, richtete sich auf und wollte sie küssen, doch sie drehte den Kopf weg, nahm seine Hände, legte sie sich auf den Busen und presste auf die Finger, damit er zudrückte. Wieder tat es ihr weh, und da klammerte sie sich an Simone, die Arme fest in seinem Nacken verschränkt, die Beine um seine Hüften geschlossen, die Stirn gegen die Schulter gepresst und den Rücken gekrümmt, um seine Stöße zu unterstützen, einen nach dem andern, gekrümmt, zusammengezogen und fest, immer schneller und immer heftiger, bis es zu Ende war.

Als Simone sich entspannte und plötzlich in Grazias Armen erschlaffte, als ob er das Bewusstsein verloren hätte, hielt sie ihn weiter fest umschlungen. Sie hatte Angst, ihm ins Gesicht zu schauen, den Ausdruck darin zu sehen, denn auch sie konnte sich nicht verstellen, und sie hatte Angst, dass Simone merken würde, dass es ihr nicht gefallen hatte, dass sie sich dazu gezwungen hatte, deshalb presste sie ihn an ihre Schulter, die Finger in seinen Nackenhaaren, bis er sich schließlich schüttelte, sie fast abschüttelte, und sich aus ihrer Umarmung wand. Er drehte den Kopf zur Seite und ging ins Bad, ohne etwas zu sagen, die Hose halb heruntergerutscht, am Gürtel hochgehalten mit einer Hand.

Grazia schloss die Augen. Sie presste die Lippen aufeinander und schluckte, schniefte leise, damit Simone sie nicht hörte. Eine Träne, eine einzige, rann aus einem Augenwinkel, kullerte warm hinter das Kinn. Dann auf einmal fluchte Simone zornig im Bad, und Grazia fuhr auf.

»Was ist?«, fragte sie und blieb auf der Schwelle stehen.

»Du hast das Shampoo nicht an seinen Platz zurückgestellt«, sagte Simone. Grazia trat ein, hob die Flasche auf, die im Waschbecken auslief, und schraubte den Deckel auf das Gewinde, an dem das unverdünnte Shampoo klebte.

»Du musst es jedes Mal, wenn du es benutzt, an seinen Platz zurückstellen, sonst kann ich es nicht finden«, sagte Simone. »Oder ich stoße dagegen, wenn ich nach der Seife suche. Das weißt du doch, Grazia, das weißt du doch …«

»Ich weiß«, sagte Grazia, »entschuldige. Ich hab's vergessen.«

»Du vergisst eine Menge Dinge in letzter Zeit.«

»Die Arbeit ist schuld, Simo'. Dauernd geht irgendwas schief.«

Simone seufzte. Er stand mitten im Badezimmer, vor dem Waschbecken, die Hose wickelte sich um seine Knöchel wie ein Rettungsring.

»Das habe ich nicht gemeint. Ich meinte, du bist zwei Wochen weg, und schon hast du es vergessen. Wir haben bereits über deine Arbeit gesprochen, oder? Ich weiß, dass du nie da bist, und du weißt, dass du mir fehlst, wenn du nicht da bist. Aber seit einer Weile fehlst du mir auch, wenn du da bist. Warum, Grazia? Hm? Warum?«

Er hatte die Lippen vorgeschoben, und Grazia schloss die Augen, um es nicht zu sehen. Am liebsten hätte sie geschnieft, wie vorhin, doch sie tat es nicht. Sie ließ die Tränen über ihre Wangen laufen, über alle beide diesmal, dann wartete sie, bis ihre Stimme trocken genug war.

»Komm, Simo'«, sagte sie. »Lass mich zuerst duschen, ich muss nämlich gleich zurück ins Präsidium. Und über diese Sache reden wir ein andermal.«

Simone zuckte mit den Schultern. Er bückte sich, um die Hose aufzuheben, und verließ das Bad, ohne sie zu berühren, er ging an ihr vorbei, als würde er sie tatsächlich sehen, mit seinen Augen.

Er dachte: wieso überfällt mich diese Müdigkeit obwohl ich sie gern so heiß auf mir spüre trotzdem jedes Mal dieser Drang eine Ausrede zu finden ohne zu kränken ohne zu enttäuschen als wäre alles so unglaublich anstrengend.

He ... was ist das hier?

Annalisa löste sich von ihm und richtete sich auf. Sie zog sich zurück, kniete fast auf dem Sitz, damit er die Arme unter ihren Hüften hervorziehen konnte, auch wenn ihre eigenen noch um seinen Hals lagen und ihre Hände in seinem Nacken verschränkt waren, wie aus Angst, er könne ihr entwischen. Vittorio zog die Pistole aus dem Holster an seinem Gürtel und beugte sich vor, um das Handschuhfach zu öffnen. Kein leichtes Unterfangen, denn sie ließ ihn nicht los, doch dann gelang es ihm, die Pistole wegzuschließen. Am liebsten hätte er sich bis zum Radio gereckt, um leiser zu stellen, obwohl man kaum etwas hörte, doch der Lautstärkeregler war zu weit weg.

Musst du das Ding eigentlich immer tragen?

Nein ... reine Gewohnheit. Ich merke gar nicht, dass ich sie dabeihabe.

Wozu brauchst du sie überhaupt? Ich wäre ruhiger ohne.

Ich auch ... aber die Versicherung sieht das anders. Und die Prämien für Schmuckvertreter sind sowieso schon ziemlich hoch.

Würdest du sie denn benutzen? Mal angenommen, du wärst in so einer Situation ... würdest du damit auf einen Menschen schießen?

Er dachte: auf die beiden Typen von der Autobahn niemals mit dieser Pistole und niemals auf diese Art es gibt immer die richtige Art immer.

Er dachte (rasend schnell, ein flüchtiges Bild, und, warum auch immer, in Schwarzweiß): ausgestreckter Arm *Pang!* der Aufprall des Projektils auf dem Schläfenknochen die Lippen die sich kräuseln als hätte er auf etwas Saures gebissen während sein Kopf zur Seite kippt versagen ihm die Beine der Arm sinkt herunter noch ein Schuss wenn er auf dem Boden liegt *Pang!*

Nein … ich weiß nicht. Aber ich glaube nicht.

Kann ich auch nicht glauben. Du bist nicht der Typ dafür. Und wenn doch mal was passiert, gib ihm einfach den Musterkoffer, was soll's.

Annalisa bewegte sich. Sie schlang die Arme um seinen Hals und glitt geschickt an Schaltknüppel und Handbremse vorbei auf seinen Schoß. Sie drängte ihn gegen die Lehne und küsste ihn, wie sie es mochte, gierig und mit offenem Mund, als wolle sie seine Lippen fressen. Vittorio drückte sie an sich, fuhr mit den Händen über den sirrenden Stoff der Strümpfe, weiter unter Rock und Pullover, bis er den gespannten Gummi des Slips und die heiße Haut ihres Rückens spürte, und dabei dachte er: da war irgendwas irgendeine Sache irgendwas das ihn abgelenkt hatte das er aus dem Gedächtnis verloren hatte und das er sich in diesem Augenblick nicht mehr zurückrufen konnte.

Das Licht der Straßenlaternen drang durch das Laub der Parkbäume nur gefiltert ins Auto und vermochte das Zwielicht kaum aufzuhellen. Blass schimmerte es auf den Umrissen und leuchtete nicht, machte nur das Grau grauer und das Schwarz schwärzer und verlieh ihm fast dunkelblaue Nuancen. Auch die Musik, die aus den Boxen kam, schien graue und dunkelblaue Nuancen zu haben. Eine tiefe, rauchige Trompete, kaum wahrnehmbar, verschleiert vom Kontrabass im Hintergrund, der sie ab und zu umhüllte.

Magst du mich eigentlich?

Plötzlich wusste Vittorio, was ihn abgelenkt hatte. Es war ihr Akzent. Leicht, ganz leicht, verborgen.

Natürlich mag ich dich… spürt man das nicht? Willst du mich denn?

Klar will ich dich.

Liebst du mich denn auch?

Vittorio beugte sich vor und küsste sie, und Annalisa fing wieder an, seinen Mund zu zerfleischen. Er steckte eine Hand in ihren Slip, und obwohl der Gummi der Strumpfhose sein Handgelenk abschnürte, schob er sie weiter nach hinten, bis er die Rundung des Pos erreichte und weiter. Annalisa stöhnte und rieb sich an ihm, dann hob sie ein Bein und kletterte auf ihn, geschickt und flink. Vittorio zog die andere Hand hervor, die auf ihrem Rücken unter dem Pullover lag, und suchte den Hebel, mit dem sich der Sitz umlegen ließ.

Dabei dachte er: das ist es was mir fehlt ein leichter Akzent aber viel stärker als ihrer ein emilianischer Akzent aber nicht genau aus Bologna damit er als seiner durchgeht alles klar.

Und dann: sie hält das S und das L zurück und leiert nur ein ganz klein bisschen aber ich viel stärker viel stärker nachher lasse ich sie ein bisschen reden dann höre ich es.

Die Lehne klappte nicht ganz zurück, doch es reichte. Annalisa küsste ihn weiter, unterstützte mit ihren Bewegungen seine Finger, dann hielt sie plötzlich inne, packte sein Handgelenk und zog seine Hand unter dem Rock hervor. Sie setzte sich auf ihn, und Vittorio wusste, was er tun sollte, er begann seinen Gürtel aufzuschnallen, während Annalisa einen Schuh auszog, nur einen, und rasch die Strumpfhose abstreifte, aber nur von einem Bein. Sie half ihm, die Hose herunterzuziehen, tat dasselbe mit den Boxershorts und drängte sich an ihn, heiß und rau, wegen der weißen Spitzen des Slips.

Vittorio betrachtete sie, blond, zierlich, die Augen geschlossen und eine Lippe zwischen den Zähnen. Annalisa war hübsch, mehr nicht, aber in diesen Augenblicken sah sie wunderschön aus. Es waren die Schatten, die das ferne Licht der Laternen auf ihr Gesicht zeichnete, das Zwielicht, das einen sinnlichen und geheimnisvollen Ausdruck darauf warf, ein wenig verdeckt von den Haaren, die ihr über die Augen gerutscht waren. Sie bewegte sich langsam, kratzend und rau, als würde sie dem trägen Rhythmus der Musik folgen, die undeutlich und abwesend schien wie sie. Da war jetzt eine Frauenstimme, eine Frauenstimme, deren Gesang von der Entfernung verschleiert wurde und die sang, als wärde sie lächeln. Annalisa hob und senkte sich, als versuchte sie, den hüpfenden Tonleitern eines Klaviers zu folgen, aber unkonzentriert, lustlos.

Annalisa legte sich auf Vittorio, ohne ihn zu küssen, nur so lange, bis sie ihren Slip heruntergezogen und auch diesen nur von einem Bein abgestreift hatte. Dann richtete sie sich wieder auf, rieb sich wieder an ihm, heiß und nackt, löste sich ein wenig, als sie eine Hand nach unten führte, ihn suchte, ihn nahm und ihm half, einzudringen. Vittorio spürte einen Schmerz, nur einen Augenblick lang, wie immer, dann nicht mehr.

Er dachte: da jetzt möchte ich dass es ewig dauert und sofort vorbei ist.

Er dachte (verwirrt): ihr Akzent ihr Akzent aber viel stärker nachher lasse ich sie reden.

Wieder steckte er die Hände unter ihren Unterrock, knetete die nackte Haut an ihren Hüften und unterstützte sie im Rhythmus ihrer Bewegung. Die Stimme der Frau war heiserer geworden, rissiger, und jetzt schien es, als wolle sie nicht mehr dem Klavier folgen, sondern der Trompete, die ab und zu wiederkehrte. Selbst so fern, selbst so anders hörte man noch, dass sie immer weiter lächelte.

Er dachte: wunderschön wirklich wunderschön.

Er dachte: ihr Akzent ich brauche eine gebrochene Nase den Keramiklauf einer Heckler & Koch das brauche ich.

Vittorio bog den Rücken durch, und die Haut seines Hinterns riss sich so heftig vom Leder des Sitzes los, dass es ihm fast wehtat. Er nahm die Hände von Annalisas Hüften, drückte sie auf ihre Schultern und folgte ihren Bewegungen.

Er dachte: wann wann jetzt wann gleich kann ich jetzt oder soll ich warten wann gleich wann.

Er dachte: Himmel ich schaff's nicht jetzt.

Annalisa stöhnte und drängte sich an Vittorio, umklammerte seinen Kopf und öffnete den Mund auf seinen Lippen, um ihn zu küssen. Sie bewegte sich weiter, während er vibrierte, mit zusammengekniffenen Pobacken und durchgedrücktem Rücken, in Stößen, und er versuchte zu widerstehen und so zu bleiben, bis es schließlich nicht mehr ging und er hinausglitt, feucht und weich, zermalmt vom letzten Stoß, der ihm ein klein wenig wehtat.

Annalisa küsste ihn wieder, ein sanfter Kuss diesmal, zärtlich, mit geschlossenen Lippen, und ließ sich neben ihn auf den Sitz gleiten. Sie verschränkte wieder die Hände in seinem Nacken und hielt ihn in den Armen, den blonden Kopf an seine Schulter gelehnt, bis Vittorio unruhig wurde, weil ihm so, in Strümpfen und mit der Unterhose auf Kniehöhe, kalt war, und außerdem kam er sich lächerlich vor, wie immer hinterher. Annalisa auf dem Beifahrersitz beugte sich vor, öffnete das Handschuhfach und nahm ein Paket Papiertaschentücher heraus. Rasch wischte sie sich sauber und gab auch Vittorio eins, und noch bevor er sich auch nur abgetrocknet hatte, war sie schon fertig, der Slip an seinem Platz, die Strumpfhose übergestreift, der Pullover über dem Busen geglättet und das leichte Brillengestell wieder auf der Nase. Sie raffte sogar ihre Haare und band sie mit einem Gummi, den sie mit den Zähnen festhielt, zusammen, und Vittorio dachte, so müsse sie wohl aussehen, blond und provokant, das glatte Haar zu einem Pferdeschwanz gebunden und die dünne Brille auf der Nase, so sehe sie wohl aus, wenn sie arbeiten ging, in die Bibliothek in Ferrara. Brav, tückisch und intellektuell zugleich.

Das Radio spielte jetzt andere Musik. Die Frau, die über Trompete und Klavier sang, war nicht mehr da. Eine Weile hatte jemand in die Stille hinein geredet, unverständliche Wörter, mit tiefer, monotoner Stimme, dann hatte ein anderes Stück begonnen, ganz fern, kaum ein Hauch aus den Boxen im grauen und dunkelblauen Zwielicht. Traurig, das merkte man schon an den ersten Noten. Traurig.

Sein Bauch schmerzte, und er dachte: morgen all das Wasser das ich morgen werde trinken müssen all dieses Wasser.

Er dachte: ich muss sie reden lassen ihr beim Reden zuhören. Annalisa zog sich nun auch den anderen Schuh aus und legte die Beine auf Vittorio, der noch seinen Gürtel zuschnallte. Sie nahm seine Hand und legte sie sich auf den Schenkel.

Kannst du mir mal erklären, warum wir es immer wie die Kinder im Auto machen müssen? Du bist dreißig, ich neunundzwanzig, und ich habe hier in Ferrara eine eigene Wohnung. Stattdessen halten wir nach dem Kino kurz mal auf dem Parkplatz bei der Stadtmauer an und zack. Warum?

Er dachte (rasend schnell): im Auto die beste Art er im Sitzen beschäftigt Schlüssel in der Hand der einzige Fluchtweg auf dich zu der schießt.

Er sah (rasend schnell): ein Blitz, ein Spritzer Blut am Seitenfenster, Augen, die nach hinten rollen, weiß, weiß, weiß.

Vielleicht, weil wir noch Kinder sind.

Annalisa nickte, auf einmal ernst geworden. Sie legte einen Fuß auf den Reißverschluss seiner Hose und schob Vittorios Hand auf dem Schenkel weiter nach oben, doch es war nur eine Geste, geistesabwesend und ohne Hintergedanken.

Das ist ja das Unglück. Wir leben wie zwei Kinder. Wir sind kein Paar, wir sind zwei Singles, die zusammen sind.

Das ist nicht wahr. Und außerdem würde das doch nichts ändern. Ich bin dauernd unterwegs, wegen der Arbeit…

Ich weiß, aber es wäre anders, wenn…

Wenn was? Wenn wir zusammenziehen würden? Nein, das ist es nicht. Es ist… Annalisa sprach immer leise, als würde sie die Wörter einatmen und dann hinaushauchen, schwebend auf einem dünnen langen M, so dass es wie ein Winseln klang.

Er dachte: nicht so nicht so nett aber auf und ab ein Singsang nicht wie ein Veneter sondern irgendwie das E geschlossen nicht wie ein Veneter mit scharfem S nicht wie ein Romagnole sondern irgendwie das L voll fast verdoppelt wie in Ferrara.

Hörst du?

Vittorio hob den Kopf von der Lehne. Er blickte um sich und drehte das Kinn zur Seite, um aus dem Fenster zu sehen.

Höre ich was?

Das Lied da im Radio.

Annalisa beugte sich plötzlich vor und stellte lauter. Ein bisschen nur, doch genug, damit man alles deutlich hörte.

Weißt du noch? Das war die Erkennungsmelodie der Maigret-Serie, mit Gino Cervi. Ab und zu wird sie im Fernsehen wiederholt. Hörst du den Text?

Nein. Wie geht er?

Er geht »Einen Tag nach dem andern vergeht das Leben«. Ganz schöner Zufall, hm? Ich will nämlich nicht, dass es so ist.

Wie, Zufall? Wie, so?

Ich will, dass all das einen Sinn hat. Dass da ein Plan ist, dass da noch was kommt und dass nicht alles einfach so dahinplätschert, einen Tag nach dem andern. Du bist unterwegs, und wenn du dann zurückkommst, sehen wir uns, wir gehen ins Kino, schlafen miteinander, und dann fährst du wieder los …

Das ist mein Job, weißt du doch. Ich bin ständig auf Achse.

Darum geht es nicht. Es geht nicht darum, dass du nie da bist oder dass du mich nie anrufst und dass du dieses blöde Handy immer ausgeschaltet hast. Es ist … es ist ein Plan. Irgendetwas.

Vittorio kniff die Lippen zusammen und blickte durch die Windschutzscheibe nach draußen. Wind musste aufgekommen sein, denn das Laub der Bäume vor ihnen bewegte sich, nur nicht zur Musik.

Aber ich habe doch einen Plan.

Wirklich?

Er dachte: ja.

Ja, wirklich.

Und hat dieser Plan irgendwas mit mir zu tun?

Er dachte: nein.

Ja, er hat was mit dir zu tun.

Annalisa lächelte und drängte sich nach vorn, um ihn zu

küssen, wodurch seine Hand unfreiwillig zum Slip hinaufwanderte. Auch Vittorio drängte nach vorn, zu ihren Lippen, wodurch ihr Fuß auf seinen Bauch rutschte, und diese Last auf seinem Bauch brachte ihm wieder all das Wasser in Erinnerung, das er am nächsten Tag würde trinken müssen.

Wenn es passiert, komme ich mir hinterher immer vor wie ein Idiot.

Nicht wegen der Sache an sich, denn abgesehen von den Schuldgefühlen (Davon wird man blind, Da vergießt der Heiland Tränen, In deinem Alter, das ist ja widerlich), also davon mal abgesehen, ist es mir scheißegal. Das Wie ist es, weswegen es mir schlecht geht. Das Warum.

Ich sitze auf dem Sofa und zappe durch die Kanäle, angespannt und ein bisschen hysterisch, die Fernbedienung hat nämlich Aussetzer, weshalb ich mit dem Fingernagel fest auf die kleinen Gummitasten drücken muss, manchmal drei- oder viermal, bevor ich dann die Klappe öffne und an den Batterien drehe. Ich schalte um wie ein Maschinengewehr und mache nur eine Pause, wenn die Fernbedienung klemmt. Ich gucke nichts Besonderes, besser gesagt: Ich gucke gar nichts, es sei denn, ich ertappe mich dabei, wie ich auf ein Teleshopping, auf einen Telewahrsager oder auf eine Telenovela starre und selbst nicht sagen könnte, warum.

Von meinem Freund Andrea, der Schriftsteller werden will, habe ich mal eine Erzählung gelesen, in der es um genauso ein Sofa ging wie das, auf dem ich jetzt sitze. Beim Kontakt mit dem Schweiß des Studenten, der darauf saß, sonderte das Sofaleder ein hypnotisches Enzym ab, das einen daran hinderte, aufzustehen oder irgendetwas zu tun. Tja, falls es dieses Sofa wirklich gibt, muss es dieses hier sein. Ich weiß nicht, wie lange ich schon in dieser ziegelroten Umarmung abhänge, die rau, abgenutzt und voller Risse ist. Ab und zu verspüre ich das Bedürfnis aufzustehen, ein elektrischer Impuls, der meine Nerven durchzuckt, um gleich wieder zu verpuffen und mich müder zurückzulassen als vorher. Dann schalte ich um, springe wie ein Steinbock zwischen Fernsehquiz und Fernsehfilm hin und her und bleibe schließlich bei einem Krimi aus den Siebzigern, zum Beispiel bei *La polizia spara*, oder bei einer *Pierino*-Folge mit Bombolo und Cannavale hängen, bis ich plötzlich merke, dass ich das gucke, und umschalte. Und dabei passiert es.

Ich schalte auf MTV, obwohl ich keine Lust auf Musik habe, aber die Umschalttaste klemmt. Eine Frau singt, eine hübsche Blonde, die wie Britney Spears oder so aussieht und ein Popliedchen für Teenies quäkt. Interessiert mich nicht die Bohne, doch während ich auf die Fernbedienung drücke und presse und quetsche, sehe ich sie einen Augenblick länger an, und mir fällt auf, dass sie genauso dasitzt, wie Kristine immer dagesessen hat. Die Beine angezogen, die Fersen am Stuhlrand eingehakt und die Knie gegen die Brust gepresst. Sie bewegt die Zehen zum Rhythmus der Musik und sieht mich durch die Haare an, die ihr über die Augen gerutscht sind. Kristine lächelt mich an, und ein kalter Finger wird in meinen Bauch gedrückt, zwischen Magen und Herz, und ich gehe auf sie zu, ohne etwas zu sagen, nehme ihren Kopf und küsse sie, zum ersten Mal. Ihre Lippen sind trocken, aber heiß, sehr heiß, und die Erinnerung übermannt mich in diesem Augenblick und bleibt nicht ohne Wirkung. Ich hefte meinen Blick auf die hübsche Blonde, folge ihr, als sie aufsteht und durch ein Bühnenbild aus absurden Würfeln tanzt, und mir fällt auf, dass die Jeans, die sie trägt, fast wie die von Kristine damals sind, eine enge Hüfthose, unten mit Schlag, Kristines waren heller, nicht ganz so modisch, okay, glatt und kühl, wenn sie beim Aufstehen meine Beine berührte, denn es war fast Sommer, und ich trug Shorts. Während ich daran denke, hält die Wirkung an, wird stärker und drängelt verknautscht gegen den Gummi meiner Unterhose, und ich muss eine Hand in die Hose stecken, um ihn zurechtzurücken, ihm Platz zu verschaffen und ihn aus dem schmerzhaften Knäuel aus ziependen Haaren und Stoff zu befreien. Ich lasse die Hand da, schließe die Augen und will hier bleiben, will in diesem Gefühl, das mich innerlich zerreißt und sich wie eine geballte Faust in mich stößt, Kristine suchen, und ich finde sie, sie steht auf Zehenspitzen und schlingt die Arme um meinen Hals, mit heißen trockenen Lippen, und ihre Zunge bewegt sich schnell und beharrlich, wie ich es nicht für möglich gehalten hätte. Ich schnalle den Gürtel auf, knöpfe den ersten Knopf meiner Hose auf und hebe mit dem Daumen den Gummi der Boxershorts an, um dem Pulsen Platz zu verschaffen. Ob Morbido hereinkommt, ob die Vermieterin hereinkommt, ob ich blind werde oder der Heiland Tränen vergießt, ist mir scheißegal. Einen Augenblick lang öffne ich die Augen, suche in der Blonden nach Kristine, die mir entflieht, die mir entgleitet, suche nach etwas, das sie zurückhält, bevor sie wieder eine Erinnerung wird, deutlich, aber sinnlos, und ich finde sie in einem schelmischen Lächeln, in einer komischen Art, den Mund zu verziehen, die mir wieder Kristines Lippen in Erinnerung ruft, und mit dieser Erinnerung wälze ich mich auf dem Sofa herum, stecke das Gesicht ins abgenutzte rissige Leder und bleibe so, atme Staub ein, bis es zu Ende ist.

Hinterher komme ich mir natürlich vor wie ein Idiot. Das liegt zum Teil daran, dass das Video mit der Blonden vorbei ist und statt dessen die Werbung für eine Platte von Gianni Morandi läuft, und wie ich so daliege vor dem lachenden Gianni in Großaufnahme, komme ich mir ganz schön lächerlich vor.

Vor allem aber, weil ich es gar nicht wollte, Ehrenwort, ich hatte mir vorgenommen, es nicht mehr zu tun, mich nicht mehr kalt, klebrig und keuchend in dieser grausamen Leere zu finden, ohne Kristine, ohne ihre Lippen und jetzt auch ohne jene geschwollene pulsierende Hitze an meinem Bauch und in meiner Hand. Mir ist zum Heulen zumute. Mir fällt ein Film ein, den ich als Kind gesehen habe, mit einem kleinen Jungen, der wegen irgendwas, das ich vergessen habe, verzweifelt war. Er lag auf einem Bett, das Gesicht in ein Kissen gedrückt, und eine Stimme aus dem Off sagt: »So weinte er immer weiter, bis er einschlief.« Das würde ich jetzt am liebsten auch tun. Genauso.

Der Hund rüttelt mich wach. Vielleicht wittert er einen komischen Geruch, denn er kommt zum Sofa und steckt seine spitze Nase in meine ausgeweidete Hose. Ein heftiges Kitzeln, aus Überraschung und Angst zugleich, lässt mich unwillkürlich zusammenzucken, ich rolle mich ein und schiebe den Hund mit den Händen weg. Er macht und drängt aber weiter, die Nervensäge, also stehe ich auf, halte die Hose oben und strecke den Hintern heraus, weil die noch empfindliche Spitze den Reißverschluss berührt hat. Ich weiß nicht, was ich tun oder wo ich hingehen soll, und er nutzt das aus: Er hängt sich an mein Bein, umfasst mit den Vorderpfoten mein Knie und beginnt, gegen meine Wade zu stoßen, krumm wie eine Banane, die Schnauze an meinen Schenkel geschmiegt und die Augen geschlossen, als wäre er schon wieder eingeschlafen. Ich komme mir noch lächerlicher vor, ich bin verzweifelt, und plötzlich wird dieses Gefühl unerträglich. Nicht qualvoll, schmerzlich oder grausam. Unerträglich.

Mit aller Kraft brülle ich: »Schluss!« Ein Gebrüll, kurz und hart wie eine Explosion, das meine Stimmbänder verbrennt.

Der Hund lässt ab und fällt auf den Boden zurück. Die Pfoten versagen ihm, und mit einem Klatschen landet er auf dem Bauch. Ich ziehe mir rasch die Hose hoch und schnalle den Gürtel zu, falls jemand, aufgeschreckt durch das Gebrüll, das man bestimmt im ganzen Haus gehört hat, reinkommt. Es kommt aber keiner, nicht mal Morbido, der im Zimmer auf der anderen Seite des Flurs lernt. Der Einzige, der mich gehört zu haben scheint, ist der Hund, der erschrocken dreinblickt. Er liegt platt auf dem Fußboden und schaut mich von unten her an.

Und wieder habe ich ein unerträgliches Gefühl. Es kommt mir vor, als hätte ich Kristine angebrüllt: Schluss! Schluss mit meinem ganzen Leben, mit meinem jetzigen Leben, mit dem, was ich im Moment bin. Dabei will ich gar nicht Schluss zu Kristine sagen. Auf diese Weise merke ich, dass ich nur zwei Alternativen habe, genau zwei.

Entweder werfe ich mich zu Boden und weine so lange, bis ich einschlafe beziehungsweise sterbe. Oder ich mache was. Ich mache was. Ich schließe den Reißverschluss, ohne auf das fiese Etwas zu achten, das mir das T-Shirt an den Bauch klebt, und gehe hinaus in den Flur, wo das Telefon steht. Eigentlich müsste ich die kleinen Zahlen auf dem Gebührenzähler ablesen, um am Ende des Gesprächs die Differenz aufzuschreiben, besonders weil ich gerade ein Handy anwähle, aber ich weiß schon, dass ich es nicht tun werde. Die Einheiten in dem Heft stimmen sowieso schon seit einer ganzen Weile nicht mehr mit denen auf dem Zähler überein.

Ich warte lange, aber schließlich geht sie dran.

»Luisa? Ich brauche dich, bitte. Nein, nicht was du denkst … Du musst mir bei etwas helfen.«

Der Mann, der in den Check-in-Bereich von Malpensa hinauffährt, sieht aus, als hätte er noch nie auf einer Rolltreppe gestanden. Das Mädchen am Informationsschalter sieht ihn Stück für Stück über dem Marmorhorizont des ersten Obergeschosses auftauchen. Den Handlauf fest umklammernd, wacklig, aber entschlossen, auf die gezahnte Kante jeder Stufe achtend, die von dem Eisengitter vor ihm verschluckt wird, schwankend, aber willens, mit demonstrativer Resignation darauf eingestellt, auch dieses in Angriff zu nehmen. Sie beobachtet, wie er springt, oder eher steif und hinkend hüpft, wie er dann fast mit einem Seufzer der Erleichterung auf dem festen Steinfußboden stehen bleibt, abrupt zur Seite weicht und schmerzvoll das Gesicht verzieht, weil eine Frau, die vorbei will, ihn von hinten beiseite stößt. Er muss um die siebzig sein, oder sechzig und schlecht erhalten, vielleicht sogar fünfzig und miserabel erhalten, oder besser gesagt, nicht so sehr schlecht erhalten, eher verbraucht, sehr verbraucht. Er erinnert sie an ihren Großvater, der in Bergamo Facharbeiter bei den Falk-Stahlwerken gewesen war.

Er hat einen Zettel in der Hand, den er weniger zu lesen als vielmehr beschwörend anzustarren scheint, damit der Zettel zu ihm spreche. Deshalb ruft sie ihn, winkt ihn sogar heran und wartet geduldig, bis er herangekommen ist. Flug AZ-4875 nach Frankfurt. Alitalia-Schalter 25 bis 32. Aber ich bitte Sie, keine Ursache, das ist doch selbstverständlich. Und sie lächelt ihm sogar zu, nicht die übliche blendend weiße Gesichtslähmung, die sie für Normalkunden bereithält, sondern ein echtes Lächeln.

Die junge Frau am Check-in-Schalter Nummer 27 sieht ihn kommen, steif, den Hintern herausgestreckt, eine Hand in den Schulterriemen der Plastiktasche gehakt, die andere um den Griff des Koffers geschlossen. Im Nu hat sie den Typ eingeordnet: willig, disponibel, bereit, alles zu tun, worum man ihn bittet, aber umständlich, ungeschickt, unerfahren. Es muss das erste Mal sein, dass er einen Flughafen betritt. Nein, die können Sie mit ins Flugzeug nehmen. Tun Sie den Koffer da aufs Band, stellen oder hinlegen, wie Sie wollen, das ist egal. Stellen. Ja, besser hinlegen, wie Sie wollen. Nein, keinen Ausweis, ist nicht nötig. Die Iberia würde ihn sehen wollen, die haben es mit den Vorschriften, aber die Alitalia nicht. Warum redet sie bloß so viel? Normalerweise reißt sie ab, beschriftet, tütet ein, fragt Gang oder Fenster, weiter nichts. Sie mag diese Arbeit nicht. Warum redet sie dann? Vielleicht, weil er sie an ihren Großvater erinnert, dem eine kleine Fabrik in einem kleinen Dorf in der Provinz Varese gehörte, doch im Unterschied zu ihm, der sich immer alles hart und allein erarbeitet hat, steht diesem hier die Verwirrung ins Gesicht geschrieben, dass es sie rührt. Als wäre sie die Ältere, die weiß, wo's langgeht. Und nachdem sie mehrmals auf dem Ticket den Ausgang und die Boardingtime eingekreist hat, beugt sie sich schließlich sogar über den Schalter und zeigt ihm, wohin er gehen muss, da, genau da, um die Ecke. Ja, aber nicht gleich, warten Sie noch eine Viertelstunde, die haben noch nicht geöffnet.

Der junge Mann hinter der Theke sieht, wie er das Check-in verlässt, und weiß schon, dass er zu ihm kommen wird. Mitten in der Flughafenhalle ist er einen Augenblick lang stehen geblieben, hat dann den Blick über die Sessel im Wartebereich gleiten lassen, alle besetzt, und als er ihn wieder gehoben und die Bar gesehen hat, musste der Barmann lächeln. Bestimmt sieht die Bar bei ihm zu Hause, in seinem Viertel oder seinem Dorf, anders aus als diese Hoppersche Miniausgabe in Grün und Schwarz, eingezwängt zwischen Zeitungsladen und Handyshop, unter einer phosphoreszierenden Neonbanane, aber eine Bar ist und bleibt eine Bar, und selbst er, der dort erst seit knapp einem Jahr arbeitet, weiß in dieser Beziehung Bescheid. Früher nicht, nur einen Espresso oder einen Aperitif mit den andern, auf die Schnelle, doch wenn er heute eine Bar betritt, irgendwo, fühlt er sich ein bisschen wie zu Hause. Der Mann allerdings erstaunt ihn. Er hätte erwartet, dass er ein Gläschen Weißwein bestellt, ein kleines Bier oder auch nur einen Espresso, statt dessen möchte er eine Flasche Mineralwasser, gießt zweimal den Becher aus durchsichtigem Plastik voll und trinkt sie fast in einem Zug leer. Als er fertig ist, sieht er erschöpft aus, fast leidend, er keucht sogar und pfeift dabei durch die gebrochene Nase.

Fast unmittelbar, gleich nachdem er an der Kasse bezahlt hat, taucht er in seinem Gesichtsfeld auf, doch es gäbe keinen Grund, auf den alten, vierschrötigen, steifen und ein wenig hinkenden Mann aufmerksam zu werden, würde er nicht geradewegs auf den Eingang des Boardingbereichs zusteuern, dann aber plötzlich stehen bleiben und in der Tasche kramen, die er umgehängt hat. Der Beamte unterbricht das Gespräch mit der Kollegin, die vor dem Bildschirm des Metalldetektors sitzt, und schaut zu ihm hin, sieht, wie er einen gelben Umschlag hervorzieht, sieht, wie er auf die Schlange mit den Amerikanern zusteuert, die gerade den Inhalt ihrer Taschen in die Plastikkörbchen leeren, damit sie durchleuchtet werden können, sieht, wie er aufgeregt wartet, bis er an der Reihe ist, und in diesem Augenblick löst er sich vom Tisch der Kollegin, an dem er mit dem Hintern lehnt, und macht einen Schritt nach vorn, die Hand ausgestreckt, weil der Mann durch die Sicherheitskontrolle gegangen ist, stocksteif, ohne die Umhängetasche abzulegen.

Ihm kommt es so vor, als hätte weniger das elektronische Kreischen des Alarms als vielmehr sein gebieterisch ausgestreckter Arm dem Mann Einhalt geboten, ja Angst eingejagt, und das tut ihm Leid. Er sieht, wie der Mann sich verkrampft, sich umdreht, gegen den Amerikaner prallt, der hinter ihm steht, den Kopf hebt, um sich schaut und nicht weiß, was er tun soll. Nur die Ruhe, immer mit der Ruhe, nicht bewegen. Gehen Sie zurück, ja, gut so, stellen Sie die Tasche aufs Band, so. Alle Metallgegenstände hier in den Korb, Schlüssel, Kleingeld, Handy… Ein Blick auf den Bildschirm, auf die kleine Sporttasche, die von der Kollegin durchleuchtet wird. Brille, Medikamente, Schlüssel, eine Zeitschrift, ein Schweizermesser, etwas, das aussieht wie ein Pullover. Ja, das Kleingeld auch in den Korb, danke, so, auf das Band.

Der Alarm ertönt wieder. Diesmal erschrickt der Mann aber nicht. Resigniert schüttelt er den Kopf und breitet die Arme aus, zuckt dabei mit den Schultern, als wollte er sagen, es sei nicht seine Schuld, es sei unvermeidlich. Er bleibt nicht stehen und geht nicht zurück, er geht auf den Beamten zu, resigniert, traurig, aber entschlossen, hält ihm den Umschlag hin und erklärt, sein Sohn habe ihn schon gewarnt, dass die Sirene losgehen werde, er habe ihm ja auch das hier mitgegeben, er sei noch nie mit dem Flugzeug geflogen, und deshalb kenne er sich nicht aus. Der Beamte nimmt den unverschlossenen Umschlag und zieht eine Röntgenaufnahme und zwei Faxe hervor, eins auf Italienisch und eins auf Deutsch. Er betrachtet die Röntgenaufnahme, die unscharfen hellen Umrisse von etwas, das aussieht wie ein Knöchel und ein Fuß, und derweil fährt der Mann, beharrlich und bang, mit seinen Erklärungen fort, dass sein Sohn in Deutschland lebe, in Frankfurt, und dass er Ingenieur sei, dass er ihn das erste Mal besuche, dass er sich nicht auskenne, wo er doch dieses Metall im Bein habe seit dem Unfall in der Gießerei vor vielen Jahren, und sein Sohn sei sicher gewesen, dass der Alarm losgehen werde, deshalb habe er ihm diesen Zettel für die Polizei gemacht, er kenne sich doch nicht aus, er fliege zum ersten Mal.

Der Beamte betrachtet den Zettel, überfliegt ihn nur, denn unter der Überschrift »An die zuständige Behörde« steht genau das geschrieben, was der Alte ihm gerade erzählt, mit diesem Akzent, diesem offenen schleppenden Singsang, mit diesem festen S und diesem vollen L, das sich zu verdoppeln, an ein anderes zu haken und in die Länge zu gehen scheint. Er steckt alles zurück in den Umschlag, nickt, in Ordnung, in Ordnung, keine Sorge, das passiert schon mal, jaja. Er nimmt die Metallsonde, die auf dem Tisch liegt, neben der Kollegin, und tastet damit den Alten ab, der instinktiv die Hände hebt. Die Sirene ertönt nur am rechten Knöchel, wie zu erwarten. Er gibt ihm den Umschlag zurück. Er könne alles wieder an sich nehmen, sagt er zu dem alten Mann, und während er ihm zusieht, wie er Schlüssel und Kleingeld in die Tasche steckt, denkt er, dass er ihm gern eine Menge Fragen stellen würde, wie er sich die Nase gebrochen hat, ob er die Hände so auch schon im Krieg gehoben hat, ob er aus Modena kommt wie sein Großvater, der bis zur Pensionierung Gefreiter bei der Verkehrspolizei war und der nicht ganz genauso gesprochen hat, aber fast. Warum er allein auf Besuch zu seinem Sohn fährt.

Wo seine Frau ist. Falls sie noch lebt. Doch er fragt ihn nichts. Er wartet, bis er die Tasche umgehängt hat, alles in Ordnung, keine Sorge, Sie können gehen, und obwohl er gar keine Mütze hat und das eigentlich nie tut, legt er die Hand zum Gruß an einen imaginären Schirm und sieht zu, wie der andere hinkend auf die erste WC-Tür zugeht.

Vittorio betrat die Toilette, ging rasch bis zur letzten Kabine und schloss sich ein. Wegen des vielen Wassers, das er seit den frühen Morgenstunden getrunken hatte, ohne zu pinkeln, drohte seine Blase zu platzen. Am liebsten hätte er der Schüssel sogar den Rücken zugewandt, um nicht in Versuchung zu geraten, doch er brauchte sie, also ließ er Brille und Deckel herunter und stellte den rechten Fuß darauf. Rasch zog er den Schuh aus und streifte die Socke ab. Am Fuß, oben und unten straff mit Klebeband umwickelt, klebte der Metallschlitten einer Glock Kaliber 40 mitsamt dem Lauf und der Schließfeder. Er nahm das Schweizermesser aus der Tasche und durchschnitt damit das Klebeband, ohne sich um die beiden parallelen Furchen zu kümmern, die die Pistole bläulich und blutrot in die Seite des Fußes gegraben hatte.

Er dachte: um so besser da vergesse ich nicht zu humpeln.

Er öffnete den Reißverschluss der Jacke, knöpfte das Hemd auf, steckte eine Hand hinein und zog unter der Achsel den Rest der Glock hervor, der in den Kissen steckte, mit denen er seinen Körper ausgepolstert hatte. Griffstück und Magazin, alles aus Plastik, unauffindbar für den Metalldetektor der Polizei. Er klinkte den Schlitten im Griffstück ein und schob ihn ein paarmal hin und her, wobei er den kleinen Schieber an der linken Seite der Automatik nach unten drückte, um die Verriegelung aufzuheben, und ließ den Abzug zweimal ins Leere schnappen. Er schob das Hosenbein noch höher, über das

Knie, und legte eine Reihe von Projektilen frei, die mit Tesaband an der Wade festgeklebt waren. Er schnitt auch dieses mit dem Taschenmesser durch, zog das Magazin aus dem Griffstück und füllte es Stück für Stück mit den Projektilen.

Er dachte (schnell): der Keramiklauf eines praktisch nicht aufzutreibenden Heckler-&-Koch-Prototyps.

Er dachte (rasend schnell): genauso die Keramikprojektile macht nichts um so besser.

Er lud die Waffe durch, streckte den rechten Arm aus und schloss ein Auge. Drei weiße Kügelchen. Hinten die beiden seitlichen Zielkerben, vorne das Korn, auf das Kreuz gerichtet, das durch die Fugen von vier Fliesen gebildet wurde. Er öffnete das Auge wieder. Mit dem Daumen löste er den Hahn. Dann hob er die Jacke an und steckte die Pistole hinten in den Gürtel.

Draußen wurde ihm bewusst, dass er sich nicht länger einbläuen musste zu hinken. Abgesehen vom rechten Schuh, den er anders als den linken schlecht und überhastet ausgepolstert hatte, brachte seine Blase ihn um den Verstand. Es zog, als würde sie gleich explodieren, was ihn zwang, das Becken anzuspannen und ruckartig zu gehen. Einen Augenblick lang überlegte er, dass er doch zurück in die Toilette gehen und sich ein bisschen erleichtern könnte, nur ein bisschen, doch er wusste, dass er sich dann nicht mehr hätte zurückhalten können. Also biss er die Zähne zusammen, denn die VIP-Lounge der Alitalia war ein gutes Stück entfernt, hinter dem Dutyfree-Shop, den Calvin-Klein-Hemden und den Gucci-Gürteln.

Den Mann, der da über den verlassenen und stillen Flur des abgetrennten Bereichs des Flughafens Malpensa geht, scheint ein schlimmes Prostataleiden zu plagen. Er hat Mühe mit dem Laufen, und mit einer Leidensmiene auf dem von der gebrochenen Nase gezeichneten Gesicht blickt er um sich, als ob er etwas suchen würde. Calazzo, der auf dem ersten einer ganzen Reihe von Armstühlen entlang der cremefarbenen Wand sitzt, kommt es so vor, als hätte der Mann sich verlaufen. Da ist nichts, am Ende dieses Gangs, nur die Tür hier neben ihm, die zu der VIP-Lounge führt, die den Mitgliedern des Club Freccia Alata der Alitalia vorbehalten ist, Besitzern eines Classe-Magnifica-Tickets, Parlamentariern und sonstigen Berechtigten, und der da sieht nicht aus, als ob er einer privilegierten Kategorie angehören würde, im Gegenteil, er sieht aus wie sein Großvater, der in der Nähe von Lecce Bauer war. Er wird umkehren, denkt sich Calazzo und hebt mühsam den eingezwängten Arm, denn wegen seiner im Kraftraum antrainierten Deltamuskeln und wegen der Beretta 92 im Holster unter der Achsel sitzt die Anzugjacke zu eng, und drückt mit dem Finger auf den Knopf, der in seinem Ohr steckt, bereit, Bonetti zu rufen, denn der Mann kehrt gar nicht um, sondern kommt auf ihn zu, gerade so, als ob er ihn ansprechen wollte.

Er fragt ihn, ob er wisse, wo hier ein Klo sei.

Er weiß es nicht. Normalerweise würde er mit Nein antworten, und nicht mal mit Worten, nur durch ein Schütteln seines gelglänzenden Lockenkopfs, doch für diesen Mann beugt er sich nach vorn und deutet auf das Ende des Ganges, von wo der andere gekommen ist.

Der Mann dreht sich um, eine steife Drehung des Oberkörpers, dann schnaubt er und reißt die Augen auf. Mein Gott, ach du lieber Himmel, ganz dahinten. Ich weiß nicht, ob ich es bis dahin schaffe, ich mache mir gleich in die Hose. Was ist hinter dieser Tür hier? Da wird es doch auch eine Toilette geben. Passen Sie bitte auf meine Tasche auf, ja?

Calazzo möchte viele Dinge auf einmal tun, doch etwas Vernünftiges gelingt ihm nicht. Er betrachtet die Tasche, die auf dem Stuhl neben ihm landet, er presst den Knopf aufs Trommelfell und nähert den Mund dem Kabel mit dem Mikrofon, er sagt: Bonetti, dann: Nein, warten Sie einen Moment, da können Sie nicht einfach so reingehen.

Die sich öffnende Tür umrahmt einen Mann, der da nicht hingehört. Während er sich auf die gepolsterten, nach süßem Tabak duftenden Lehnen seines Ledersessels stützt, um aufzustehen, denkt Bonetti drei Dinge: Was zum Teufel macht Calazzo da draußen? Wer ist das denn? Und: Opa Gustavo. Noch bevor er einen Schritt auf dem Teppichboden gemacht hat, sieht er, wie der Mann, der da nicht hingehört, von Calazzos riesigen Händen an den Schultern gepackt wird, er sieht, wie der Mann geschüttelt und zurück über die Schwelle gezogen wird, er sieht, wie sein Mund sich zu einer Grimasse öffnet, erst vor Überraschung, dann vor Schmerzen und dann der Kränkung. Bonetti schnellt nach vorn und streckt einen Arm aus, um den Ellbogen des Mannes zu packen und ihn zu stützen, bevor er das Gleichgewicht verliert, und sagt: Hör auf, Cala', um Himmels willen, kusch, raus mit dir, während er mit der anderen Hand Rivalta bremst, der von seinem Platz in der Mitte des Raumes aufgestanden ist. Sofort lässt er den Mann wieder los, der vor Wut mit den Zähnen knirscht und durch die gebrochene Nase pfeift, doch zuvor gibt er ihm noch einen Schubs, der ihn fast aus der Tür drängt. Entschuldigen Sie vielmals, Polizei, Inspektor Bonetti, darf ich bitte Ihr Ticket sehen.

Die Managerin der VIP-Lounge kommt hinter dem Schalter aus schwarzem Kristallglas hervor. Sie ist erst dreiundzwanzig, aber hier drin hat sie das Sagen, und es gibt eine Menge Dinge, die ihr nicht passen. Ihr passt nicht, dass die Polizei faktisch die

Lounge requiriert hat, um diesen blonden Russen unterzubringen, der sich in den Sessel neben dem Wagen mit den Erfrischungen gepflanzt und seitdem die Finger nicht mehr von Canapés und Alkoholika gelassen hat. Ihr passt nicht, dass dieser magere und behaarte Inspektor sie ständig telefonisch nachfragen lässt, wie lange sich der Flug nach Petersburg denn noch verspätet. Und jetzt passt ihr nicht, dass sie einen alten Mann, der immerhin ihr eigener Großvater hätte sein können, auf diese Weise behandeln. Deshalb geht sie energischen Schrittes durch die Lounge, lässt den Unterrock über die Knie rascheln, schiebt den Inspektor beiseite und lächelt. Ja, Sie wünschen, brauchen Sie etwas, tut mir Leid, aber dieser Raum ist nicht öffentlich zugänglich, haben Sie vielleicht ein Classe-Magnifica-Ticket?

Der Mann spricht nicht, er kann nicht. Er öffnet den Mund, murmelt etwas und deutet mit dem Arm auf das andere Ende der Lounge, lässt die Geste aber unvollendet. Am anderen Ende der Lounge befinden sich die Toiletten, das weiß die junge Frau und will sich instinktiv nach dort umdrehen, doch auch ihre Bewegung erstirbt, denn sie sieht die Augen des Mannes. Verwirrt, bestürzt, verschreckt. Sie hat noch nie eine solche Bestürzung im Blick eines Mannes dieses Alters gesehen, und der Anblick tut ihr weh, er schnürt ihr das Herz zusammen, noch bevor sie den Blick gesenkt und den dunklen Fleck entdeckt hat, der sich rasch auf der hellen Hose des Mannes ausbreitet.

Bonetti tritt einen Schritt zurück, als hätte er Angst, einen Spritzer abzukriegen. Der Mann bedeckt mit einer Hand die nasse Hose, hebt den Kopf und sieht aus, als wäre er kurz davor, in Tränen auszubrechen. Die Frau nimmt ihn am Arm und zieht ihn hinein. Die Toilette ist gleich dort, kommen Sie ruhig mit mir, nur keine Sorge, wir bringen das wieder in Ordnung, Sie werden sehen.

Während Vittorio sich zum anderen Ende der Lounge führen ließ, versuchte er die Erleichterung unter Kontrolle zu halten, die seinen Schritt auf unnatürliche Weise beschwingte. Als sie vor der Toilettentür standen, führte er die Hand zum Rücken und schloss die Finger um den Griff der Glock.

Er dachte: erst der Behaarte dann der Kurze in der Mitte dann der Trottel.

Abrupt drehte er sich um, legte die freie Hand um den Hals der Frau und stieß sie zur Seite, auf Rivalta zu, der sich wieder in seinen Sessel gesetzt hatte, eine Illustrierte auf den Knien. Er streckte den Arm aus und schoss zweimal auf Inspektor Bonetti, der mit dem Rücken gegen die Wand geschleudert wurde. Er drehte den Oberkörper, ein wenig durch die Auspolsterung behindert, und schoss zweimal auf Rivalta, einmal in die Brust und einmal in den Hals, dann drehte er sich noch einmal, stellte sich breitbeinig hin und umschloss mit der einen Hand die andere, die die Pistole hielt, Finger auf Finger, Daumen auf Daumen, kraftvoll. Er war sicher, dass der dritte Polizist unerfahren war und bei den ersten Schüssen hereinstürzen würde, deshalb zielte er auf die Tür, einen guten halben Meter oberhalb der Klinke, denn in seiner Erinnerung war der andere groß, und schoss, einmal, zweimal, dreimal. Er dachte: der Blonde. Vittorio bewegte sich rasch, trotz der zu großen Schuhe. Er atmete durch den Mund und schmeckte auf der Zunge den herben Geschmack des Schießpulvers. In seinen Ohren hallten dumpf die Explosionen, ein wenig angekratzt vom krächzenden Gurgeln Rivaltas, der sich auf dem Sessel wand, die Hände um die Kehle gelegt. Das andere Geräusch, stechend, abgehackt, wie eine Klingel, musste die Frau sein, die schrie. Bevor er sich zur Tür drehte, hatte er registriert, dass sie auf allen vieren auf dem Fußboden kniete, ungefährlich und unter Schock.

Der Blonde hingegen stand und sah ihn an. Er bewegte den Mund und sagte etwas, das Vittorio nicht hören konnte.

Er dachte: Watte in den Ohren hätte sie stutzig gemacht übertriebene Vorsicht das nächste Mal vielleicht.

Er zielte auf den Mund des Blonden, das weiße Kügelchen des Korns lag auf der sich bewegenden Zunge wie ein Bonbon. Er gab einen Schuss ab, der dem anderen glatt den Kiefer abtrennte, und während er fiel und den Wagen mit den Canapes hinter sich herschleifte, senkte Vittorio den Arm, zielte auf den Kopf und schoss noch einmal.

Er dachte: nichts.

Als er draußen vor der Lounge über Calazzos Körper stieg, vorsichtig, damit er nicht auf dem Blut ausrutschte, das sich rasch auf dem Boden ausbreitete, lag der Gang noch verlassen da, und abgesehen von der jungen Frau, die schrie, meinte er kein anderes Geräusch zu hören. Also steckte er die Pistole hinten in den Gürtel, unter die Jacke, und ging davon.

Die Sporttasche ließ er zurück.

»Sie haben sich sicher gefühlt... und in gewissem Sinne waren sie das auch. Drei Mann, allein in einem Wartesaal ... theoretisch hätten sie die Einzigen sein sollen, die in diesem Teil des Flughafens eine Pistole hatten. Besser als unten in der Polizeiwache.«

»Pech.«

»Ja, Pech... der Kurze kommt vielleicht durch. Ist aber gut möglich, dass er stumm bleibt. Kein Wunder, mit einer Kaliber 40 im Hals... hat ihm alles durchgesäbelt.«

»Pech.«

»Pech, Pech... sag mal, fällt dir heute nichts anderes ein? Dieses eine Wort und sonst nichts? Bist du stinkig, oder was?«

»Sarrina, bitte... Und ob ich stinkig bin. Normal wäre ich jetzt in Kuba, Urlaub machen, und würde in Santiago am Strand liegen, Camarones essen und eine Montechristo Numero Uno rauchen.«

»Und dich dumm und dusselig rammeln. Wie hieß sie noch?«

»Mariana.«

»Und, willst du sie heiraten?«

»Ja... wenn ich sie hier herkriege.«

»Wenn du mich fragst, das ist ein Fehler.«

»Das hatten wir schon mal, Sarri'. Dafür ist jetzt nicht der richtige Zeitpunkt.«

Sarrina zuckte mit den Achseln. Er sah hinauf in den Rückspiegel, murmelte: »Ist ja gut, Blödmann«, und setzte den Blinker, um auf die Mittelspur zu wechseln und den Mercedes vorbeizulassen, der seit einer Weile die Lichthupe betätigte. »Dich hab ich nicht gemeint«, sagte er noch zu Matera, der ihm aber sowieso nicht zuhörte, sondern, den Ellbogen auf die Lehne gestützt und mit den Fingern an der Spitze einer Zigarre spielend, die aus der Tasche seines Jeanshemds hervorsah, starr aus dem Fenster blickte, auf die Felder entlang der Autobahn Mailand-Bologna, die feucht und grau vom nahenden Regen dalagen. Sarrina warf noch einen Blick in den Rückspiegel und wechselte wieder auf die Überholspur, ohne zu blinken. Als er den Blick wieder nach vorn richtete, erhaschte er aus dem Augenwinkel ein Stückchen von Grazia, die auf dem Rücksitz lag, und er reckte den Hals, um sie besser zu sehen.

»Was macht unsere Kleine denn da, schlafen?«

»Nein, ich schlafe nicht. Ich denke.«

»Woran? An einen Macho aus Kuba?«

»Nein, an einen Killer aus Italien. Mein Gott … glaube ich wenigstens.«

Grazia richtete sich auf, stützte die Arme auf die Lehnen der Vordersitze, verschränkte die Finger und legte das Kinn darauf.

»Nicht mal das wissen wir«, sagte sie. »Wir wissen wirklich gar nichts. Was haben wir über ihn?«

»Jede Menge Augenzeugen«, sagte Sarrina.

»Alle unbrauchbar«, sagte Matera.

Grazia nickte. Jede Menge Zeugen. Sobald sie erfahren hatten, was geschehen war, waren sie Hals über Kopf nach Mailand gefahren, in der festen Überzeugung, dass dies ihr Mann war, vorausgesetzt man vertrat nicht die Auffassung, die vier Personen wären tatsächlich von einem alten Prostatiker mit gebrochener Nase ermordet worden. Sie hatten die Anwesenden noch einmal persönlich befragt und so einen Riesenstapel summarischer Zeugenaussagen gesammelt: die Angestellten der Alitalia, den Barmann, die Polizeibeamten an der Personenkontrolle. Sie waren sogar im Krankenhaus gewesen, um nachzusehen, ob Sovrintendente Rivalta in der Lage war, etwas zu sagen, doch der Oberarzt hatte sie weggeschickt. In den Protokollen stand praktisch immer das Gleiche: Heute, am soundsovielten soundsovielten 2000, ist vor den unterzeichneten Kriminalbeamten usw. usf. erschienen Herr/Frau Sowieso (Personalien siehe Anhang) und hat Folgendes erklärt: Ich habe einen alten Prostatiker mit gebrochener Nase gesehen. Lange hatte Grazia die Managerin der VIP-Lounge vernommen, doch auch von dieser Seite nichts. Nichts über die Stimme, heiser und akzentuiert, verstellt. Der Dialekt zu fremd: möglich, dass sie die Fehler eines falschen Mailänders hätte heraushören und anhand dessen rekonstruieren können, ob er Sizilianer, Römer oder Emilianer war, aber keine Chance bei einem falschen Ferrareser. Null über den wahren Körperbau: Kräftig? Zart? Muskulös? Knochig? Zu viele Polster, um es zu spüren, als er sie berührte. Etwas über die Größe. Krumm, weil alt, und vierschrötig, von der Erinnerung verfälschte Proportionen, die Erinnerungen vor Angst undeutlich. Erst beim dritten Versuch hatte Grazia sie dazu bringen können, dass sie die Szene nachstellte, ohne gleich in Tränen auszubrechen, und auf diese Weise eine ungefähre Größe erhalten: zwischen einsfünfundsiebzig und einsachtzig. Hinzu kamen dann noch die Ergebnisse der DNS-Analyse der Zigarettenkippe, die der Mann vor Barracus Haus weggeworfen hatte. Eine Abfolge schwarzer Balken auf einem weißen Blatt. Ergebnis 1, genetischer Fingerabdruck: unverwechselbar wie ein Fingerabdruck, doch unbrauchbar, wenn man nichts hatte, womit man ihn abgleichen konnte. Ergebnis 2, Geschlecht: männlich. Ansonsten: nichts.

»Wir haben die Tasche«, sagte Matera. Grazia hob das Kinn und warf einen schiefen Blick auf den Sitz neben ihr. In einer durchsichtigen Plastiktüte steckte die Sporttasche des alten Mannes. Viereckig, weiß und rot, kein Firmenlogo. Alt. Die Kollegen hatten ein Verzeichnis des Inhalts auf die Tüte geschrieben, wie die Verkäufer im Supermarkt das Gewicht des Gemüses. Nachdem der Mailänder Erkennungsdienst es auf Fingerabdrücke hin untersucht hatte, war jedes Ding zurück an seinen Platz gelegt worden. Himmel und Hölle hatte Grazia in Bewegung gesetzt, bis sie die Tasche ausgehändigt bekam. Beim Chef hatte sie nichts ausgerichtet, sie hatte den Untersuchungsrichter der Antimafia anrufen und ihn um diesen persönlichen Gefallen bitten müssen.

»Die Tasche kannst du vergessen«, sagte Sarrina, während er wieder auf die Mittelspur wechselte. Abrupt beschleunigte er und hängte sich an den BMW, der ihn gerade überholt hatte, um ihn mit der Lichthupe zu bedrängen. »Nirgends ein Fingerabdruck, und der Kollege vom Erkennungsdienst sagt, dass die Tasche aussieht wie frisch aus der Reinigung.«

»Vielleicht findet sich ein Haar…«, sagte Matera, »oder ein Hautpartikel im Verschluss.«

»Die Tasche kannst du vergessen.«

Grazia lehnte sich zurück. Am liebsten hätte sie die Füße hochgezogen, doch sie trug ihre Stiefel und hatte keine Lust, sie auszuziehen, aber sie wollte auch nicht die Rückbank des Wagens schmutzig machen, weil dies ein getarntes Polizeifahrzeug war, mithin ein Mietwagen. Für solche Zwecke benutzten sie immer Mietwagen, die jedes Mal gewechselt werden, damit das organisierte Verbrechen sich weder Nummernschilder noch Marken notieren konnte. Obwohl es in diesem Fall völlig unwichtig war, ob sie erkannt wurden. Sie wussten ja nicht einmal, vor wem sie sich verstecken sollten.

Sie beschloss, sich anständig hinzusetzen, wie ein braves Mädchen, zog die Armlehne zwischen den Plätzen herunter und legte den Ellbogen darauf. Sie drückte mit dem Finger auf die Wange und begann von innen darauf herumzukauen. An der Sache stimmte was nicht. Dieser Gedanke war ihr plötzlich gekommen, doch so schnell, dass sie ihn nicht hatte scharfstellen können und ihn verlor. Jetzt war er ein Gefühl, ein irritierendes Gefühl, das mit jeder Sekunde, die verging, enger verschmolz mit dem Ärger darüber, dass sie sich nicht erinnerte. Nur nicht darauf versteifen. Wenn das passierte, das wusste sie, war es wie mit einer Melodie oder mit den Namen von Schauspielern, wenn das passierte, war es das Falscheste, darüber nachzudenken, sich darauf zu konzentrieren. Die Erinnerung verschwand für immer. Besser das Thema wechseln und warten, dass er von allein wieder auftauchte.

»Wir müssen eine Analyse der Auftraggeber anfordern«, sagte sie laut, praktisch zu sich selbst, ohne sich darum zu kümmern, dass sie auf ihrer Wange herumkaute und die Wörter verschluckte. »Was haben Jimmy Barracu und dieser russische Unternehmer, der als unerwünschte Person abgeschoben werden sollte, gemeinsam? Welche Mafia steckt dahinter? Unsere oder die russische? Haben sich hier zwei Banden gegenseitig einen Gefallen getan?«

»Ich bin auf Reserve«, sagte Sarrina. »Halten wir auf einen Kaffee an?«

Er setzte den Blinker und wechselte auf die Spur, die zur Raststätte abbog. Er fuhr an einer Reihe Lastwagen entlang, die am Rand der Stellfläche parkten, beschleunigte und zwängte sich in eine Lücke unter dem Strohdach, die er einem Punto raubte, der gebremst hatte, um drei junge Leute vorbeizulassen, die der Zweiklanghupe eines abfahrbereiten Reisebusses entgegenrannten. Als Sarrina ausstieg, sah er, dass der Punto noch immer, vor Wut knurrend direkt hinter ihnen stand und sich nicht von der Stelle rührte, woraufhin er die rot-weiße Polizeikelle unter der Sonnenblende hervorzog und sie in der Hand hielt, als ob er sie untersuchen wollte, bis das Auto schließlich mit einem verärgerten Rülpser den Gang einlegte und sich einen anderen Platz suchte.

»Blödmann«, blaffte Matera.

»Los, steigt aus, ich will abschließen«, sagte Sarrina und steckte den Schlüssel ins Türschloss. »Jetzt kannst du deinen Kamelmist qualmen.«

»Sarri', von Zigarren verstehst du einen Dreck. Die raucht man nicht einfach so, im Gehen...«

Grazia stieg aus. Sie stellte sich auf Zehenspitzen, streckte die Arme aus und reckte sich, dann fiel ihr ein, dass sie das langärmelige Shirt besser hinten in den Bund steckte, damit man die Pistole nicht sah. Sie machte Sarrina Zeichen, er solle noch einmal kurz aufschließen, holte die Jacke heraus und knotete sie sich um die Hüften, wodurch die Beretta 92, die im Holster an ihrem Gürtel steckte, gegen ihren Rücken gepresst wurde. Dann ging auch sie den Weg hinauf, der zur Raststätte führte.

Dort wimmelte es von Leuten. Alle fröstelnd, mit kurzen Ärmeln überrascht vom plötzlichen Herbsteinbruch.

»Kaffee?«, brüllte Sarrina aus der Schlange an der Kasse, sie nickte und deutete dann mit dem Daumen nach hinten, über die Schulter, was soviel bedeutete wie: »Ich geh aufs Klo.«

Während sie auf der Treppe, die hinunter zur Toilette führte, den Geldautomaten umkurvte, kam ihr in den Sinn, dass ihr Mann jetzt dort unten sein konnte und dass es jedermann sein konnte. Ein Gedanke, der sie ärgerte, der sie irritierte wie ein indiskreter Juckreiz. Normalerweise war es anders. Normalerweise hatte sie immer ein Gesicht, an das sie denken konnte, sei es, trotz der jungen Jahre, alt wie das von Provenzano, obszön wie das von Brusca, seltsam wie das von Aglieri, stets war da ein Gesicht gewesen, auf das sie sich konzentrieren konnte, das sie immer vor sich sah, auch wenn sie die Augen schloss. Diesmal nicht. Diesmal war ihr Mann jeder, der männlich, zwischen zwanzig und sechzig Jahre alt und nicht größer als einsachtzig oder kleiner als einsfünfundsiebzig war. Jeder. Der Lastwagenfahrer in kurzen Hosen und Schlappen mit dem gelben Plastiknecessaire unterm Arm. Der Vertreter mit der am Rücken zerknitterten Jacke und der vom Sicherheitsgurt zerknautschten Krawatte. Sogar der Busfahrer im blauen Hemd, der die Treppe hochkam und dabei die nassen Hände ausschüttelte. Jeder. Schon einmal hatte sie ein Phantom ohne Gesicht gejagt und geschnappt. Sie würde es auch diesmal schaffen.

Das Gefühl der Unruhe verließ sie selbst im Vorraum der Toilette nicht, wo sich nur Frauen aufhielten und ihr Mann nicht sein konnte. Grazia wählte die letzte Kabine hinten, wie immer, und schloss die Tür. Sie zog Stretchhose und Slip herunter bis zu den Knien und hielt sie mit einer Hand fest, damit die Pistole nicht herausfiel. Dann führte sie einen Arm hinter den Rücken, raffte Shirt und Jacke zusammen, hockte sich so über die Schüssel, dass die nackte Haut nicht mit dem gelb gesprenkelten Porzellan in Berührung kam, und dort, in dieser unbequemen, aber einzig richtigen Haltung, kehrte plötzlich und ohne ersichtlichen Grund der Gedanke zurück, der sie im Auto so genarrt hatte.

Sarrina und Matera standen an der Theke und unterhielten sich, Matera schüttelte den Kopf, als Sarrina sagte: »Weißt du eigentlich, wie viele italienische Dummköpfe eine Kubanerin heiraten?«

Grazia bahnte sich einen Weg durch eine Gruppe Jugendlicher, die sich vor der Kasse drängten und die Raststätte praktisch in zwei Hälften teilten. Es handelte sich um Anhänger irgendeiner Fußballmannschaft, alle trugen Schals, Trikots und Käppis in derselben Farbe, und einer pflanzte sich vor ihr auf, hüpfend, als würde er tanzen, die Fäuste in die Luft gereckt. Sie schob ihn so brüsk beiseite, dass er sich am Zeitungsständer festhalten musste, um nicht zu fallen. »He-e, Kleine … Was ist los, nervös, oder was? Hast du deine Tage?«

»Der Kaffee wird kalt …«, sagte Sarrina, als er sie kommen sah.

»Vergiss den Kaffee«, sagte Grazia. »Mir ist was eingefallen.«

»Was?«, fragte Matera.

»Die Tasche. Und die Sachen, die drin sind. Nicht ein Fingerabdruck, stimmt's? Alles sauber …«

»Ja«, sagte Sarrina. »Na und?«

»Na, wir denken, er hätte die Scheißtasche vergessen, aber was, wenn das gar nicht stimmt? Wenn er sie absichtlich zurückgelassen hat, damit wir sie finden? Deshalb beseitigt er alle Fingerabdrücke, weil er weiß, dass wir diese verdammte Tasche finden.«

»Und warum?«, fragte Sarrina. Er hatte die Autoschlüssel in der Hand. Grazia nahm sie ihm ab und wollte nach draußen stürzen, bevor ihr nach einem Schritt einfiel, dass sie dazu durch die ganze Raststätte musste, vorbei an dem Shop, an

Wurst- und Käsetheken, an Ständern mit Zeitungen und Videokassetten, und dann erst hinauskonnte. Im Auto zog sie die Ärmel ihres Shirts über die Finger, zog damit wie mit Handschuhen den Reißverschluss der Tasche auf und nahm die Sachen heraus, die sich darin befanden.

Wenn er alle Fingerabdrücke vernichtet hatte, dann weil er wollte, dass sie diese Sachen fanden.

Wenn er wollte, dass sie sie fanden, dann weil sie eine Bedeutung hatten. Eine dieser Sachen war nicht zufällig dort. Sie hatte eine Bedeutung.

Brille in einem Lederetui, sehr abgewetzt. Gestell aus schwarzem Horn, leicht getönt.

Ein Bund mit fünf Schlüsseln der Firma Cisa, Kunststoffkappen in verschiedenen Farben. Einer davon alt, mit Bart und einem Schildchen, das mit Bindfaden daran befestigt war. »Keller«.

Ein brauner Pullover mit V-Ausschnitt. Rau. Verfilzt. Gewaschen.

Eine Zeitschrift. »Diana armi. Zeitschrift für den Jäger«. Auf den hinteren Seiten: die Ecke einer Seite eingeknickt, ein Eselsohr, um einen Artikel zu kennzeichnen.

Pitbull, der gefährlichste Hund der Welt.

Grazia starrte auf die spitze Schnauze des Hundes, der sie aus der Fotografie in der Mitte der Zeitschrift ansah. Das Foto war so groß, dass es nicht auf eine einzige Seite passte, und der Knick in der Mitte ging genau durch die Schnauze des Hundes, eine Heftklammer an der Stirn, die andere unter dem Mund. Doch es waren die Augen, vor allem die Augen, die nicht mehr auf einer Linie lagen und noch weiter abzustehen und zu schielen schienen als sonst. Schwarz und stechend. Funkelnd. Als würden sie lachen.

»Was ist los?«, fragte Matera, der sie als Erster einholte.

»Wir müssen sofort nach Bologna zurück, das ist los«, sagte Grazia. »Wir müssen etwas untersuchen.«

Sie versuchte sich auf dem Sitz auszustrecken und zu entspannen, und plötzlich fiel ihr der Jugendliche aus der Raststätte wieder ein: »He-e, Kleine«. O Gott, ihre Tage … wie lange war das her? Bisher waren sie pünktlich wie nach der Uhr gekommen, und sie hatte es eine Woche im voraus gemerkt, doch jetzt war das anders. O Gott, ihre Tage. Sie begann, an den Fingern abzuzählen, und war so versunken im Bemühen, sich zu erinnern, dass sie gedankenlos die Beine anzog und die Stiefelsohlen auf die neuen Polster des Mietwagens stellte.

Manchmal artikulieren sich die Gedanken im Kopf als Wörter. Sie lasten auf der Zunge, ohne zu existieren, solange sie nicht ausgesprochen, zu einer Rede geordnet, zu Verben, Substantiven, Adjektiven, selbst Geräuschen geformt werden. Die Zunge schmiegt sich an den Unterkiefer, die Spitze stößt gegen die Zähne, berührt den Rand des Zahnfleischs oben, ohne sich von dort zu lösen, obwohl sie sich durchaus bewegt. Sie vibriert, windet sich, schwillt an, nicht genug, um einen Laut zu erzeugen, doch ausreichend, damit man die Wörter im Kopf hört, *also dann, machen wir es so, und ich zu ihm hören Sie, erstens:, zweitens:, Mist, ich muss mir ein neues Hemd kaufen*, und sie haben alle dieselbe stumme Stimme, immer gleich, still, manchmal ein klein wenig vom Atem gekräuselt. Nicht immer kommen die Gedanken, die sich mit den Wörtern bilden, glatt und zusammenhängend heraus, ab und zu klemmen sie, stocken bei immer demselben Wort, stoßen hinten gegen die Zunge und machen kehrt, nehmen von einem Punkt neu Anlauf, formulieren den Satz und halten erneut inne, wie ein Mantra, das nach einer Weile, wenn es sich nicht löst, eintönig wird, einschläfernd, und den Gedanken auflöst. Wenn hingegen alles gut geht, wird die Rede rasch bis zum Ende abgespult, wird vom Gaumen zurückgeworfen, instinktiv, und man merkt, dass man gedacht hat, weil die Zunge dort, wo sie die Kehle hinuntergleitet, schmerzt, müde ist, obwohl die Lippen noch miteinander verklebt sind und kein Laut sie getrennt hat. Ebenso ist es, wenn man betet.

Vittorio fuhr gleichmäßig, immer auf der Mittelspur, bei Tempo hundertzehn. Seine Hände lagen mehr auf dem Lenkrad, als dass sie es fest hielten, sein Blick war nach vorn gerichtet. Er folgte der Straße aus den Augenwinkeln, doch mit der Augenmitte starrte er auf einen blauen Riss, der sich am Himmel aufgetan hatte. Ein großes Loch, verästelt wie eine Hand mit langen verkrampften Fingern, ein leuchtendes Dunkelblau im Blaßgrau des Himmels. Falls dahinter die Sonne war, musste sie flüssig sein, so üppig und dunkelblau wie ein Tropfen Tinte aus einem Füllfederhalter.

Auf der Autobahn, dachte Vittorio, hat man alles vor sich. Zu den Seiten kann man nicht schauen, man kann den Kopf nicht drehen und beobachten, starren, mustern, alles, was an den Seitenfenstern vorbeirauscht, wird aus den Augenwinkeln wahrgenommen und ist immer gleich. Fahrbahnteiler aus grauem Beton, lang, niedrig und fest wie eine Mauer. Streifen aus rund geformtem Metall, ab und zu vom roten Furunkel eines Katzenauges gezeichnet. Eckige Hecken mit grünen Ästen, durchsetzt mit wilden Blumen. Lärmschutz aus Plexiglas. Weiter entfernt als ein Sitz die rechten, gleich neben dem Ohr die linken. Der Himmel hingegen, die Straße, die Landschaft, das alles liegt vor einem, umrahmt vom Weitwinkelobjektiv der Windschutzscheibe wie in einem Fernseher ohne Hintergrund, in den man geradewegs bis ins Unendliche schaut. Alles vorn. Auch das, was hinten ist, gleitet oben vorbei, im schmalen Viereck des Rückspiegels, und um es zu sehen, muss man zwangsläufig nach vorn schauen.

Manchmal zeichnen sich die Gedanken im Kopf als Bilder ab. Sie laufen ab wie ein dreidimensionaler Film, ein bewegtes Hologramm, ohne dass es einer Leinwand bedarf. Das Sehen, das Riechen, die Sinne funktionieren weiter an der Außenseite des Gesichts, registrieren Aktionen und Empfindungen, doch hinter den Augen, in jenem ovalen Raum, der von Schläfen und Genick begrenzt wird, dort, unter der Schädeldecke, agieren die Gedanken. Manchmal gelenkt, geschaffen, manchmal von allein wie Träume entstehen die Bilder und bewegen sich, jene Frau, jener Mann, jener Ort, sie haben Geräusche, Musik und Wörter, die existieren, obwohl man sie nicht hört, Gerüche und Konsistenz, die an die Haut dringen und echte Reaktionen, echte Wahrnehmungen hervorrufen. Wenn das geschieht, machen sie nicht kehrt, wickeln sich nicht wieder auf wie ein Tonband, sondern geschehen erneut, wiederholen sich aus dem Nichts, identisch, oder sie verändern sich, beschränken sich auf Details, die das ganze Feld ausfüllen, lenken sich auf andere Gesichter, andere Körper, andere Bewegungen. Die junge Frau aus der VIP-Lounge, die neben ihm hergeht. Empfindungen: niedlich. Die VIP-Frau im olivgrünen Kostüm, die neben ihm hergeht und seinen Arm stützt. Die Hand auf seinem Arm. Die weiß lackierten Nägel auf seinem Arm. Empfindungen: Erleichterung, Gelassenheit, ja. Die olivgrüne Frau, die neben ihm hergeht. Seine Hand auf dem Gesicht der jungen Frau. Seine Hand auf dem Mund der jungen Frau, die nassen Lippen, die Zähne. Die junge Frau, die neben ihm hergeht, seine Hand auf ihrem Gesicht, die sie wegstößt. Die Pistole. Empfindungen: keine.

Wenn sie aus dem Nichts entstehen, nennt man die Bilder Fantasien. Wenn sie bereits geschehen sind, nennt man sie Erinnerungen.

Vittorio verließ die Autobahn. Er bog rechts ab, fuhr über die Rampe zum Mauthäuschen, dem mit automatischer Bezahlung, denn es war ihm egal, ob er eine elektronische Spur hinterließ, ja, es war ihm sogar recht. Er hörte das erste Biep, fuhr langsamer, bis er das zweite hörte und sah, wie sich die Schranke öffnete, blieb fast stehen, um ein anderes Auto, das von links kam, vorbeizulassen. Mit Verspätung, denn die Mautstelle lag schon hinter ihm, und er bog schon auf die Schnellstraße ein, die zur Grenze führte, fiel ihm der Lastwagenfahrer ein, den er nachts im Radio gehört hatte, wie er sich am Telefon darüber beschwerte, dass die automatisierten Durchfahrten nie auf derselben Seite seien und dadurch jedermann zwängen, sich auf die Schilder zu konzentrieren und zwischen den Spuren Slalom zu fahren, um die richtige zu erwischen. Recht hat er, dachte Vittorio.

Manchmal sind die Gedanken im Kopf plötzlich da, ohne irgendeine Form anzunehmen. Sie tauchen in der Dunkelheit des Geistes auf wie ein Wetterleuchten am Nachthimmel, eine stille elektrische Entladung, ohne Donner. Mehr noch, ein Blitz ohne Licht, stumm und blind, der den schwarzen Himmel lässt, wie er war, so schnell, dass man unmöglich erkennen kann, wann er begonnen hat und wann er zu Ende ist. Einige dieser Gedanken lösen Empfindungen aus, die explodieren oder langsam ausströmen wie ein Gas, Seelenzustände, in denen man sich plötzlich befindet, ohne zu wissen, woher sie gekommen sind oder was sie ausgelöst hat. Andere stellen Verbindungen her, schaffen Ideen, lösen Probleme, ordnen sich zu Bildern und Wörtern, wachsen. Wieder andere nimmt man nicht wahr. Sie bleiben im Dunkel des Geistes, als hätte es sie nie gegeben. Möglich, dass sie sich irgendwo da drin einlagern, dass sie im Gedächtnis registriert werden, Traumata hervorrufen, die verborgen bleiben.

Vielleicht aber verlieren sie sich einfach und kehren nie mehr zurück.

Vittorio stoppte an der Grenzstation. Er parkte den Wagen

auf der Piazza und betrat das Wachlokal, um die Pistole in Aufbewahrung zu geben. Schon immer hatte er die Dinge anständig gemacht, nach Gesetz und ohne unnötige Risiken, und, wie nah es auch lag, San Marino war und blieb ein fremder Staat in jeder Hinsicht, mit eigenen Regeln.

Er deponierte die Waffe bei der Grenzpolizei von Rocca, was nicht lang dauerte, man kannte ihn. Er stieg wieder ins Auto und fuhr, Spitzkehre für Spitzkehre, den Berg hinauf in die Stadt. Während der Fahrt stoppte er in fünf verschiedenen Banken, wo er jedes Mal zwanzig Millionen in bar einzahlte, und dachte schon daran, dass er dieselbe Tour noch einmal würde machen müssen, in ein, zwei Wochen vielleicht, sobald er Gelegenheit gehabt hatte, in die Schweiz zu fahren und in einer anderen Bank die zweite Hälfte der Bezahlung abzuheben. Oben an der Porta del Paese angekommen, ließ er die Stadt links liegen und fuhr um den ersten der drei Berge. Er parkte in einer Haltebucht, stieg aus und schloss die Tür zu einem Büro auf, das zwischen einem Zeitungsstand und einer Bar eingezwängt war. Er warf einen Blick in den Briefkasten, durch das Gitter mit dem Aufkleber »Schmuckwaren Marchini«, und ging geradeaus weiter, als er sah, dass nur der bunte Karton einer Werbung darin lag. Auch im Büro war nicht viel, abgesehen von einem Tisch mit Computer, einem Drehstuhl und einem verschlossenen Karteikasten. Im Kellergeschoss lag die Toilette, und neben der Toilette standen zwei Spinde. In einem befanden sich ein Schrubber, ein noch in Cellophan verpackter Putzlappen und eine Flasche Meister Proper. Im anderen eine Ithaca-Pumpgun Kaliber 12 mit abgesägtem Schaft, ein Weatherby-Präzisionskarabiner Kaliber 30/378 mit 36er Nightforce-Zielfernrohr sowie eine Heckler-&-Koch-Mp5-Maschinenpistole mit eingebautem Schalldämpfer.

Bevor er das Büro verließ, zog er ein Ringbuch aus der Tischschublade, schlug es auf und fuhr rasch mit dem Finger über eine Reihe von Namen und Adressen. Er seufzte, als er sah, dass die Stadtbibliothek von Cavriate, Provinz Bergamo, an der Reihe war, und las die Notiz neben der Adresse. »Höchste Besucherdichte: Samstagnachmittag (Studenten). Bibliothekarin jung und hübsch. Auffallen würden ihr: betagte User, falsche Zielgruppe, schöne Jungs«. Aus dem Karteikasten nahm er eine Zahnprothese mit einem abgebrochenen Zahn, eine Perücke, farbige Kontaktlinsen und Puder, um die Haut blasser zu machen. Unter den Kleidern, die an Bügeln hingen, wählte er ein Paar Jeans, ein weißes Hemd und einen dunkelblauen Pulli mit rundem Ausschnitt und stopfte alles in eine Tasche. Er sah auf die Uhr und verließ eilig das Büro.

Er musste noch die Pistole abholen, einen Ort finden, an dem er sich umziehen konnte, und sich sputen, um rechtzeitig für seine Verabredung zum Chat in Bergamo zu sein.

Bing.

»Da sind sie.«

Ich habe eine Funktion aktiviert, die mir jedes Mal anzeigt, wenn ein bestimmter Nickname sich in den Chat einwählt. Ganz allein, ohne Luisas Hilfe, denn so weit komme ich selbst noch. Jedes Mal, wenn Pitbull oder Ilvecchio miteinander chatten, macht mein Computer *Bing!* und zeigt es mir an. Er könnte auch Pussypussy! machen, aber dafür braucht es schon jenes Quäntchen mehr, um das ich Luisa bitten müsste, und ich will es nicht übertreiben. Ich habe sie sowieso schon ganz schön in Anspruch genommen.

Zusammen haben wir all die Male kontrolliert, die Pitbull und Ilvecchio sich letztes Jahr in den Chat eingewählt haben. Vierzehnmal haben sie das getan, nur vierzehnmal. Daraufhin haben wir die Male kontrolliert, die sie sich gleichzeitig eingewählt haben. Vierzehnmal. Nie länger als zehn Minuten. Pitbull und Ilvecchio wählen sich nur ein, um untereinander zu kommunizieren, dabei haben sie sich nicht besonders viel zu sagen. »Warum telefonieren die denn nicht?«, hat Luisa gefragt, und ich glaube, von da an, seit diesem Augenblick, hat auch sie sich für diese Geschichte begeistert.

Wir haben versucht, etwas über die beiden herauszufinden. Von wo aus sie sich einwählen, zum Beispiel. Wenn es ortsansässige User gewesen wären, aus unserem Fernmeldebereich, hätten wir die Telefonnummern sofort gehabt. Aber es sind auswärtige User, die sich wer weiß wo einwählen, vielleicht in Australien.

»Da sind sie, Luisa … sieh dir das an.«

Luisa steht von ihrem Terminal auf und kommt zu meinem. Das tut sie so ungestüm, dass sie den Hund vergisst, der neben meinen Füßen schläft, und über ihn steigt, als ob er eine Tasche wäre. Er rührt sich nicht und schläft weiter, die Nase liegt auf dem Fußboden, wo sie einen feuchten Fleck zeichnet, der mit jedem Atemzug größer wird.

»Verdammt … sie sind es.«

Auswärtige User. Ich wäre jetzt aufgeschmissen gewesen, aber Luisa nicht, Luisa versteht mehr davon, nicht so viel wie Mauri, aber mit Sicherheit mehr als ich. Sie hat mich gefragt, warum ich mich für die Sache interessiere. Ob es etwas mit dieser Frau zu tun hat, wo ich doch in letzter Zeit für nichts anderes Interesse aufbringe. Sozusagen, habe ich geantwortet. Diese Sache ist etwas, das ich machen will. Etwas, das ich machen *kann.* Es ist meine einzige Hoffnung, aus dieser Apathie herauszukommen, Luisa. Hilfe.

<Ilvecchio> Alles gut gelaufen?
<Pitbull> Alles in Ordnung.
<Ilvecchio> Hier auch. Alle sind zufrieden. Geht's gut?
<Pitbull> Sehr gut. Wie immer.
<Ilvecchio> Mir nicht. Bei mir ist eine Grippe im Anmarsch …

Mit dem Arm stützt sich Luisa auf meine Schulter und beugt sich nach vorn, um auf dem Bildschirm mitlesen zu können. Ich spüre, wie ihr Busen meinen Rücken streift, und werde ein bisschen steif. Sie merkt es nicht mal.

»Warum telefonieren die bloß nicht miteinander?«, fragt

Luisa noch einmal. »Bei dem, was die sich zu sagen haben… wozu der Aufwand?«

Auswärtige User. Luisa hat es nachgeprüft, und es ist ihr gelungen, die Spur bis zur IP-Adresse von Pitbull und Ilvecchio zurückzuverfolgen. Mehrere Sequenzen aus elf Ziffern, die in vier durch einen Punkt getrennte Gruppen unterteilt sind, 194.242.155.63, 195.321.192.34 und so weiter, wobei die ersten den Provider angeben und die letzten den eingewählten User. Für sich allein sagen sie allerdings nichts aus, denn sie werden jedes Mal an einen anderen User vergeben, je nachdem, welche gerade verfügbar ist. Pech gehabt.

<Pitbull> Wann sprechen wir uns wieder?
<Ilvecchio> Bald. Ich habe einen Kunden, der drängt.
<Pitbull> Kein Problem.
<Ilvecchio> Obwohl sie so kurz hintereinander kommen?
<Pitbull> Kein Problem.

Luisa schüttelt den Kopf. Sie bewegt einen Fuß und schreckt auf, als sie durch die Riemen der Sandale das kurze Fell des Hundes spürt. Sie umkurvt meinen Rücken, geht auf die andere Seite und stützt sich wieder auf, wie vorhin, den Arm auf meiner Schulter, den Busen am Schulterblatt, die Augen auf den Monitor gerichtet. In der Hand hält sie eine Zigarette, der Rauch brennt mir in den Augen.

Auswärtige User. An diesem Punkt hat Luisa gesagt, dass es schon einen Weg gäbe, mehr herauszufinden. Nicht einfach, aber möglich. Wie einfach?, habe ich gefragt. Sag mir erst, warum du dich so dafür interessierst, hat sie gefragt.

Leider ist das nicht so leicht zu erklären, denn einen echten Grund gibt es eigentlich nicht. Stell dir vor, du bist in ein Mädchen verliebt, aber sie hat dich verlassen, und du fühlst dich echt Scheiße und hast keine Lust zu irgendwas, außer an sie zu denken, wie schön sie war, wie süß sie war und wie sehr sie dir jetzt, wo sie nicht mehr da ist, fehlt, und auf einmal kommt dir der Gedanke, dass du dich in Wirklichkeit nicht wegen ihr Scheiße fühlst, sondern weil du wirklich Scheiße bist und das ganze Leben auch. An diesem Punkt bleiben dir genau zwei Möglichkeiten. Entweder du kommst da nicht mehr raus und weinst immer weiter bis in alle Ewigkeit, schaust MTV und… na ja, also, hängst nur rum und machst nichts, einen Tag nach dem andern. Oder du reißt dich aus der Apathie raus und tust was, egal was, Hauptsache, es hat mit ihr zu tun, denn sonst könntest du nicht darüber nachdenken, und es lässt dich was tun. Kristine liebte einen Hund, der aussieht wie ein Pitbull. Die beiden da reden über Pitbulls, und zwar auf eine komische Weise, die mich beunruhigt und die, das weiß ich, Kristine nicht gefallen hätte. Ich will wissen, was dahinter steckt. Ich will etwas tun, das mich in ihren Augen nicht wie Scheiße aussehen lässt, auch wenn sie es vielleicht nie erfahren wird. Ich weiß nicht, ob das logisch ist, aber es ist so. Genügt dir das? An diesem Punkt hat Luisa eine Grimasse gezogen, mit den Schultern gezuckt und mir erklärt, wie wir mehr über die Sache rauskriegen könnten.

Auswärtige User. Finde anhand der ersten Ziffern der IP-Adresse den Provider heraus, und frag ihn, wer sich an dem und dem Tag um die und die Uhrzeit unter dieser Nummer eingewählt hat. Er weiß es. Er weiß auch die Telefonnummer. Das Problem ist, ihn dazu zu bringen, dass er sie rausrückt.

Luisa ist auf Draht, mehr als ich. Sie hat eine Reihe von Providern ausfindig gemacht und vom Büro aus angerufen. Mit einigen davon hatten wir geschäftlich zu tun, da war es einfach. Bei anderen bedurfte es einer Ausrede, zum Beispiel ein User, der ein bisschen Chaos verursacht hat und den wir jetzt kontrollieren möchten, ob Sie uns vielleicht, vielen Dank. Manche wollten uns im Büro zurückrufen, um sicherzugehen, dass tatsächlich ein Provider dran war. Manche haben uns nichts verraten. Sobald wir die Nummern hatten, haben wir bei der 1412 der Telecom angerufen, um die Adressen abzufragen.

»Willkommen bei der Eins-Vier Eins-Zwo der Telecom Italia.

Dieser Service liefert Namen und Adresse zur gewünschten Telefonnummer. Geben Sie jetzt die Telefonnummer ein…« Sechs Nummern haben wir ausprobiert.

Pitbull: Gemeindebibliothek Villa Spada, Bologna. Gemeindebibliothek Varese. Cybercafé Andromeda in Padua.

Ilvecchio: Flughafen Leonardo da Vinci, Fiumicino. Cybercafé Xenia, Rom. Stadtbibliothek Sabaudia, Provinz Latina.

Alles öffentliche Orte, die von jedermann genutzt werden können. Unbrauchbar.

Die anderen acht haben wir uns gar nicht erst angeschaut.

<Ilvecchio> Der Kunde hat Sonderwünsche. Das wird kein leichtes Treffen.

<Pitbull> Kein Problem. Sag mir Bescheid.

[Sat, Sep. 30, 16:08:52 Pdt 2000] Pitbull left private chat.

Luisa löst sich von mir. Sie seufzt. Sie flüstert: »Was zum Teufel…« und setzt sich wieder vor ihr Terminal. Ich starre weiter auf meinen Bildschirm. Ich beende die Verbindung und verlasse den Chat, weil ich mit den Gedanken woanders bin. Ilvecchio hat etwas gesagt, ein Wort, durch das ich alles begriffen habe. Und das mir Angst macht. Ich denke nach, über zweierlei. Erstens.

»Luisa … weißt du, worüber die beiden Schweine da reden?«

»Über Hunde«, sagt sie.

»Ja, aber nicht, weil sie welche verkaufen wollen. Da steckt was anderes dahinter, eine üble Sache …«

»Was denn?«

»Hundekämpfe. Hast du gesehen, was Ilvecchio gesagt hat? Er hat gesagt: ›Das wird kein leichtes Treffen …‹ Ein Treffen zwischen Pitbulls, Luisa. Kämpfe bis zum letzten Blutstropfen zwischen wilden Hunden. Und die organisieren sie.«

»Schweine …«

Zweitens.

»Luisa … wenn sie sich von öffentlichen Orten aus einwählen, ist es sinnlos, stimmt's?«

»Ja, hast du doch gesehen …«

»Ilvecchio hat gesagt, er bekommt die Grippe … vielleicht hat er sich ja dieses eine Mal von zu Hause aus eingewählt?«

Luisa kneift die Lippen aufeinander und hebt eine Braue, nur eine, keine Ahnung wie. Mit dem Bleistift klopft sie sich auf den Mund und nickt dazu.

»Möglich wär's«, sagt sie. Sie steht wieder von ihrem Terminal auf und kommt zu meinem. Diesmal hebt der Hund den Kopf, aber sie achtet überhaupt nicht darauf. In kürzester Zeit hat sie sich die IP-Adresse von Ilvecchio beschafft.

192.204.197.12.

Ein Provider in Sabaudia, Provinz Latina. Luisa nimmt das Telefon, das neben dem Computer auf meinem Tisch liegt, und ruft an.

Es wird ein langes Gespräch, die Nummer hat sie schnell raus, aber es dauert, bis sie den Typ losgeworden ist, der sich selbst aus dieser Entfernung anhört wie der absolute Baggerkönig.

Sie schreibt die Nummer auf einen Zettel, aber als ich danach greife, reißt sie ihn hastig an sich. Sie will selbst die 1412 wählen.

»Die von Ihnen gewünschte Rufnummer gehört …«

Nachname: D'Orrico.

Vorname: Alberto, Rechtsanwalt.

Adresse: Lungomare Sud, 25/a. 04016 Sabaudia, Provinz Latina.

»Das hätten wir!«, ruft Luisa, und sie lächelt, wie ich sie noch nie zuvor habe lächeln sehen. Instinktiv strecke ich die Hände aus und drücke ihre Schultern. Sie schaut mich befremdet an, ein bisschen überrascht und ein bisschen misstrauisch, und in diesem Augenblick bricht wieder alles über mir zusammen. Nicht wegen ihr oder wegen ihrer Reaktion … hätte sie weitergelächelt, hätte ich sie wahrscheinlich schwungvoll geküsst, und ich weiß nicht, was für ein Kuss das geworden wäre, bestimmt schön, aber vielleicht nicht so wichtig. Und auf alle Fälle hätte sie mich anschließend wahrscheinlich gekillt. Nein, es ist, weil mir auf einmal klar wird, dass das alles auch nichts nützt. Dass, was auch immer ich tun würde, es trotzdem vorbei ist und ich in jedem Fall der Gearschte bin. Ich habe nur einen Augenblick Abstand gewonnen, nur einen Augenblick, und jetzt stecke ich wieder mitten drin. Im nächsten Augenblick werde ich wieder anfangen, an Kristine zu denken, daran, wie sehr sie mir fehlt, und an mich, das Stück Scheiße. Einen Scheißtag nach dem andern.

Luisa hingegen scheint noch immer euphorisch. Sobald ich die Hände von ihren Schultern nehme, beruhigt sie sich und zeigt auf den Zettel, auf dem sie Telefonnummer, Namen und Anschrift notiert hat.

»Und was machen wir jetzt?«, fragt sie. Ich breite die Arme aus.

»Pff?«

Nachdenklich kaut sie auf ihrer Lippe herum.

»Ich weiß nicht, ob wir zur Polizei gehen können... ich glaube, was wir gemacht haben, ist nicht so ganz legal. Und außerdem, wenn die hier davon Wind kriegen, schmeißen sie uns am Ende beide raus...«

»Kann sein«, sage ich. »Vielleicht gibt es ja ein Nottelefon für missbrauchte Hunde...«

»Wir behalten's im Hinterkopf«, sagt Luisa, steht vom Terminal auf und hebt den Telefonhörer. »Ich habe einen Freund, der im Tierheim arbeitet, ich frag ihn mal, wenn ich ihn das nächste Mal sehe. Fürs Erste...« Sie klemmt den Zettel unter das Mousepad, so dass die Nummer für sie lesbar ist, und tippt sie rasch ein.

Beim zweiten Klingeln geht er dran, als ob er gerade erst aufgelegt hätte und noch in der Nähe des Apparats wäre.

»Rechtsanwalt Alberto D'Orrico?«, fragt sie.

»Ja.«

»Wir wissen, was ihr da tut, ihr Schweine.«

Sie legt auf. Dann schaut sie mich an, mit zufriedenem Lächeln. Sie nimmt sich noch eine Zigarette und zündet sie an. »Sie wenigstens nerven«, sagt sie. »Wenigstens ein bisschen, oder?«

Von: a.dorri@hotmail.it

An: pitbull@libero.it

Betreff: dringend!

Umgehend kontaktieren wegen Verabredung über neuen Chat. Wir haben ein Problem.

Grazias Büro.

Leihweise, erstes Obergeschoss, Mordkommission. Vorher: eine Rumpelkammer für das Archiv, große Kartons voll cremefarbener Aktendeckel, mit Bindfaden zusammengebunden. Jetzt: an der Wand aufgestapelt, unter dem Fenster.

Zehn Quadratmeter. Zwei Tische, ein Drehstuhl, ein Stuhl, eine Liege, ein Kleiderständer, eine Tür, ein Fenster. Luxus: eine Magnettafel und ein Papierkorb.

Auf dem Tisch in der Mitte (graues Plastik, Ränder aus schwarzem Gummi): ein Laptop, aufgeklappt, eingeschaltet, der Bildschirmschoner aktiviert (Asteroiden explodieren im dunklen All). Internetverbindung über externes Modem über eine grüne Verlängerungsschnur, die hinter der angelehnten Tür verschwindet. Maus auf einem hyperrealistischen Pad in Form eines in der Pfanne brutzelnden Spiegeleis. Neben dem Computer unordentlich: Protokolle summarischer Aussagen von im Anhang näher beschriebenen Zeugen, die überprüft werden müssen, eine nach der anderen, die schon erledigten liegen umgedreht, mit der Vorderseite nach unten, durcheinander, die noch zu erledigenden sind ordentlich übereinander gestapelt (auf der obersten, in einer Ecke, der braune Ring eines Kaffeebechers). Daneben wiederum: zwei große Aktendeckel, prallvoll, geöffnet. Auf dem ersten: »Mordfall Barracu und andere«. Auf dem zweiten: »Mordfall Akunin und andere«. Unter dem Deckel des zweiten lugt verkehrt herum eine Schwarzweißaufnahme von Inspektor Bonetti hervor (ein dunkler Fleck auf der Wand läuft in zwei blassen Streifen hinauf bis zum Kopf des Inspektors, der auf die Schulter gekippt ist, die Augen halb geöffnet, eine Seite der Nase blutverkrustet, ein Mundwinkel ist hochgezogen und lässt die Zähne unbedeckt).

Auf dem Tisch an der Wand: die Ergebnisse der erkennungsdienstlichen Untersuchung der im Flughafen gefundenen Tasche (negativ). Bericht des Bezirksbüros der Antimafia über eventuelle Verbindungen Mordfall Barracu – Mordfall Akunin (negativ). Bericht der Antimafia Palermo über Bande von Carmelo Madonia, Hauptverdächtiger Mordfall Barracu. Betreff: Ermittlung über aktenkundige Killer (negativ). Handschriftliche Notiz von Di Cara (»Keiner der bekannten Killer ist unser Mann. Hand ins Feuer«). Bericht der Antimafia Rom über Familie von Dimitri Zurov, Hauptverdächtiger Mordfall Akunin, Zweck: aufspüren Element ähnlich Killer Flughafen (negativ).

Im Papierkorb: ein Kaffeebecher aus Plastik.

Auf der Magnettafel: nichts.

In der Tasche der Bomberjacke, die am Stuhl hängt: Kassenbon der Apotheke in der Via Marconi und Schwangerschafts-Schnelltest, noch verschlossen.

Grazia: im Obergeschoss, um der ersten Intuition nachzugehen. Der Computer aus Jimmys Schlafzimmer (Eigentümer: Familie Barracu, Fingerabdrücke von ihm und seiner Frau) war mit einer Website über Hunde verbunden (http://dogfighter.com/) und zeigte das Bild eines Pitbulls. In der Tasche vom Flughafen fand sich ein weiterer Pitbull, der sie von den Seiten einer Zeitschrift anstarrte. Zwei Zufälle ergeben einen Zusammenhang, und wenn es sich um Serienmord handeln würde, wäre dies bereits eine Unterschrift. Wie viele andere

Morde hatte es in den letzten Jahren gegeben, in denen irgendwie ein Pitbull eine Rolle spielte? Rechercheanfrage beim Zentralarchiv der Staatspolizei. Formale Anfrage bei der UACV, der Einheit für die Analyse von Kapitalverbrechen, mit ihrem computergestützten Archiv zu Mordfällen ohne Motiv. Fernsprechanfragen bei nachgeordneten Erkennungsdiensten, Polizeipräsidium und Carabinierikommandos.

Vier Antworten.

Grazias Büro.

Auf der Liege: eine Sporttasche mit Wäsche zum Wechseln, einem Pullover und der Zahnbürste. Die vergangene Nacht: Eiseskälte zwischen ihr und Simone, Rücken an Rücken, so weit entfernt wie möglich in einem zu schmalen Bett. (Wohin gehst du mit der Tasche? Ich bleibe ein paar Nächte fort, zum Arbeiten, wie üblich. Und, kommst du danach zurück?)

Auf dem Tisch an der Wand, eine neben der andern, Akten mit Zeugenaussagen und Berichten über:

– Dezember 1999, Mordfall Pandella, Perugia. Gegen 7.30 Uhr verließ Professor Emilio Pandella das Haus, um sich zur Arbeit im Ospedale Silvestrini zu begeben, wie jeden Morgen. Er ging zu seinem ein Stück die Straße hinauf geparkten Wagen, schnallte sich an und wollte gerade den Motor starten, als ein kräftiger Mann, der mit dem linken Bein hinkte, auf ihn zu trat und drei Schüsse aus einer S&W-Pistole Kaliber 40 auf seinen Kopf abgab, die ihn auf der Stelle töteten. Weitere Zeugenaussagen ergaben, dass drei verdächtige Individuen in der Umgebung aufgefallen waren, die den Professor an den Tagen vor dem Mord beschattet hatten. Einer der drei trug ein T-Shirt, dessen Motiv, ein Pitbull, unter der Bomberjacke sichtbar war, die trotz der Kälte nicht geschlossen war (Mordkommission, Polizeipräsidium Perugia, Inspektor Gusberti).

– Juni 1998, Mordfall D'Angelo-Cabona, Rom. Um 19.45 Uhr wurden Cavaliere Francesco D'Angelo und sein Leibwächter Antonio Cabona, genannt Nino, von mehreren Salven aus einer Automatik-Maschinenpistole Kaliber 9 niedergemäht, während sie sich in einem Aufzugkorb befanden, mit dem sie wahrscheinlich in den vierten Stock eines Hauses in der Via Beato Angelico hinauffahren wollten, wo der Cavaliere wohnhaft war. Geschossen hat angeblich vom zweiten Stockwerk aus ein gewisser Elio Persichetti, dem Vernehmen nach ein Freund der im nämlichen Stockwerk wohnenden und zu jener Zeit auf einer gewonnenen Reise zu den Malediven weilenden Familie. Elio Persichetti, der falsche Angaben zur Person gemacht hat und nach dem Mord verschwunden ist, wird beschrieben als alter Mann mit zurückgekämmtem weißen Haar und rotem Teint und ausgesprochen homosexuellem Habitus. In den Tagen vor dem Mord war er bereits wiederholt wegen des Gebells eines Hundes in der Wohnung aufgefallen, das er als Gebell eines Pitbulls ausgab (Provinzkommando der Carabinieri in Rom, Hpt. Lojaco).

– März 1998, Mordfall Ravarrino, Ort unterliegt der Geheimhaltung. Um 16.18 Uhr wurde Maurizia Ravarrino, Ehefrau des Camorrabosses Michele Ravarrino, genannt Biondolillo, von einer Kugel Kaliber 30/378 im Kopf getroffen. Frau Ravarrino befand sich unter strengster Bewachung in einem Bauernhaus an geheimem Ort, da sie im Begriff war, nach der Ermordung ihres Mannes von der Kronzeugenregelung Gebrauch zu machen. Der Schuss kam aus einer in Bau befindlichen Villa an den Hängen eines Hügels mit Panoramablick und wurde in Anbetracht der großen Entfernung (1095 Meter) mit ziemlicher Sicherheit aus einem Präzisionsgewehr abgefeuert. Sowohl in den Tagen zuvor als auch am Mordtag selbst war die Gegend von Angehörigen des Personenschutzes sowie von der örtlichen Polizei abgesucht worden, die nichts Auffälliges bemerkt hatten. (Zentraleinheit Personenschutz Rom, Ob.-Insp. Mattei). Auf der Aussage hatte Matera handschriftlich notiert: »Du hattest Recht. Ich habe eine Zusammenfassung aus allen Dienstberichten der Streifen in der Gegend anfertigen lassen. An besagtem Morgen haben die Kollegen von der Verkehrspolizei einen Megane Scénic kontrolliert, den ein Tourist gemietet hatte, aber weil er in die entgegengesetzte Richtung fuhr, haben sie die Kollegen im Haus nicht informiert. Kurz darauf hat unser Freund den Wagen in Fontanafredda (Provinz Grosseto) abgestellt, von wo aus er wahrscheinlich fünfzehn Kilometer zu Fuß gelaufen ist, um unbeobachtet zu der Villa zu gelangen. Warum ich meine, dass er es war? Weil auf der Heckscheibe des Megane ein Aufkleber war. Und was war auf dem Aufkleber? Ein Pitbull.«

Auf dem Tisch mit dem Computer, neben der Maus, Grazias Handy, das stumm klingelt, per Vibration. Auf der Mailbox Sarrinas Stimme: »Ich bin in Como. Ich habe den Hinweis überprüft. 1990 hat der Pitbull einen Oberst der Luftwaffe, der Verbindungen zum Geheimdienst hatte, in die Luft gesprengt. Die Sache ist unklar, kein Mensch will darüber reden. Was soll ich tun, soll ich diesen Brigadiere Carrone suchen?«

Im Papierkorb: vier Kaffeebecher aus Plastik.

Auf der Tafel: in der Mitte das Foto eines aus einer Zeitung ausgeschnittenen Pitbulls. Drum herum, wie ein Strahlenkranz, mit der Hand beschriebene Post-its. 1) Männlich, 1,75–1,80. 2) Profikiller, kein Serientäter. 3) Guter Schütze. Wo trainiert er? Woher bekommt er seine Waffen? Überprüfen. 4) Verkleidungskünstler. Wo hat er das gelernt? 5) Mailand-Rom-Grosseto-Bologna-Perugia-Como. Ganz Italien. Wie bewegt er sich? 6) Wie nimmt er Kontakt zu seinen Kunden auf? 7) Wie lässt er sich bezahlen? 8) Wo versteckt er sich? 9) Wer ist er?

Grazia: unterwegs, um die zweite Intuition zu überprüfen. Jimmy und die anderen hat er mit Glasprojektilen getötet, die mit Kunststoff überzogen waren. Schwer zu handhaben und schwer zu bekommen. Warum? Gibt es weitere Morde, die mit besonderen Projektilen verübt wurden? Dringende Fernsprechanfragen an Präsidien, Erkennungsdienste, UACV und Carabinieri-Kommandos. Geistesblitz in letzter Minute: nicht nur die ungelösten Fälle nachprüfen, sondern auch die gelösten und die Selbstmorde.

Zwei Antworten.

Grazias Büro.

Auf der ungemachten Liege Akten und verstreut Papier (Protokolle, Tatortberichte, Autopsiebefunde, ballistische Gutachten). Unter der Liege ein Paar schwarze Stiefel (wütend bis ganz nach hinten geschleudert). Geruch nach geschlossenem Raum und nach Schweiß.

Auf dem Tisch mit dem Computer: Autopsiefotos Rechtsanwalt Brachetti, Como. Daneben: ein McDonalds-Papier mit Ketchupresten (McBacon + Pommes frites + McNuggets im Neunerpack), Spizzico-Kartons mit Tomaten und Pilzen (Pizza Farcita, geviertelt), Plastikschalen »Große Mauer Takeaway« (Kantonreis, Huhn mit Pilzen und Bambus).

Auf dem Tisch an der Wand, geöffnet auf dem Haufen mit den übrigen Papieren, zwei Akten über:

– September 1998, Mordfall Paladino, Ferrara. Drei Pistolenschüsse in den Kopf eines Bankdirektors, den eine Verurteilung wegen Geldwäsche und Betrugs erwartet. Wachsprojektile, wahrscheinlich zuvor mit Trockeneis eingefroren. Ballistisches Gutachten: unmöglich.

– Dezember 1997, Selbstmordfall Graziani. Die Frau schießt sich mit der Sportpistole Kaliber 22 eines ihrer Söhne in die Schläfe. Sie benutzt ein Projektil aus Glas, das mit einer dünnen Schicht aus Kunststoff überzogen ist. Deformation beim Aufprall, keine brauchbare Rille. Ballistisches Gutachten: unmöglich.

Im Papierkorb: zusammengeknüllte Notizen, gelbe Post-its, dreizehn Kaffeebecher aus Plastik.

An der Tafel: in der Mitte der Pitbull. Weitere gelbe Zettel drum herum, in zweiter Reihe. 10) Warum sollte ein Profi eine Unterschrift zurücklassen wie ein Serienkiller? 11) Bologna, Ferrara, Reggio Emilia. Für Untersuchung untaugliche Projektile. (Zweiter gelber Zettel, an eine Ecke des ersten geklebt) Alle in der Region. Warum?

Auf dem Boden, unter dem Tisch, das Handy, das vibriert. Auf der Mailbox Sarrinas Stimme: »Sag mal, gehst du jetzt vielleicht mal dran, oder was? Ich kann diesen Maresciallo Carrone nicht auftreiben, er scheint sich in Luft aufgelöst zu haben. Soll ich weiter suchen?«

Grazia: im Zimmer, auf dem Bürostuhl sitzend, die Beine auf dem Tisch, die Knöchel übereinander gelegt. Eine Socke steht an der Fußspitze als langes weißes Büschel ab. Das Kinn auf die Brust gedrückt, der Kopf etwas zur Seite geneigt. Die Sehnen am Hals, links, betäubt vom Schlaf, bereiten sich darauf vor, nachher, beim Aufwachen, wehzutun.

In der Tasche der Bomberjacke, die am Stuhl hängt: der Schwangerschafts-Schnelltest. Noch immer verschlossen.

»Hör mal … ich habe mit einem Freund geredet, der im Tierheim arbeitet.«

»Ach ja?«

»Interessiert dich wohl nicht mehr, was? Jedenfalls er meint, wir sollten es der Polizei sagen. Ich weiß nicht … ich halte das für keine gute Idee.«

»Nein? Wahrscheinlich nicht.«

»Wenn wir da anonym anrufen, haben die bestimmt sofort raus, wer wir sind. Für mich ist die Sache damit erledigt, obwohl ich stinkwütend bin. Wir könnten höchstens noch mal den Rechtsanwalt anrufen und ihm Angst einjagen.«

Ich murmele etwas, das ich selbst nicht verstehe, und zucke mit den Schultern. Luisa und ich gehen unter den Arkaden der Piazza Santo Stefano entlang. Sie schiebt ihr Fahrrad, und ich gehe neben ihr her. Ab und zu stoße ich mit dem Knöchel gegen die Pedale, aber ich weiche ihr nicht von der Seite.

»Hör zu …«, sage ich, »ich komme heute nicht mit zur Arbeit.«

»Du bist verrückt … wieso?«

»Ich muss lernen. Ich habe eine Prüfung.«

»Das kannst du einer anderen erzählen …«

»Hör zu … mir geht's schlecht. Ich fühle mich nicht gut.«

»Das kannst du auch einer anderen erzählen. Sag lieber, du hast keine Lust. Schließlich bin ich nicht der Chef. Schließlich bin's ja nicht ich, die dich entlässt.«

In gewissem Sinne wäre mir das recht. Entlassen, ohne

Geld, ohne irgendeine Beschäftigung. Ich würde mich aufs Sofa werfen und vor Hunger, Durst und Schläfrigkeit sterben. Einen Augenblick lang fühle ich mich so erleichtert, dass ich die Schultern lockere und einen Buckel mache und fast die Arme schlenkern lasse. Dann, wie eine Hand, die mir die Kehle zudrückt, verschlägt die Angst mir den Atem.

»Und überhaupt, zu Hause bleiben kannst du, wann du willst, aber nicht heute. Gestern hat einer von der Zentrale in Mailand angerufen und gefragt, zu wievielt wir arbeiten. Das riecht nach Kontrolle, und deshalb will der Chef, dass wir alle da sind. Der kommt auch wieder runter, aber nicht heute.«

Und ich, wann komme ich wieder runter? Neulich habe ich ein Buch aus Morbidos Zimmer genommen. Er macht gerade die Prüfung in Psychologie, und auf seinem Tisch lag dieses bordeauxrote, voluminöse Buch. Mini-DSM IV. Diagnostisches und Statistisches Manual. Darin sind, nach Symptomen geordnet, sämtliche psychische Störungen aufgeführt, also habe ich mich auf Morbidos Bett gesetzt und meine herausgesucht. Episoden Affektiver Störungen. Episode einer Major Depression. Mindestens fünf der folgenden Symptome bestehen während derselben Zwei-Wochen-Periode.

1. Depressive Verstimmung an fast allen Tagen für die meiste Zeit des Tages (ja)
2. Deutlich vermindertes Interesse oder Freude an allen oder fast allen Aktivitäten an fast allen Tagen für die meiste Zeit des Tages (nein, an allen Tagen. Ja, trifft zu…)
3. Deutlicher Gewichtsverlust ohne Diät; oder Gewichtszunahme (Gewichtsverlust. Zumal ich schon vorher mager war… ja, trifft auch zu)

4. Schlaflosigkeit oder vermehrter Schlaf an fast allen Tagen (ja)
5. Psychomotorische Unruhe oder Verlangsamung an fast allen Tagen (ja)
6. Müdigkeit oder Energieverlust an fast allen Tagen (ja, verdammt!)
7. Gefühle von Wertlosigkeit oder übermäßige oder unangemessene Schuldgefühle, die auch wahnhaftes Ausmaß annehmen können (wahnhaft weiß ich nicht … trotzdem, ja)
8. Verminderte Fähigkeit zu denken oder sich zu konzentrieren oder verringerte Entscheidungsfähigkeit (das war schon immer so. Ja … fehlt nur noch eins)
9. Wiederkehrende Gedanken an den Tod, wiederkehrende Suizidvorstellungen ohne genauen Plan (Jippie, ja … neun von neun Symptomen! Ich hab sie alle …)

Als Morbido zurückkam, habe ich zu ihm gesagt: »Morbido, du kannst mich als klinisches Studienobjekt benutzen. Ich bin ein perfektes Beispiel für eine Major Depression.«

»Ach hör doch auf«, hat er erwidert, »du bist doch nur eine arme Sau, die ein Scheißleben führt.«

»Herzlichen Glückwunsch«, habe ich gesagt. »Doktor Morbidelli, Sie werden bestimmt mal ein großer Psychiater. Worauf spezialisieren Sie sich?«

»Orthopädie.«

»Gott sei Dank.«

Ich fahre mir mit der Hand über den Mund und merke, dass mir ein Bart gewachsen ist. Normalerweise ist da nicht viel zu sehen, weil ich blond bin, aber jetzt habe ich mich schon seit fünf Tagen nicht mehr rasiert, und das würde man bei jedem sehen. Bart ist ein bisschen übertrieben, es ist eher ein spärlicher, stacheliger und rauer Pelz, und sobald mir auffällt, dass er da ist, beginnt er auch schon zu nerven und auf Höhe des Hemdkragens zu kratzen. Einen Augenblick lang denke ich, gleich wenn ich nach Hause komme, rasiere ich mich, doch sofort meldet sich ein Gefühl schwerer Müdigkeit und sagt mir, dass ich es nicht tun werde. Mehr oder weniger genauso ist es schon mit dem Duschen gewesen.

Luisa hingegen sieht frisch und sauber aus. Ihre Haare duften nach Shampoo, und als sie stehen bleibt, um unter den Arkaden hervorzutreten und die Piazza zu überqueren, nähere ich meine Nase ihrem Rücken und beschnuppere sie. Coloniali, Haarwaschmittel mit japanischen Seidenproteinen, habe ich früher auch mal benutzt. Sie trägt ein T-Shirt aus roter Baumwolle, mit Reißverschluss und einer Art Kängurubeutel vorn, aus dem eine Packung Zigaretten hervorschaut. Ansonsten Afro-, Indio- und Freakkettchen, vieltaschige Militärhose und Sandalen. Schon wieder habe ich sie ziemlich ausgiebig betrachtet, wobei ich davon profitiere, dass ich hinter ihr gehe und sie mich nicht sieht.

Wir betreten das Haus, in dem Freeskynet residiert, Luisa stellt ihr Rad im Durchgang ab. Sie bückt sich, um mit der Kette das Vorderrad anzuschließen, und dabei rutscht ihr das T-Shirt hoch und gibt einen Streifen brauner Haut am Rücken frei. Ich frage mich, ob ich Luisa nicht ein bisschen zu oft betrachte, und zugleich spüre ich einen Hauch Verlangen und einen Haufen Schuldgefühle, siehe oben Punkt 7).

»Wo ist eigentlich die Bestie?«, fragt sie mich, während wir die Treppe hochgehen. Ich habe den Eindruck, dass sie sich an ihn gewöhnt hat und es ihr gar nicht unrecht gewesen wäre, wenn ich ihn mitgebracht hätte.

»Zu Hause«, sage ich. »In meinem Zimmer.«

»Er wird bellen und alle deine Schuhe zerfetzen.«

»Höchstens bellen. Die Schuhe hat er schon längst zerfetzt.«

Wir kommen im zweiten Stock an. Wir gehen rein. Hinter dem Schreibtisch für den Publikumsverkehr sitzt der Chef. Er füllt gerade ein Abo aus und macht ein stinksaures Gesicht.

»Ich hab euch doch gesagt, dass ich euch vollzählig hier sehen will«, knurrt er.

»Wir sind doch da«, sagt Luisa.

»Ja, aber zu spät… und Mauri und Christina haben sich überhaupt noch nicht blicken lassen. Da schaut nur, heute muss ich die Sekretärin spielen…«

Wenigstens tut er mal was, denke ich, und ich bin sicher, dass Luisa das Gleiche gedacht hat, denn sie sieht mich an und lächelt. Ich spüre einen Hauch Zärtlichkeit und noch mal einen Haufen Schuldgefühle.

Als ich mich vor mein Terminal setze, fühle ich mich wie unter Punkt 2), 6) und 8) aufgeführt, und mir werden zwei Dinge klar: a) dass es ziemlich schwierig werden wird, diesen Tag vergehen zu lassen, ohne etwas anderes zu tun, als auf den Monitor zu starren, und ohne die Kraft, ihn auch nur einzuschalten; b) Morbido ist ein Vollidiot. Ich wende mich Luisa zu, die sich auf ihren Stuhl gesetzt, das Terminal eingeschaltet, den Riemen der Sandalen gelöst und bereits eine brennende Zigarette in der Hand hat.

»Sag mal, Luisa…«, beginne ich. »Was meinst du… wenn ich zu einem Psychologen gehen würde… fändest du das bescheuert?«

»Wegen der Frau?«

»Nein, nicht wegen der Frau ... das heißt, doch ... das heißt, nicht nur. Ich habe Angst, dass ich unter Depressionen leide.« Ich muss das in ernstem Ton gesagt haben, denn Luisa wendet sich mir zu und sieht mich mit einer kleinen Furche auf der Stirn zwischen den schmalen Augenbrauen an. Sie zuckt mit den Schultern, wendet sich wieder dem Terminal zu und tippt ein bisschen.

»Wieso nicht ...«, sagt sie, wie zu sich selbst. »Besser zum Psychologen als zum Astrologen. Ich war auch mal bei einem.«

Sie tippt weiter und wartet. Ich schaue sie schweigend an und sehe, dass sie das weiß. Schließlich gebe ich nach.

»Warum?«

»Ernährungsstörungen. Bulimie. Ich war bei fast achtzig Kilo.«

»Und, bist du geheilt?«

Sie wirbelt auf ihrem Bürostuhl herum und wendet sich mir zu. Sie fasst das T-Shirt an der Hüfte und spannt es auseinander.

»Schau mich an!«, ruft sie. »Heute wiege ich zweiundfünfzig. Natürlich bin ich geheilt. Seit drei Jahren.«

Ich kann mir Luisa einfach nicht fett vorstellen. Ich kann mir Luisa nicht krank vorstellen. Sauer, boshaft, taff, chaotisch vielleicht, aber krank, mit Ernährungsstörungen, das nicht.

»Warum?«, frage ich.

»Warum was? Warum ich geheilt wurde? Weil ich eine Therapie bei Doktor Vicentini gemacht habe ...«

»Nein, Mensch. Warum ging es dir so schlecht?«

Luisa wendet sich wieder ihrem Terminal zu. Sie will es mir nicht sagen. Oder nein. Sie möchte es sagen, vielleicht nicht ausgerechnet mir, aber sagen möchte sie es, nur dass ihr nicht danach ist. Oder nein, anders, ihr ist danach. Aber es ist nicht so einfach.

»Hat dich ein Typ verlassen?«

Luisa lacht. Erst öffnet sie die Lippen und schnaubt durch die Nase, dann lacht sie wirklich, ein kurzes Lachen, bei dem sie die Augen schließt. Ich wusste, dass die Frage idiotisch war, und habe sie extra gestellt, um die Dramatik rauszunehmen und das Eis zu brechen. Wieso habe ich so was bei Kristine nie hingekriegt? Weil ich zu ihr nie den richtigen Satz gesagt habe. Ich stelle es mir vor, sie sauer, stumm, ich schwafele kompletten Schwachsinn, sie lacht und umarmt mich. Nie passiert, verdammt.

»Nein, ich hab's dir doch gesagt … die Typen hab immer ich verlassen.«

Sie sieht weiter auf das Terminal, aber jetzt kann sie nicht anders, sie muss reden, das weiß ich. Ich warte. Ich schalte meinen Computer ein und tu so, als würde ich darauf warten, dass der Bildschirm aufleuchtet.

»Meine Eltern haben sich scheiden lassen, als ich zehn war«, sagt sie plötzlich. »Mein Vater ist fortgegangen und hat uns mit meiner Mutter und meiner Oma allein gelassen. Er hatte Recht, meine Mutter war wirklich verrückt. Vor fünf Jahren hat sie sich umgebracht.«

Ich sehe sie an. Das Licht des Monitors spiegelt sich in ihren Augen, und mir kommt es so vor, als würde da etwas ihre grüne Iris verschleiern. Etwas, das glänzt. Ich mache Anstalten aufzustehen und will sie umarmen, aber sie stoppt mich mit ausgestrecktem Arm, ohne sich auch nur umzudrehen.

»Nein«, sagt sie, »nicht nötig. Die Sache ist vorbei. Ich hab's überwunden, und jetzt geht es mir gut.«

Ich verharre noch immer so, mit angewinkelten Knien und frei schwebendem Hintern. Ich bin unentschlossen, ob ich aufstehen oder mich hinsetzen soll, deshalb stehe ich ausgerechnet in dem Moment auf, als der Chef ins Zimmer kommt. Er schaut mich an, denn er hat mitbekommen, wie ich ohne Grund aufgefahren bin, als ob ich etwas angestellt hätte.

»Weiß einer von euch, wo zum Teufel ich eine deutsche Dreiersteckdose finde?«, fragt er. Luisa rührt sich nicht, intensiv schaut sie auf das Terminal, weshalb der Chef sich an mich wendet.

»Wir geben ein Heidengeld für Verlängerungskabel und sonstigen Kram aus, und wenn man mal etwas sucht, ist nie was da, warum?«

»Pff«, sage ich und breite die Arme aus.

Es klingelt. Der Chef rührt sich nicht, dann fällt ihm ein, dass heute er die Sekretärin ist, und springt, wie von der Tarantel gestochen, auf.

»Scheiße!«, ruft er, während er aus dem Zimmer rennt. »Los!«, höre ich ihn von draußen brüllen. »Besorg mir die Dreifachsteckdose! Und zwar eine für deutsche Stecker!«

Und wo soll ich die herzaubern? Er hat Recht, wir kaufen einen Haufen Zeugs, und wenn man mal was braucht, ist nichts da. Ich schaue mich um, betrachte prüfend Schubladen und Schränkchen, doch eine unsichtbare Müdigkeit hindert mich daran, sie zu öffnen. Punkte 1) bis 9) gleichzeitig und in massiver Quantität angesichts einer Aufgabe, die mir unmöglich erscheint.

»Hier unten ist eine«, sagt Luisa zu mir. »Ich brauche sie nicht. Wenn du rankommst, kannst du sie haben.«

Sie zeigt unter ihren Tisch, und als ich mich bücke, verstehe ich, was sie damit meint: wenn du rankommst. Luisas Tisch ist niedrig, vorn und an den Seiten wird er von Plastikblenden abgeschlossen, die daraus eine viereckige Kiste voller Wollmäuse, Kabel und Stecker machen. Die Dreifachsteckdose liegt in der rechten Ecke, in einem Pantoffel, aber von dieser Seite komme ich nicht ran, weil der Computer dazwischensteht, weshalb ich mich bücken und hinknien und hinunterwinden muss.

»So'n Mist«, brumme ich, während ich Staub und die warme Abluft des Terminals einatme. Luisa kichert und macht kaum Platz mit den Beinen, ganz wenig, gerade so viel, dass ich durchkomme. Ich winde mich noch mehr hinein, stütze mich auf einen Ellbogen, krieche fast auf der Hüfte. Ich sehe die Dreifachsteckdose, aber etwas anderes lenkt mich ab. Das Silberkettchen, das Luisa am Knöchel trägt, die winzigen Glieder, die sich um ihre braune Haut legen, auf der sich feine, etwas hellere Runzeln abzeichnen. An dem Kettchen hängt ein Herz. Ich weiß nicht, warum, aber ich strecke die Hand aus und berühre es mit der Fingerspitze.

Luisa bewegt das Bein. Sie schlüpft mit dem Fuß aus der Sandale und berührt mit leisem Druck meinen Kopf. Ich weiß nicht, ob das eine Zurückweisung ist, sanft und freundlich zwar, aber eine Zurückweisung, oder eine kameradschaftlich derbe Liebkosung, wie man sie einem Hund zuteil werden lässt, oder mehr. Ich weiß es nicht, aber ich weiß, dass plötzlich ein Begehren durch meinen Bauch fährt wie ein Messer und in meinen Boxershorts eine heftige Erektion auslöst. In diesem Augenblick höre ich im Zimmer, auf der anderen Seite der Plastikblende, die mich verbirgt, eine Stimme.

»Du musst Luisa sein.«

Es ist nicht die Stimme vom Chef und auch nicht die von Mauri. Es ist eine Stimme, die ich nicht kenne. Wer ist das?

Ich höre etwas, wie Husten. Luisas nackter Fuß gleitet auf meine Schulter und wird sehr schwer.

Ich habe Angst.

Ich sehe, wie Luisas Arm herunterfällt, unter den Tischrand, wie er gegen ihre Hüfte schlägt und sich nicht mehr bewegt, die Zigarette zwischen den Fingern der halbgeschlossenen Hand.

Ich habe Angst.

Der Mann, der gesprochen hat, ist noch im Zimmer. Er hat sich nicht gerührt. Ich höre ihn hinter der Plastikkiste, die mich verbirgt. Er sagt nichts, er tut nichts, vielleicht atmet er nicht mal, aber ich spüre, dass er da ist.

Und ich habe Angst.

Ich habe keine Gedanken, ich habe keine Gefühle, ich habe keine Eingebungen. Ich bin nur ein leeres Rohr, verkleidet mit gefrorenen und bloßen Nervenbündeln. Es kommt mir vor, als würde sich alles um mich herum ausdehnen, ich selbst auch, unscharf und unbestimmt, verstört, atemlos. Kein Gedanke, keine rationale Aktivität, keine Idee, nur Eis an den Nervenenden, ein einziger gefrorener Seufzer, der auf meinem Mund gefriert und nicht durch meine aufgerissenen bloßen Zähne kommt. Wie lange verharre ich so?

Er bewegt sich. Ich höre seine Schritte, das Knirschen des Fußbodenstaubs unter seinen Sohlen. Er geht aus dem Zimmer.

Schnell komme ich zu mir. Das Eis auf den Nerven verwandelt sich in heftiges Kribbeln. Ich spüre den kalten Schweiß, der meine Haare zwischen Hals und Hemdstoff durchnässt. Den Schmerz im aufgestützten Ellbogen, die unempfindliche Hüfte. Ich fange wieder an zu denken. Was zum Teufel ist passiert?, frage ich mich. Wer war das? Was war das? Luisa …

Ich gleite unter dem Tisch hervor, wobei ich versuche, keinen Lärm zu machen. Ich halte mich am Tischrand fest, um aufzustehen, und verursache dabei ein schnalzendes Plastikgeräusch. Ich weiß nicht, ob es laut genug gewesen wäre. Aber der Schrei, den ich ausstoße, als ich Luisa sehe, ihren nach hinten gekippten Kopf, das schwarze Loch anstelle des einen Auges, dieser Schrei ist mit Sicherheit laut genug.

Ich höre ein Geräusch im Zimmer des Chefs. Gummisohlen, die über die Terrakottafliesen am Boden ächzen. Beim Anblick von Luisa habe ich einen Satz nach hinten gemacht, so dass ich jetzt nah an der Tür bin. Ich springe dagegen und schließe sie, als er auf gleicher Höhe ist, ich knalle sie ihm ins Gesicht, werfe mich mit der Schulter gegen den Rahmen und sehe noch, wie er mit schmerzverzerrtem Gesicht den Kopf zurückzieht. Er lässt gerade noch rechtzeitig los, kurz bevor seine Finger eingequetscht werden.

Es gibt keinen Schlüssel. Ich werfe mich gegen die Tür, die Füße auf den Boden gestemmt, und halte stand, denn er drückt, aber er ist nicht stärker als ich, und als ich eine Ferse gegen Luisas Tisch stemme und der Tisch stehen bleibt, weiß ich, dass er hier nicht reinkommt.

Das merkt er auch, deshalb lässt er ab.

»Alessandro …«, flüstert er durch die Tür. »Mach bitte auf.«

Im Leben nicht. Mit aller Kraft stemme ich den Kopf gegen die massive Holztür. Ich danke Gott, dass Freeskynet in einem Palazzo in der Altstadt sitzt, mit all den Dingen von früher, Türen und Rahmen inklusive. Ich schwöre mir, dass ich, falls ich es schaffen sollte, hier lebend herauszukommen, mein Leben fortan dem Auftreiben von Geld widmen werde, um die Deckenmalereien restaurieren zu lassen. Ich denke einen Haufen Unsinn, und wenn ich einen klareren Kopf hätte, würde mich die Geschwindigkeit erstaunen, mit der man in manchen Momenten so viel Unsinn denken kann.

Etwas klatscht gegen die Tür, etwas, das das Holz nicht

durchdringen kann. Zwei Schläge, als hätte jemand einen zu kurzen Nagel eingeschlagen. Nur zwei.

»Alessandro. Bitte.«

Ich rühre mich nicht von der Stelle. Etwas muss doch passieren, jemand muss doch kommen. Ich rühre mich nicht von der Stelle. Da ist nur diese Tür, und wenn ich mich nicht rühre, wenn ich einfach keinen Millimeter nachgebe, dann kann er nicht rein. Hinter mir ist das Fenster, aber wir sind im zweiten Stock, er kann nicht fliegen, und außerdem ist er noch hier, hinter der Tür, im Zimmer vom Chef. Ich höre, wie er sich bewegt. Er zerreißt Papier. Er verrückt Möbel. Er öffnet einen Reißverschluss.

Ich höre ein Schwappen, den dumpfen Aufprall eines festen Gegenstands. Flüssige Schmatzer, gegen die Wand und über den Fußboden. Gegen die Tür.

Ich mache einen Satz nach hinten, während eine schäumende rote Flüssigkeit unter der Tür hindurchgeflossen kommt und in wenigen Wellen fast bis zur Mitte des Zimmers schwappt. Herber Benzingeruch schnürt mir die Kehle zu, und ich stoße einen Schrei aus. Ich schließe die Augen, aber ich sehe das Feuer auch jenseits der Haut der geschlossenen Lider aufflammen.

Einen Augenblick später geht die Tür auf.

Ohne zu überlegen, denn wenn ich überlegen würde, würde ich es nicht tun, drehe ich mich um, renne los und springe aus dem Fenster.

Gott sei Dank gibt es in Bologna die Arkaden. Ich falle auf das Dach einer Arkade und rolle über die Dachpfannen, ohne den Fall bremsen zu können. Ich schlage mir Beine und Arme an, und als ich sie endlich so weit unter Kontrolle habe, dass ich sie benutzen könnte, ist es zu spät, ich fliege über den Rand und falle hinunter.

Wie ein Sack lande ich auf der Straße, auf dem Rücken. Der Aufprall nimmt mir den Atem und betäubt meine Wirbelsäule, in mir schwillt ein dumpfer Schmerz an, als ob ich platzen müsste. Dann packt mich jemand an den Achseln und hilft mir auf, und so bekomme ich wieder Luft, die als übler heiserer Rülpser herauskommt, wie Gebrüll.

Stimmen um meinen Kopf.

Schneidender Schmerz in der Wirbelsäule.

»O Gott, haben Sie sich wehgetan?«

»Er ist von da oben runtergefallen, wie er das bloß angestellt hat?«

»Rufen Sie jemanden … rufen Sie einen Krankenwagen … wir müssen ihn hinsetzen.«

Als ich den Kopf hebe und sehe, von wo ich gefallen bin, denke ich, dass ich mir nicht allzu wehgetan haben kann. Die Arkadensäulen sind nicht viel größer als ich. Einen Großteil des Höhenunterschieds muss ich überwunden haben, als ich über das Dach gerollt bin. Ich löse mich von dem Mann, der mich stützt, und versuche einen Schritt zu gehen.

»Es geht mir gut«, sage ich. Ich bin verwirrt, ich kann immer noch nicht denken, Luisa ist mir noch nicht wieder eingefallen.

Dann sehe ich ihn.

Dass er es ist, merke ich an der Art, wie er mich anschaut. Unter der Arkade, die Hand in der Tasche eines Dreiviertelmantels aus Leder, an der Stirn eine Platzwunde, die noch blutet. Rot gefärbte Haare, ein Piercing am linken Nasenloch. Jung auf den ersten Blick, nicht ganz so jung, wenn man genauer hinschaut, von unbestimmbarem Alter. Er schaut mich an, und es kommt mir vor, als würde er abwarten, aber ich kann einfach keinen klaren Gedanken fassen. Ich habe Angst, nicht wie vorhin, aber ich habe Angst und weiß nicht, was ich tun soll, ob ich vielleicht von dort weggehen soll, fort, ihn nicht mehr sehen.

Der Mann, der mich unter den Achseln gehalten hat, streckt die Hand aus, weil ich schwanke, aber ich weise ihn zurück.

»Wo wollen Sie hin? Bleiben Sie hier, Sie sind verletzt …«

»Lassen Sie ihn … sehen Sie ihn doch an, das ist bestimmt ein Fixer …«

»Er ist von dort heruntergefallen … he, da brennt's ja!« Alle drehen sich um und schauen nach oben, ich nutze die Gelegenheit und mache mich davon. Schritt für Schritt die Arkaden entlang, die Arme hinten in den Hüften, um das Kreuz zu stützen.

Er folgt mir.

Matera an der Tür: »Grazia? Wir haben einen Hinweis. Beeil dich.«

Ich gehe langsam. Ich hinke mit einem Bein, in einem Ellbogen habe ich Schmerzen, große Schmerzen, aber ich gehe immer weiter. Ich sehe echt durchgeknallt aus, schmutzig, schwarz, eine Hand blutverkrustet, ein Ellbogen und ein Knie aufgerissen, ein Fixer im Vollrausch. Wenn ich näher komme, weichen mir die Leute aus, doch ich steuere gerade dorthin, wo am meisten sind, und wenn die Arkade sich leert, überquere ich die Straße und gehe unter der anderen entlang. Und gehe immer weiter, langsam.

Er folgt mir. Auch er langsam, in wenigen Metern Abstand. Eine Hand steckt die ganze Zeit in der Tasche, aber er zieht sie nicht heraus und kommt nicht näher. Zumindest nicht, solange Leute da sind, glaube ich.

Ich könnte anfangen zu schreien, könnte auf jemanden zustürzen und rufen: »Der da war's! Der da war's!«, aber ich habe Angst, dass die Leute Reißaus nehmen und ich allein unter den Arkaden zurückbleibe. Und außerdem weiß ich nicht mal, wer er ist. Vielleicht, wenn ich einen Polizisten sähe. Aber ich sehe keinen.

Er folgt mir. Wenn er meint, ich würde mein Tempo erhöhen, geht er schneller, und wenn ich stehen bleibe, um die Straße zu überqueren, tut er nicht mal so, als würde er ein Schaufenster betrachten, er bleibt stehen und sieht mich an. Er kommt nicht näher, aus Angst, ich könnte mich auf jemanden stürzen und anfangen zu schreien, glaube ich. Ich glaube, er hat andere Pläne mit mir. Ich glaube, er will mich töten, aber nicht so.

Der Weg vom Provider zu meiner Wohnung ist mir noch nie so lang vorgekommen wie an diesem Vormittag. Ich wohne nicht weit entfernt, ich wohne in einer Querstraße der Via Zamboni, am Ende eines Halbkreises, der die Piazza Maggiore durchschneidet und an der Feltrinelli-Buchhandlung vorbeiführt. Alles Orte, wo es von Menschen nur so wimmelt, auch um diese Uhrzeit. Frauen, die aus Geschäften kommen. Studenten. Taxifahrer, die an der Piazza Maggiore warten. Studenten. Illegale, die unter den Arkaden der Via Ugo Bassi ihre Ware auf dem Boden ausgebreitet haben. Studenten. Studenten. Studenten. Bologna ist mir noch nie so voll vorgekommen wie jetzt. Unter den beiden Türmen stauen sich die Passanten, um die Straße zu überqueren, ohne von den Bussen überfahren zu werden. Ich mische mich unter sie. Und er? Er bleibt ein paar Meter entfernt stehen und schaut mich an. Dann folgt er mir. Vielleicht, wenn ich bei klarerem Verstand wäre, wenn ich nicht aus einer brennenden Wohnung im zweiten Stock geflogen wäre, wenn ich nicht unter einem Plastiktisch gelegen hätte, während so ein Kerl meine beste Freundin ermordet, wenn ich klarer wäre, würde ich vielleicht etwas tun. Abhauen, um Hilfe bitten, mich hinter einem Kind verschanzen, irgendwas. Aber in dem Zustand, in dem ich bin, kommt mir nichts Vernünftigeres in den Sinn, als zu gehen. Ich kann nicht in einen Hauseingang schlüpfen. Wenn er verschlossen ist oder menschenleer, holt er mich ein und tötet mich. Ich kann nicht in eine Seitenstraße rennen. Ich habe nicht die Kraft zu rennen, er holt mich ein und tötet mich. Ich kann kein Taxi anhalten. Selbst wenn es für einen wie mich anhalten würde, steigt er ein und tötet mich und den Taxifahrer. Es ist wie ein Videospiel. Ich muss weitergehen, ich habe alle Leben verbraucht, die ich hatte, und muss immer weitergehen. Wenn der

Gegner mich einholt, beginne ich zu blinken, das Bild erlischt, *Game over.*

Ich überquere die Via Ravegnana und komme bei Feltrinelli vorbei. Einen Augenblick lang überlege ich, ob ich hineingehen soll, durch das Drehkreuz am Eingang hineingehen, aber ich gehe geradeaus weiter. Wenn ich hineingehe, verkürze ich den Abstand, er holt mich ein und tötet mich. Also gehe ich weiter, umkurve einen Haufen Fahrräder, die an einer Säule lehnen, und biege in die Via Zamboni ein.

Er folgt mir. Die Hand in der Tasche, die Augen auf mich gerichtet. Die Platzwunde auf der Stirn hat aufgehört zu bluten und eine glänzende Kruste gebildet, die ihm fast bis zur Augenbraue reicht.

Gleich bin ich zu Hause. Das Haus, in dem ich wohne, steht in einer Gasse links, einer langen, verlassenen und engen Gasse. An der Ecke, bevor ich einbiege, befindet sich eine Art irischer Pub, der zwar geschlossen ist, aber draußen Tische stehen hat, auf denen immer irgendjemand sitzt und irgendwas tut. Dort bleibe ich schwankend stehen, die Arme ins Kreuz gestemmt. Alle schauen mich an, dann ignorieren sie mich wieder, werfen mir aber ab und zu einen Kontrollblick zu, misstrauisch und argwöhnisch.

Er wartet. Offenbar weiß er, was ich vorhabe. Einen Schwung Leute abwarten und hinter ihnen in die Gasse einbiegen. Der Gasse bis zum Haus folgen. Als die Leute kommen, setzt er sich gleichzeitig mit mir in Bewegung und kommt mir fast zuvor.

Einen Meter vor dem Haus renne ich los. Mir tut alles weh, als ich losstürze, Kopf, Rücken, Wirbelsäule, Bein, Ellbogen, aber ich versuche es trotzdem. Ich beuge mich nach vorn und laufe los, drücke mich mit den Fußspitzen ab, Ellbogen hin und her, um Luft zu pumpen. Wäre es weiter, würde ich es nicht schaffen, aber die Öffnung meiner Haustür, die beiden Stufen, die von der Straße aus hinaufführen, sind ganz nah, und ich stürze hinein. Ich packe die Tür und will sie mit aller Kraft hinter mir zuwerfen, denn wenn ich sie ihm vor der Nase zuschlage, bin ich in Sicherheit, doch die Tür ist durch eine Kette mit der Wand verbunden, verdammt, und bleibt, wo sie ist, unverrückbar, und meine Hand gleitet ab, mit einem Schmerz, als wären sämtliche Finger abgerissen. Ich fliege die Treppe hoch, immer drei Stufen auf einmal, ans Geländer geklammert, überzeugt, dass ich es nicht schaffen werde, weil ich im dritten Stock wohne, weil in diesem Treppenhaus kein Mensch ist, weil er schneller rennt und mich, sowie er kann, einholt und tötet. Neben der Tür im ersten Stock steht der Kinderwagen von Signora Bighi. Ich reiße ihn von der Wand weg, und das rettet mir erst mal das Leben.

Ich schaffe es aus eigener Kraft bis in meine Etage, krame in den Taschen nach dem Schlüssel und bin sicher, dass der Vorsprung zu kurz ist, dass er jetzt gleich bei mir ist und mich tötet. Aber nein, ich ziehe den Schlüssel hervor, schließe auf und trete ein.

Der Hund läuft mir vor die Füße, und ich schlage der Länge nach hin. Es vergeht eine Sekunde, bevor ich mich erhole, dann drehe ich mich um und sehe, dass die Schwelle noch leer ist. Mit einem Tritt schließe ich die Tür.

Ich brülle: »Morbido!«, aber niemand antwortet. Ich schiebe den Hund beiseite, der mir das Gesicht leckt, und versuche mich hochzuziehen. Mir tun alle Knochen weh, ich falle auf die Knie.

»Scheiße!«, brülle ich den Hund an, so laut, dass er zurückweicht und mich perplex anschaut, den Kopf ein wenig schief gelegt. Ich stütze mich mit den Händen an der Wand ab und ziehe mich hoch bis zu dem Tischchen mit dem Telefon. Während ich den Hörer abnehme, überlege ich idiotischerweise, dass die 113 vom Gebührenzähler nicht angezeigt werden dürfte. Aber ich wähle erst gar nicht. Das Telefon tutet nicht. Nur ein mattes Rauschen dringt an mein Ohr.

In diesem Augenblick wendet sich der Hund der Tür zu.

Er hebt die Schnauze und richtet sie auf den Eingang, macht einen Schritt nach vorn und erstarrt. Er senkt den Kopf, hebt die Lefzen in den Mundwinkeln, zeigt ein wenig die Zähne und beginnt zu knurren.

Ich sehe, dass an der Tür gerüttelt wird. Der Knauf vibriert, als würde auf der anderen Seite jemand versuchen, sie zu öffnen. Ich schaue auf die Kette und sehe, dass sie nutzlos am Türpfosten baumelt. Ich betrachte den Spalt zwischen den Türflügeln und sehe, dass ich nicht einmal abgeschlossen habe. Nur die Falle hält die Tür verschlossen. Ich habe nicht den Mut, mich zu rühren. Ich müsste zur Tür springen, irgendwie, den Riegel vorschieben und die Kette vorlegen, aber ich schaffe es nicht, denn als ich es gerade zu denken versuche, ruft er mich, von draußen.

»Alessandro. Bitte.«

Der Hund knurrt. Dumpf wie ein Dieselmotor, kompakt und konstant, ein kontinuierliches Geräusch, das sich nur verändert, wenn er Luft holen muss. Und selbst dann wird es nicht unterbrochen, sondern scheint einen Moment lang kehrtzumachen, um gleich darauf wie vorher weiterzutönen. Als noch einmal an der Tür gerüttelt wird, stärker jetzt, bellt der Hund einmal, ein rasches Zuschnappen des Kiefers, wie eine Explosion, so schroff, dass es im Flur gar nicht widerzuhallen scheint. An der Tür wird nicht mehr gerüttelt. Sie bleibt reglos, schwarz und still, einen Augenblick lang. Dann schnappt dort draußen, auf dem Treppenabsatz, etwas zu, etwas Metallisches, das gleitet, wie eine Pistole im Kino. Einen Augenblick später höre ich etwas klingeln. Ein dünnes Eisenstück lugt durch das Schloss und beginnt sich zu bewegen, nach rechts und nach links.

Der Hund bellt, erstickte Bellgeräusche erfüllen den Flur und überlagern sich. Der Hund nähert sich der Tür, aber ohne sie zu berühren, macht ein paar Schritte nach hinten, weicht still zurück, dann fängt er wieder an zu bellen. Ich halte das nicht mehr aus. Ich falle mit dem Rücken gegen die Wand und gleite nach unten, rutsche über den Fußboden, bis ich mit den Schultern gegen die Kante stoße. Ich bedecke die Ohren mit den Armen und stoße einen Schrei aus, den ich nicht höre, der im wilden, wahnsinnigen Gekläffe untergeht, und das einzige andere Geräusch, das ich zu hören meine, ist das Kreischen des Metalls im Schloss, in dem runden Messingblock, der sich schon bewegt, halbe Drehung nach rechts und halbe Drehung nach links. Gleich schließt er auf. Gleich schließt er auf und tötet mich. Gleich schließt er auf, tritt ein und tötet mich.

Schlagartig hört der Hund auf zu bellen. Er knurrt nicht mal mehr. Die plötzliche Stille bohrt sich in meine Ohren, rauscht in meinem Kopf, als wollte sie mir die Trommelfelle von innen zerreißen.

»Bell weiter!«, schreie ich. »Nicht aufhören! Du sollst bellen! Knurr, verdammt noch mal! Bell!«

Die Angst, der Schrecken lässt mein Blut gefrieren und jagt Schauer über meinen Rücken. Es kommt mir vor, als könnte ich ihn flüstern hören, ganz leise, und nicht nur eine Stimme, sondern viele: »Alessandro, mach auf, Alessandro, mach auf.«

Ich presse die Hände auf die Ohren und schreie so laut ich kann, ich schaue auf die Tür, die sich öffnet, und schreie, ich schließe die Augen und schreie, auf dem Boden liegend, gekrümmt wie ein Fötus, schreie ich, mit aufgerissenem Mund auf den kalten Fliesen schreie ich, bis etwas mich packt, Hände, die meinen Kopf nehmen, mich hochheben, mich an eine Schulter drücken, die nach Frau riecht, nach Mutter, und mich festhalten, zugekniffene Augen und offener Mund gegen Stoff, der von Haut gewärmt wird, und eine Stimme, die Stimme einer Frau: »Beruhige dich, es ist vorbei, beruhige dich … Polizei, Inspektor Negro … alles in Ordnung, beruhige dich.«

Ich löse den Kopf von dieser Schulter und schaue die junge Frau an, die neben mir kniet und mich in den Armen hält. Auf der Schwelle steht ein Mann, älter und kräftiger, der mit beiden Händen eine Pistole hält, die nach oben gerichtet ist.

Er schaut den Hund an und wirkt ängstlich.

»Himmel, Grazia, pass auf! Das ist ein Pitbull!«

Ich hole Luft, um alles! was mir an Stimme geblieben ist, zu sammeln, und hauche sie aus, während mir die Tränen in der Kehle brodeln.

»Nein«, röchele ich, »das ist ein American Staffordshire … sieht aus wie ein Pitbull, ist aber keiner.«

Er dachte: es braucht nicht viel um wie ein anderer auszusehen.

Vor allem die Haare. Die Haare sind wichtig. Je länger sie sind, desto mehr zerfasern sie das Gesicht, verdecken es, schaffen Schattenspiele, durch die es schmaler wirkt. Fehlen sie, machen sie älter. Sind sie kurz, kommt es darauf an: dicht und als Bürstenschnitt verhärten sie. Ferner: als Zopf, gefärbt, rasiert, toupiert, zurückgenommen. Haare sind einfach. Man muss nur die eigenen ganz kurz schneiden, am Ansatz eine Mullbinde um den Kopf wickeln, eine Perücke aufsetzen und mit einem guten Haarspray fixieren. Eine Glatzan-Kappe kann sogar die Kopfform verändern.

Dann die Augen. Kontaktlinsen in allen Farben, aber das ist nicht alles. Wesentlich: die Augenbrauen depilieren und neu zeichnen. Sie mit ein paar Kraushaaren dichter machen, so formen, dass sie enger oder weiter stehen. Die Augenbrauen verändern die Form der Augen und fast jede Gesichtsform.

Die Zähne: grundlegend. Gesund und weiß, strahlend weiß und falsch, gelb und krank. Eine gute Prothese, selbst wenn sie nicht vollständig ist, lässt die Lippen fülliger erscheinen oder macht sie schmaler, verändert die gesamte untere Gesichtshälfte. Backen- und Schnurrbärte: selbstverständlich. Gummistücke, um die Wangen dicker zu machen: selbstverständlich. Ringe und Polster, um Schultern, Hüften, Bauch und Hintern zu vergrößern: banal.

Die Nase: Grease, Spezial-Teint für Prothesen aus Latex und Gips. Die Haut: Kryolan-Dermacolor-Make-up in Tuben zu fünfzehn Gramm. Falten in den Augenwinkeln und Leberflecke auf den Handrücken. Nikotinflecken zwischen den Fingern. Schnitte, Schwielen und eingerissene Fingernägel.

Die Bewegungen. Die Haltungen. Die Ticks. Jeder Mensch hat sein eigenes Tempo. Der Rhythmus der Gesten, langsam, steif, gehemmt, schnell, hysterisch, fließend, kraftvoll.

Immer: ein Detail, das nicht passt. Das Typische vermeiden. Ein offensichtlicher Widerspruch macht alles authentischer.

Wenn es nützt: ein offensichtliches Detail. Was einem am meisten auffällt, rückt alles andere in den Hintergrund, ins Unscharfe. Ein Mann, der hinkt, ist der-Mann-der-hinkt. Ein Typ mit Piercing ist der-Typ-mit-Piercing. Ein alter Prostatiker mit gebrochener Nase ist der-Alte-Prostatiker-mit-gebrochener-Nase. Vorsicht: nie zulassen, dass das Detail so dominant wird, dass es neugierig macht, dass es dazu verleitet, auch den Rest mit Interesse zu betrachten. Es muss in Erinnerung bleiben, muss, wenn man darüber nachdenkt, alles andere überlagern, mühevoll, und das Gedächtnis ausfüllen, ja, mir kommt es so vor, als hätte er gehinkt, auf welchem Bein, links, glaube ich, ja, es war das linke, ja, jetzt erinnere ich mich, jetzt sehe ich es vor mir, wie auf einem Foto, es war der-Mann-der-hinkt. Immer wissen, wer die möglichen Zeugen sind. Sich anpassen. Sich anpassen. Sich anpassen.

Er dachte: es braucht wenig um wie ein anderer auszusehen. Schwieriger ist es, ein anderer zu sein.

Im Auto auf der Raststätte, versteckt hinter zwei Lastwagen, die ganz am Ende des Parkplatzes standen, hob Vittorio den Kopf, um sich im Rückspiegel zu betrachten und zu kontrollieren, ob das bräunende Make-up gleichmäßig über das ganze Gesicht verteilt war. Er rieb den Hals ein, soweit das Hemd ihn nicht verdecken würde, dann verrieb er die Masse auch auf den Händen. Den Stecker des Eisens zum Glätten der Haare hatte er schon vorhin in den Zigarettenanzünder gesteckt, der längliche verchromte Metallschnabel musste jetzt heiß sein. Aus der Tasche auf dem Beifahrersitz nahm er einen Strang graumeliertes Kraushaar und riss ein wenig davon ab. Die rauen und verknitterten Fäden glättete er mit dem Eisen, bis sie eine geschmeidige wallende Konsistenz hatten wie ein Rasierpinsel. Dies war mehr oder weniger auch die Form, in der er die Haare unter der Nase und um das Kinn herum zu einem dichten und gepflegten, frühzeitig ergrauten Spitzbärtchen anordnete. Das Gleiche tat er mit den Koteletten, die bis auf halbe Höhe des Ohrs reichten, und wählte aus der Tasche eine Kurzhaarperücke in derselben Farbe und mit angedeuteten Geheimratsecken. Er reckte sich nach oben, um im Spiegel zu kontrollieren, dass die Latexkappe perfekt an der Stirn anlag und die gleiche Farbe hatte. Dann nahm er eine feine Pinzette und zupfte damit Make-up-Reste aus Augen- und Mundwinkeln. Aus einem Seitenfach in der Tasche wählte er eine kleine Prothese, nur vier Zähne vorne, aber weißer und größer als normal.

Erst jetzt lehnte er sich so weit wie möglich zurück und stellte den Spiegel so ein, dass er sich aus der Entfernung betrachten konnte. Ein schöner Mann, zwischen vierzig und fünfzig, braun gebrannt, mit diesen feinen helleren Runzeln, die man am Meer bekommt, beim Angeln oder beim Strandspaziergang. Ein schöner Mann, der versucht, jünger zu wirken. Vielleicht ist er näher an den fünfzig als an den vierzig … Sieh an, er hat falsche Zähne.

Vittorio nickte und hoffte, dass es in Sabaudia noch warm war. Im Kofferraum des Wagens hatte er nur ein kurzärmliges schwarzes Polohemd, das zu seiner Rolle passte.

In der Notaufnahme war Alex ohnmächtig geworden. Nicht wegen des Aufpralls oder der Verletzungen, sondern wegen des ätzenden Geruchs nach Alkohol und Medikamenten, der genauso zu diesen Räumen gehörte wie das weiße Neonlicht und die falsche, spannungsgeladene Stille. Er war bisher immer in der Notaufnahme ohnmächtig geworden, sogar das eine Mal, als er nur einen Freund begleitet hatte. Das erklärte er auch Grazia, die so tat, als wurde sie ihm geduldig zuhören, während er mit nacktem Oberkörper auf dem weißen Laken der Krankenbahre lag, den Arm zur Seite gestreckt, damit der Arzt ihm die Schürfwunde am Ellbogen reinigen konnte. Grazia hatte ihm eine Menge Fragen zu stellen, sie brannte geradezu darauf, doch sie hatte Angst, er würde wieder ohnmächtig werden, deshalb ließ sie ihn ein wenig zu Atem kommen und nickte mütterlich. Außer ihr waren auch Kommissar Carlisi, der auf dem Armstuhl des Behandlungszimmers saß, und Matera, der am Türpfosten lehnte, anwesend.

»Junge«, sagte Matera, »du hast wirklich verdammtes Schwein gehabt.«

»Ich weiß«, sagte Alex, darauf bedacht, nicht zu nicken, denn der Schaumgummikragen, der auf der Bahre lag, war ihm noch nicht angelegt worden. »Ich habe mir fast nichts getan.«

»Nein, ich meinte, du hast Schwein gehabt, dass wir …«

Er brach ab, weil Grazia sich umdrehte und ihm einen schnellen und knallharten Blick zuwarf. Er hatte Alex gerade erzählen wollen, wie sie überhaupt zu ihm gekommen waren.

Der Brand, der gleich hinter der Zimmertür erloschen war und Luisas Leiche nicht angetastet hatte. Die Ersten, die hineingegangen waren und die Polizei gerufen hatten. Der Erkennungsdienst, der seinen Sitz nur wenige Meter entfernt, über den Platz, hatte, und der Kollege, der sofort das Projektil aus Kunststoff und Glas gefunden und die Leute von der Mordkommission benachrichtigt hatte, die einem schon seit Tagen mit diesem Kram auf den Geist gingen. Drei Angestellte des Providers fehlten beim Durchzählen, und sie hatten sich dafür entschieden, Alex zuerst aufzusuchen, weil er gleich um die Ecke wohnte. Gott sei Dank, denn die anderen beiden, Mauri und die Sekretärin, waren schon seit dem vergangenen Abend tot.

Aber all das hätte Matera nicht mal andeuten dürfen. Alex stand noch unter Schock, er fühlte sich leicht wie eine Feder, er war benommen von dem Beruhigungsmittel, das in seinen Venen zirkulierte, und ohne Erinnerung. Irgendwann würde er sich schon wieder erinnern, doch Grazia wollte, dass er erst einmal wieder anfing zu sprechen. Stattdessen erstarrte er jetzt. Er wurde kreidebleich, der Arzt streckte eine Hand aus und schlug ihm ein paarmal auf die Wange.

»Auf, mein Junge, auf… wachbleiben…«

Alex' Lippen begannen zu zittern, und Grazia drehte sich wieder zu Matera um, der die Hände hob und das Zimmer verließ. Dann fasste sie Alex an den Schultern und legte die Hand auf seine Stirn, wie um zu prüfen, ob er Fieber hatte.

»Warte«, sagte sie, »warte…«

»Luisa«, murmelte Alex, »Luisa…«

»Warte, Ale… warte bitte einen Augenblick…«

Der Kommissar stand auf und schlug dem Arzt auf die Schulter, der nickte, eine Spritze vom Tisch nahm und die Nadel in den Gummiverschluss einer Ampulle stach. Grazia nahm Alex' Gesicht und drückte ihm die Hand auf den Mund, als ob sie ihn zum Schweigen bringen wollte, damit seine Lippen nicht mehr zittern konnten.

»Warte, Ale… ich sage es dir. Luisa ist tot, sie wurde ermordet, man wollte auch dich ermorden, aber wir sind dazwischengekommen, und jetzt bist du in Sicherheit. Für dich ist die Sache vorbei, aber für uns beginnt sie jetzt erst… du musst uns ein paar Dinge erzählen…«

Alex kniff die Augen zu, zwei Tränen liefen ihm über die Wangen. Er sog den Speichel ein, ein eingeatmetes Schluchzen, wie ein Kind, und schüttelte den Kopf, während Grazia sich im Versuch, ihn festzuhalten, über ihn beugte und ihn sogar umarmte. Sie spürte, wie er sich einen Augenblick lang verkrampfte, als der Arzt die Spritze in seinen Arm setzte, dann spürte sie, wie er fast sofort erschlaffte.

»Ich will weg…«, murmelte er in ihren Haaren, »ich will weg…«

»Das wirst du auch, keine Sorge… du wirst gehen, wohin du willst. Wohin willst du, nach Hause? Wir bringen dich hin…«

»Ich will zu Kristine… nach Kopenhagen… zu Kristine…« Er versuchte sich aufzusetzen, doch Grazia hielt ihn zurück. Sie ließ seinen Kopf los und stand auf, drückte dabei mit einer Hand seine Brust auf die Bahre. Alex sah ihr in die Augen.

»Ich will Kristine«, sagte er. »Mehr will ich nicht… irgendetwas werde ich doch wohl noch kriegen in diesem Scheißleben, oder? Ich will zu ihr fahren…«

»Das wirst du. Kein Problem. Wir kaufen dir ein Ticket, wir bezahlen es und setzen dich in den Flieger.«

»Ich habe einen Hund.«

»Den setzen wir mit hinein. Keine Sorge, Hunde dürfen im

Flieger mitgenommen werden. Aber jetzt musst du mir antworten, bitte. Es ist ein Mann gewesen, stimmt's? Ein einzelner Mann.«

»Ja. Es war ein junger Mann mit einem Piercing.«

»Nein, lass gut sein. Uns interessiert nicht, wie er ausgesehen hat, das bringt eh nichts. Sag uns, warum. Warum er dich töten wollte. Warum er Luisa getötet hat.«

Alex schloss die Augen und seufzte. Grazia blickte erschrocken zum Arzt, aber der schüttelte den Kopf. Nein, er ist nicht eingeschlafen. Alex seufzte noch einmal und öffnete wieder die Augen.

»Weiß nicht«, sagte er.

»Ein Motiv ... es muss doch ein Motiv geben, oder? Denk nach, bitte ...«

»Weiß nicht.«

»Etwas Merkwürdiges, das euch passiert ist ... etwas, das ihr getan habt, das man zu euch gesagt hat ...«

»Weiß nicht.«

Am liebsten hätte sie ihn geschlagen. Am liebsten hätte sie die Hand, die auf seiner Brust lag, zur Faust geschlossen und ihm eine verpasst, doch sie schloss sie nur, das ja, hielt sie aber mit der anderen fest und biss sich auf die Lippen, als wäre auch sie kurz davor zu weinen. Und das war sie auch, fast. Der Kommissar fasste sie am Arm und zog sie von der Bahre fort.

»Lass ... jetzt erholt er sich erst mal, er kommt wieder zu Kräften, und morgen vernehmen wir ihn dann in aller Ruhe. Es wird schon was dabei rauskommen, wirst sehen ...«

»Ja, aber wann? Wir hatten ihn hier, Chef, ganz nah ... vielleicht ist er noch da, aber jetzt, nicht morgen.«

Draußen vor dem Behandlungszimmer ertönte die Melodie von Materas Handy. Es sollte wohl einen Salsa darstellen, doch die elektronischen Töne waren so anonym und schrill, dass es alles Mögliche hätte sein können.

»Sarrina? Ich versteh kein Wort, verdammt, sag das noch mal… warte, ich geh nach draußen, der Empfang hier ist beschissen…« Er steckte den Kopf ins Behandlungszimmer. »Das ist Sarrina. Er ruft aus dem Präsidium an. Er sagt, dieser Maresciallo, den wir gesucht haben, sei jetzt da, aber ich hab nicht verstanden, wie er hieß. Ich gehe einen Moment nach draußen…«

»Ich komme gleich nach«, erwiderte Grazia. Sie trat neben die Bahre, weil sie ihre Jacke über den Stuhl gehängt hatte, auf dem der Arzt saß, der jetzt aufstand und sich mit dem Kommissar besprach. Zur Beobachtung dabehalten. Bewachung. Besser hier oder woanders?

Grazia betrachtete den halbnackten zerschundenen Jungen, der auf dem weißen Laken lag, die Augen geschlossen. So auf dem Rücken liegend, wirkte er noch magerer, auf Höhe des Magens wies sein Bauch ein großes konkaves Loch auf, das sich bei jedem Atemzug ein wenig hob. Trotzdem nicht übel, dachte sie, wirklich nicht übel.

Alex öffnete die Augen ein wenig und beobachtete sie unter den Lidern hindurch, der Blick von einem fernen Nebel verschleiert. Er öffnete den Mund und bewegte die Lippen, als hätte er seine Stimme irgendwo drinnen gesucht und zu spät gefunden, zu spät für die Lippenbewegung.

»Sag mal… was meinst du, ob ich zu Kristine fahren soll?«

Grazia fielen all die Fixer ein, mit denen sie zu tun gehabt hatte, als sie noch Streife fuhr. Wenn sie in diesem Zustand waren und Grazia sie am Arm fasste, um sie wegzuführen, hatten sie sie immer so angesehen und etwas zu ihr gesagt. So gut wie immer war es Unsinn gewesen, und sie hatte sich angewöhnt, nur verständnisvoll zu nicken. Aber diesmal antwortete sie ernsthaft.

»Ja«, sagte sie. »Fahr hin. Was immer es ist, auf jeden Fall ist es besser, wenn man sich sieht und offen darüber redet. Möglicherweise beißt du dir in den Hintern, aber du hast es wenigstens versucht. Allerdings, hör zu … es stimmt nicht, dass der Staat dir die Reise nach Kopenhagen bezahlt.«

Alex lächelte. Er senkte die Lider und öffnete sie wieder, aber mit Mühe, als wären sie tonnenschwer. Er schaffte es nicht, sie weiter zu öffnen als vorher. Grazia streifte ihre Jacke von der Kunststofflehne. Sie wollte los, als sie spürte, wie Alex sie am Handgelenk berührte.

»Hör zu … ich erinnere mich nicht mehr daran, wie du heißt. Grazia? Hör zu, Grazia … eine komische Sache gibt es vielleicht, die mir und Luisa passiert ist.«

Matera, der auf dem Flur an einem Fensterbrett lehnte, wo er besseren Empfang hatte, klappte gerade sein Handy zu, als er Grazia und den Kommissar kommen sah.

»Dieser Maresciallo von den Carabinieri aus Como ist da«, sagte er, »er ist hergekommen und möchte mit uns reden.«

»Vergiss den Maresciallo«, entgegnete Grazia. »Ruf noch mal bei Sarrina an, und sag ihm, er soll unten warten, wir kommen vorbei und holen ihn ab.«

Und sie ging eilig weiter den Flur entlang, während der Kommissar Matera beiseite schob, sich aufs Fensterbrett hockte und mit seinem Handy die 113 wählte, damit von dort aus die Kollegen vom Kommissariat in Sabaudia benachrichtigt wurden, um jemanden zu diesem Rechtsanwalt D'Orrico zu schicken, und zwar rasch, so rasch es ging.

»Was war das für ein Geräusch? Sovrintende… haben Sie das auch gehört? Wie ein Rollladen…«

»Sag Pistocchi, er soll mal nachsehen… wo ist Pistocchi?«

»Er war da hinten… da ist einer am Strand spazieren gegangen. Ich habe ihn hingeschickt, damit er ihm sagt, er soll woanders Muscheln suchen… Sovrintende, haben Sie gehört? Schon wieder…«

»Einen Wagen? Verzeihen Sie, Dottore, aber … Sie haben nur einen einzigen Wagen mit drei Leuten hingeschickt?«

Im Versuch, über die lederne Kopfstütze hinweg den Vizepolizeichef anzusehen, zog Grazia sich am Beifahrersitz hoch und verdrehte dabei den Oberkörper so sehr, dass ihre Hüften brannten. Bruzzini hatte ihr den Platz vorn überlassen, oder besser gesagt, er war in den Fond des blauen Alfa gestiegen und dort nicht durchgerutscht, sondern am Rand der Rückbank sitzen geblieben, so dass sie nicht nur mit der Tür in der Hand dastand, sondern auch mit der stillschweigenden Einladung, vorn neben dem Fahrer Platz zu nehmen, während Matera und Sarrina mit ihrem Wagen folgten. Nun sah er sie überrascht, geradezu bestürzt an, als wäre es das erste Mal, dass man ihn kritisierte.

»Inwiefern, entschuldigen Sie?«, sagte er. »Was hätte ich denn schicken sollen?«

»Aber … ist Ihnen nicht klar, worum es hier geht? Hat Dottor Carlisi Ihnen denn nicht gesagt …«

»Dottor Carlisi ist Dottor Carlisi, das heißt ein Kommissar der Mordkommission Bologna. Ich bin Stellvertretender Polizeipräsident, und für dieses Gebiet bin ich zuständig, mein lieber … was sind Sie, Signorina?«

»Oberinspektor«, erwiderte Grazia. In dieser Haltung tat ihr der Rücken weh, und am liebsten hätte sie sich still und leise wieder in den Sitz fallen lassen, aber in dieser Situation wäre das unhöflich gewesen. So umfasste sie mit der einen

Hand das Gelenk der anderen und hielt sich mit dem Arm fest, den sie um die Kopfstütze gelegt hatte, als wollte sie sie erwürgen.

»Rufen Sie sie über Funk, bitte«, sagte sie. »Bitte. Rufen Sie Ihre Männer in der Villa, Dottore, und sagen Sie ihnen, sie sollen vorsichtig sein.«

Bruzzini fuhr mit der Hand unter die Jacke und berührte das Handy, das an seinem Gürtel steckte. Er strich über die Antenne, dann hielt er inne. Etwas an der jungen Frau versetzte ihn zwar in Alarm, doch sie war und blieb nur Oberinspektor, war nicht mal studiert, eins von den Mädchen, die sich für Rambo halten und beim Bumsen bestimmt die Pistole anbehalten, ist doch wahr. Bruzzini betrachtete Grazias Arm, der nackt aus der Jeansjacke lugte, ihre kleine dunkle Hand, die das Gelenk umklammerte, die Finger mit den kurzen runden Nägeln. Wie alt ist die wohl, fragte er sich. Fünfundzwanzig, sechsundzwanzig, und er spürte das Bedürfnis, in den Hosen seines Nadelstreifenanzugs Ordnung zu schaffen, denn obwohl sie nicht sein Typ war, so süditalienisch und wenig aufgemotzt wie sie war, musste sie drunter schlank, fest und glatt sein wie… wie ein junges Mädchen, genau. Trotzdem strahlte sie einen Ernst aus, eine Kompetenz und Verantwortlichkeit, die ihn beunruhigten. Er ließ das Handy los, legte die Hand wieder aufs Knie und strich den leichten Wollstoff der Hose glatt.

»Marenco«, sagte er zum Fahrer, »ruf den Sovrintendente an, und frag mal nach, wie's läuft.«

Grazia ließ den Arm los und fiel zurück auf den Sitz, während Marenco das Mikrofon des Funkgeräts nahm und die Zentrale rief, damit sie ihn mit dem Handy des Sovrintendente verband.

»Was erwartet ihr eigentlich von mir?«, sagte Bruzzini unterdessen. »Ich habe schließlich keine Armee zur Verfügung. Hier in Sabaudia haben wir momentan eine Wahlkampfveranstaltung der Alleanza Nazionale, eine von Latina angeordnete Razzia gegen Nutten aller möglichen Hautfarben sowie ein Kreisligaspiel, und ihr macht euch keine Vorstellung davon, was es heißt, bei deren Fans die öffentliche Ordnung aufrechtzuerhalten … ich hatte halt nur einen Streifenwagen. Außerdem, entschuldigt mal … wer von uns hat denn den Ärger mit dem Rechtsanwalt D'Orrico?«

»Dottore … der Sovrintendente antwortet nicht.«

Grazia umklammerte die Armlehne so fest, dass die Knöchel ihrer Hand ganz weiß wurden.

»Na und …«, sagte Bruzzini. »Er wird es ausgeschaltet haben.«

»Nein, Dottore. Es klingelt, aber keiner geht dran.«

Grazia drehte sich wieder um, und diesmal legte sie das Knie auf den Sitz, nach Kinderart, und hielt sich mit den Händen an der Kopfstütze fest.

»Dottore …«, sagte sie.

»Dann hat er es halt irgendwo liegen gelassen …«, sagte Bruzzini. »Er hat es bestimmt im Auto gelassen … lass dir die Nummer geben, und ruf in der Villa an. Da müssen sie ja dann sein …,

»Dottore, lassen Sie uns schneller fahren, bitte …«

Bruzzini löste den Rücken vom Sitz und zog die Schöße seines Jacketts glatt. Er war nervös. Die Frau strahlte etwas aus. Etwas, das ihn beunruhigte.

»Verdammt noch mal …«, sagte er, »das sind drei Männer, drei erwachsene Männer und keine Kinder. Sovrintendente Barra, Agente Pistocchi und Carlini, der ist Agente oder Assistente … ich weiß nicht mehr. Das sind Polizisten, was soll denen denn passieren?«

Grazia schüttelte den Kopf. Sie zog ihr Handy aus der Jackentasche, schnippte mit dem Daumen die Klappe auf und drückte auf die Rückruftaste, denn das letzte Gespräch hatte sie auch schon mit Sarrina geführt.

»Sarri'… macht Blaulicht und Sirene an, und fahrt so schnell wie möglich zur Villa des Anwalts. Sie liegt hier an der Straße …«

Sie klappte das Handy zu und sah durch die Heckscheibe, wie Matera den Arm aus dem Fenster streckte und das Blaulicht mit dem Elektromagneten auf dem Autodach anklickte. Bruzzini sah zuerst auf Grazia, dann auf das Auto, das an ihnen vorbeischoß, vor ihnen wieder auf die rechte Spur wechselte und, begleitet von Sirenengeheul, mit Höchstgeschwindigkeit davonraste.

»Aber was erlauben Sie sich …«, stammelte er. »Was erlauben Sie sich eigentlich? Was zum Teufel erlauben Sie sich?«

»Dottore … in der Villa geht auch keiner dran.«

Bruzzini machte den Mund auf. Er beugte sich nach vorn und fasste Marenco am Arm.

»Warum?«, fragte er sinnlos. »Wo sind sie? Sind sie nach draußen? Was zum Teufel haben sie gemacht? Meine Männer …«

»Seien Sie still, Dottore«, sagte Grazia, während sie sich nach vorn beugte und mit der Hand unter dem Sitz nach dem Blaulicht suchte. »Ihre Männer sind tot.«

Die Villa lag fast am Strand und war durch einen Holzsteg, der durch eine verdreckte, mit Büscheln vertrockneten gelben Grases bedeckte Düne führte, mit der Staatsstraße verbunden. Auf der Straße, mit einem Rad im Sand, stand der Wagen von Matera und Sarrina, das Blaulicht blinkte noch, die Türen standen offen. Sie waren eben angekommen und warteten am Anfang des Stegs, die Pistole in der Hand. Marenco stoppte den Alfa ein Stück weiter vorn, am Ende der Freifläche, zu der sich die Straße hier weitete, eher weil er so viel Fahrt hatte als aus Angst. Grazia sprang hinaus und rannte zu ihren Leuten. Sie zog ebenfalls die Pistole und hielt sie zu Boden gerichtet.

»Da, sehen Sie«, sagte Bruzzini und deutete auf die blauweiße Frontpartie des Polizeiautos, die hinter der Villa hervorragte, am Ende von zwei Streifen aus gestampftem Sand. »Da sind sie ja, haben Sie gesehen?«

Grazia würdigte ihn keines Blickes. Sie lud die Beretta durch und betrat den Steg, mit angewinkeltem Arm und nach oben gerichteter Pistole, schussbereit. Hinter ihr hielt Sarrina seine Waffe mit beiden Händen und zielte auf die Villa. Matera nahm den direkten Weg über die Düne, die Pistole ebenfalls beidhändig haltend, bereit.

Die Villa war ein weißes Gebäude mit viereckigem Grundriss. Von der Straße aus wirkte sie winzig, eher wie eine Badekabine ohne Türen und Fenster am Rand der Staatsstraße, aber wenn man um die Ecke bog, sah man, dass sie sich, gestützt von einem schwarzen Holzsockel, der den Höhenunterschied zur Düne ausglich, Richtung Meer erstreckte. Sie war nicht schön, denn auch von der Seite sah sie aus wie ein Schuppen, ein ziemlich großer Schuppen allerdings. Der Steg verlief parallel zur Villa, fast bis ans Meer, und führte an einer Reihe geschlossener Fenster vorbei, die Grazia Angst einjagten. Aber dort musste der Eingang sein, auf der anderen, dem Meer zugewandten Seite.

Die Sonne ging langsam unter. Das Licht wurde metallisch, und auch die Luft vom Meer, die salzig war und faulig von Algen, schien nach Eisen zu riechen. Matera rannte über die

Düne bis zur Ecke der Villa und lugte vorsichtig ins erste Fenster, ein Blick und schnell wieder weg mit dem Kopf. Sarrina blieb zurück, auf dem Steg hockend, die Pistole nach vorn gerichtet. Grazia schlich weiter.

»Pistocchi! Sovrintendente Barra!«

Grazia ging so schnell in die Hocke, dass ihr Hintern von den Unterschenkeln zurückfederte. Hätte ihr Finger am Abzug gelegen und nicht, wie jetzt, am Lauf, hätte sich garantiert ein Schuss gelöst. Sie sah, wie Sarrina Bruzzini wütend Zeichen machte, der mit seinem Geschrei aufhörte und vorne am Steg stehen blieb. Dann wandte sie sich der Villa zu, und von dieser Stelle aus, fast auf den vom Sand polierten Holzbohlen sitzend, bemerkte sie etwas hinter einer Düne, weiter vorn. Sie sprang auf und rannte fast bis zum Ende des Stegs, wo sie sich auf Zehenspitzen stellte, die Augen zusammenkniff, um die Spiegelung der Sonne auf dem Meer zu filtern, und sah, was sie befürchtet hatte. Agente Pistocchi, auf dem Rücken liegend, die Arme vor dem Gesicht gekreuzt, die Beine abgewinkelt und der Brustkorb bis zu den Lungen aufgeplatzt. Den Stiefelspuren im Sand und der Lage der Mütze nach musste er mindestens zwei Meter durch die Luft geflogen sein.

»Verdammt!«, murmelte Grazia. Sie machte Sarrina Zeichen herzukommen und rannte zur Tür der Villa, die nur angelehnt war. Dort wartete sie auf Sarrina und den keuchenden Matera, der sich mit dem Rücken an die Wand drückte.

»Vorsicht… einer liegt gleich hier im Wohnzimmer. Tot, würde ich sagen.«

Da lag er. Grazia sah ihn sofort, als sie, gedeckt vom Türpfosten, mit einer Hand die Tür öffnete. Sovrintendente Barra. Vornüber auf einem Stuhl, die Arme hinter dem Rücken und der Kopf so weit nach vorn gebeugt, dass er den Fußboden berührte. Auf den polierten Terrakottafliesen glänzten im roten Licht des Sonnenuntergangs die Hülsen der Salve, die Barras Schultern bis auf die Knochen zerfetzt hatte.

Langsam wurde es wirklich dunkel, doch die weißen Leinenbezüge der Sofas und Sessel im Wohnzimmer reflektierten die letzten Sonnenstrahlen und schufen ein seltsames Spiel aus Schatten, die sich im blendenden Zwielicht verloren.

»Sollen wir Licht machen?«, fragte Sarrina.

»Besser nicht«, erwiderte Matera.

Grazia betrat das Wohnzimmer und machte sofort einen Schritt zur Seite, weg von der Tür. Auch die anderen huschten hinein, und Matera, der die Villa durch die Fenster inspiziert hatte, durchquerte das Wohnzimmer und trat hinaus auf den Flur. Auf der linken Seite waren drei Zimmer. Alle leer, das hatte Matera schon von draußen gesehen. Auf der rechten Seite ganz hinten gab es noch eins. Das hatte Matera noch nicht inspiziert.

Zu dritt gingen sie darauf zu, in der immer dichteren Dunkelheit. Grazia dachte an die Hülsen, die sie neben Barra auf dem Fußboden gesehen hatte. Eine Maschinenpistole. Wenn der Pitbull plötzlich herauskäme, würde er sie alle drei eingezwängt auf dem Flur erwischen und mit einer einzigen Salve kaltmachen. Plötzlich glitt etwas mit einem dumpfen Schlag neben sie. Instinktiv ging Grazia in die Knie und breitete die Arme aus, festgenagelt auf dem Fußboden wie in einem Kinderspiel. Ich hab dich gesehen! Du bist raus!

»Mist!«, knurrte Sarrina, dann hysterischer: »Verdammte Scheiße! Ich bin über einen Toten gefallen! Hier liegt einer von uns! Ich bin voller Blut! Verdammt! Verdammt! Verdammt!«

»Carlini«, sagte Grazia. »Jetzt fehlt nur noch D'Orrico. Mist! Alle einzeln kaltgemacht!«

»Wenigstens hat er sie nicht vor unserer Nase abgeknallt«, murmelte Matera. »Los, da hinten ist das letzte Zimmer.«

Sie gingen zusammen hinein, er und Grazia. Sarrina blieb zurück, weil er immer noch im Blut ausrutschte und einfach nicht auf die Beine kam. Im selben Augenblick, als sie die Tür erreichten, sahen sie ihn, ein regloser Umriss, verschmolzen mit etwas, das wie ein Sessel aussah, schwarz aus dem blutroten Sonnenuntergang im Fenster ausgeschnitten. Erleichtert ließen sie die Pistolen sinken, und Matera schaltete das Licht ein.

Erst da öffnete Rechtsanwalt D'Orrico die Augen. »Ich habe Sie erwartet«, sagte er.

D'Orricos Stimme klang ruhig. Flüssig spulte sie lange Monologe ab, die nur unterbrochen wurden, wenn er auf Fragen zu antworten hatte. Ansonsten kam sie fest und sicher aus dem Lautsprecher des Aufnahmegeräts, manchmal geradezu in einer ironischen falschen Bescheidenheit, die die Silbenendungen hinausstieß. Und auf jeden Fall klang sie ruhig.

Grazia wusste, dass sie das nicht war. Zu viele Stunden hatte sie damit verbracht, mit Kopfhörern über den Ohren Aufnahmen von Telefonaten oder Unterhaltungen wieder und wieder anzuhören, live oder aufgezeichnet, klar oder voller Interferenzen, in Hochitalienisch oder in Dialekten, sogar in unverständlichen Sprachen, als dass ihr gewisse Details nicht aufgefallen wären.

Zunächst einmal rauchte D'Orrico. Sie hatte es nicht gesehen, weil sie nicht dabei gewesen war, als der Untersuchungsrichter ihn vernommen hatte, doch sie wusste es auch so, durchs Zuhören. Mitten im Satz hielt er inne, nur ganz kurz, nicht mal eine Sekunde, und wenn er fortfuhr, wirkte seine Stimme verschleierter, rauchiger. Ein Zug an der Zigarette. Manchmal, nur ein paar Mal, stieß er den Rauch auch hörbar aus. Grazia konnte sie hören, die Leute, die rauchten. Die erfahrenen Raucher, die schon lange dabei waren, verrieten sich durch die Art, in der sie die Sätze bildeten, denn ihre Stimme beschleunigte ein bisschen, um, wenn sich der Augenblick des Inhalierens näherte, an einem Punkt zu sein und nicht mitten im Satz, zufällig, wie es gerade kam. Zigarrenraucher erkannte man an den Zügen, weniger häufig, in größeren Abständen, weil Zigarren nicht so hastig geraucht werden wie Zigaretten und auch weil viele, besonders jene, die Toskanerstumpen rauchen, sie beim Sprechen im Mund behalten, zwischen den Zähnen, weshalb die Stimme bei ihnen in einer Art gespreizter Fistelstimme herauskommt. Auf diese Weise hatte Grazia einmal einen Slawen aus der Bolognina identifiziert, den sie abgehört hatten: Von den beiden Verdächtigen, die sprachen, hatte nur er Zigarre geraucht.

Aber D'Orrico rauchte nicht nur, er rauchte viel. Er rauchte zu viel. Ein Zug nach dem anderen, mit so schnellen Pausen, dass man sich nach einer Weile daran gewöhnt hatte und es kaum noch bemerkte, da es sich anhörte wie eine gewollte Kadenz, anwaltsmäßig. Doch wie ungezwungen er auch redete, ruhig war er trotzdem nicht. Weil er so viel redete, gab er sich den Anschein der Selbstsicherheit, aber die Satzkonstruktionen führten nicht immer ans Ziel, und die Wörter schienen manchmal nur da zu sein, um den Raum zu besetzen, um ein Schweigen zu füllen, das ihm offenbar Angst machte. D'Orrico war nicht ruhig, er machte sich in die Hose, und all seine Anstrengungen reichten nicht aus, um einen ruhigen Tonfall vorzutäuschen.

Er sagte: »Ich habe den Pitbull im August 1996 kennen gelernt. Er hat Kontakt zu mir aufgenommen, aber nicht physisch. Er hat mich über eine spezielle Website erreicht, bei der es um eine bestimmte sexuelle Neigung geht, über die ich jetzt (Zug an der Zigarette) nicht sprechen will, obwohl ich mir das für den Fall vorbehalte, dass seine Verbrechen mir angelastet werden sollten. Also (Zug an der Zigarette), ich weiß nicht, woher er Adresse und Kennwort hatte, denn er schien mir nicht an unserer Seite interessiert, sondern eher an anderem

(Zug an der Zigarette), an meinen Beziehungen und Kontakten zu Finanz- und Wirtschaftskreisen, sowie an allem (Zug an der Zigarette), was irgendwie illegal ist…«

Er sagte: »Ich war für ihn eine Art Agent, ein Bevollmächtigter (Zug an der Zigarette), ich fand die Kunden, ich sammelte die Informationen über die Opfer und schickte sie ihm per E-Mail, chiffriert, an eine saubere Adresse (Zug an der Zigarette). Wenn wir schneller miteinander kommunizieren mussten, haben wir uns verabredet, immer per E-Mail, über einen vorbestimmten Chat, und haben im Séparée miteinander gesprochen, von einem öffentlichen Ort aus. Daran habe ich mich immer gehalten (Zug an der Zigarette), bis auf einmal, und ausgerechnet da klingelt das Telefon, und ein Mädchen beschimpft mich als Bastard. Ich musste nur die Nummer überprüfen, die das Display zeigte, um herauszufinden, dass (Zug an der Zigarette) es sich um einen Provider handelte, aber da (Zug an der Zigarette) hatte das Unheil schon seinen Lauf genommen. Dabei habe ich nie einen Fehler gemacht, nie eine Lira unterschlagen, ich habe nämlich auch das Geld eingenommen und die Zahlungen weitergeleitet.«

Grazia schaute auf ihre Magnettafel. Auf die weiße Fläche hatte sie mit Filzstift eine lange Linie gezeichnet, die vom Foto des Pitbulls zu einer zweiten Ansammlung von gelben Zetteln führte. Den in der Mitte hatte sie aus dem Kranz um das Foto mit dem Hund gelöst und weiter unten hingeklebt. Es war die Nummer 7): Wie lässt er sich bezahlen? Drum herum hatte sie weitere Zettel mit Namen von Banken und Kontonummern befestigt, dann hatte sie damit aufgehört, obwohl Carlisi zwei Leute von der Mordkommission darauf angesetzt hatte, zusammen mit der Steuerfahndung diese Spur zu verfolgen. Genauso wie sie keine Zettel mehr an die Spitze des Pfeils heftete, der von Nummer 3) ausging, auf dem, mehrfach unterstrichen, stand: Guter Schütze. Woher bekommt er seine Waffen? Über diesen Punkt hatte D'Orrico Klarheit geschaffen, fast am Ende des Tonbands.

Er hatte gesagt: »Ja, glauben Sie, ich hätte nicht nach ihm gesucht? Ich hätte (Zug an der Zigarette) nicht alles getan, um herauszufinden, wer er ist und wo er lebt? Er hat es mir verboten, aber ich (ein tieferer Zug, das Knistern der Zigarette beim Anzünden) hab's trotzdem getan, und zwar aus zwei Gründen. Erstens: Bei manchen Opfern wären die Verwandten bereit gewesen, sehr viel Geld dafür zu bezahlen, wenn der Vertrag umgeschrieben und der Killer beseitigt worden wäre. Für mich war der Pitbull wie ein Dukatenscheißer, aber mehrfach kamen Angebote, die wirklich (Zug an der Zigarette) schwer abzulehnen waren. Zweitens: (Zug an der Zigarette) Ich wollte mir Rückendeckung verschaffen. Ich hatte nicht den Eindruck, dass der Pitbull erst durch mich erschaffen worden war, nur (Zug an der Zigarette) welches Ende hatten dann seine früheren Bevollmächtigten genommen? Wie lange hätte ich es noch (Zug an der Zigarette) gemacht? Also habe ich ihn gesucht, aber ich habe ihn nicht gefunden. Wenn er Kontakt zu mir aufnahm, dann immer über Chats oder E-Mails, die er von öffentlichen Orten verschickte, aber das wissen Sie ja. Ich habe das Geld verfolgen lassen, aber (Zug an der Zigarette) wir haben uns in einer endlosen Reihe von Nummernkonten verheddert, die von einer Bank zur anderen verlegt wurden, aus der Schweiz nach San Marino und wieder zurück, und die sich dann jenseits der Grenze in Luft auflösten. Eine einzige Beschreibung habe ich bekommen, einmal, und zwar zu einem gewissen (Zug an der Zigarette) Dr. Franz, der bar einzahlte und abhob, ein Mann um die siebzig mit einer Narbe auf der Nase, der das Konto aber schon mindestens sechs Monate zuvor aufgelöst hatte (Zug an der Zigarette). Dann habe ich versucht, ihn über die Waffen ausfindig zu machen, über die Projektile und all das, was er brauchte, um die Verträge zu erfüllen, aber es ist mir nicht gelungen. Sein Waffenarsenal kommt nicht über die konventionellen Kanäle der italienischen oder ausländischen Unterwelt (Zug an der Zigarette). Wie Sie wissen, ist es keine Kunst, von den Kroaten ein MG oder von den Albanern Bomben zu kaufen, und man muss nur die richtigen Leute fragen, dann kriegt man es irgendwann raus. In diesem Fall aber nicht. Entweder ist er allein hingefahren (Zug an der Zigarette), um sich vor Ort zu versorgen, und hat den Lieferanten dann umgebracht (Zug an der Zigarette), oder er ist in einem Waffenladen einkaufen gegangen, aber (Zug an der Zigarette) das bezweifle ich. Ansonsten keinerlei Kontakt, mit niemandem. Es hatte den Anschein, als machte er sich sehr viel mehr Sorgen (Zug an der Zigarette), von irgendeinem Kronzeugen verkauft zu werden, als dass ihn die Polizei (Zug an der Zigarette) schnappen könnte …«

Grazia legte den Recorder auf das Kissen und stand von der Liege auf, auf die sie sich gesetzt hatte. Auf Zehenspitzen, denn sie hatte die Stiefel ausgezogen und durch den dünnen Stoff der Strümpfe empfand sie den schmutzigen Fußboden als unangenehm, ging sie zur Tafel. Sie fixierte den Hund auf dem Foto, der ihr einen leeren, aber wilden Blick zurückwarf. Anfangs hatte sie das Foto eines Pitbulls nach einem Kampf verwendet, frontal aufgenommen in irrem Gebell, das Maul entstellt von roten Narben, die Nase auf einer Seite offen, ein Ohr fast abgerissen. Sie hatte es aus dem Internet heruntergeladen und an die Tafel geheftet, dann aber wieder abgenommen. Dieser arme Hund, der von irgendjemandem darauf abgerichtet worden war, sich massakrieren zu lassen, tat ihr Leid, und für den Pitbull wollte sie kein Mitleid empfinden. Sie wollte ihn schnappen.

D'Orrico hatte gesagt: »Durch mich (Zug an der Zigarette), besser gesagt durch meine Vermittlung, hat er zwölf Verträge erfüllt (Zug an der Zigarette). Wir nannten sie Treffen. Fast immer handelte es sich um Spezialaufträge, Eliminationen, für die die Verbrecherorganisationen eine Person *super partes* brauchten, besonders geschützte oder auffällige Ziele (Zug an der Zigarette), aber auch Privatleute, die gute Arbeit ohne Risiko wollten. Es ist ja so (Zug an der Zigarette), in Italien ist der Profikiller noch eine Randerscheinung, eine kriminelle Besonderheit, die früher ein Monopol der Mafiaorganisationen war oder (Zug an der Zigarette) wofür man irgendeinen Tölpel aus der Bar an der Ecke engagierte. Der Pitbull war auf dem Markt, um (Zug an der Zigarette) diese Lücke zu füllen …«

Grazia ging so nahe an den Hund heran, dass sie den säuerlichen Geruch der Zeitschrift riechen konnte, aus der sie das Foto ausgeschnitten hatte. So nah, fast Auge in Auge, verschwamm die Schnauze des Hundes zu einem matten, unbestimmten Fleck. Grazia trat einen Schritt zurück, dann noch einen, bis sie mit dem Po gegen den Rand des Computertisches stieß. Sie wollte sich nicht täuschen lassen, sie wollte diese Schnauze klar und deutlich sehen. Sie hatte so viele Leichen gesehen, auf Fußböden in seit Tagen verlassenen Häusern liegend, auf dem Land in Gräben zurückgelassen oder auf Fotos, auf dem Seziertisch, nackt, weiß und obszön, und am Ende war ihr Blick doch immer zu der einen Stelle gewandert, zwischen die Beine der Leichen, gerade weil sie dorthin nicht hätte schauen sollen. Sie wollte sich nicht täuschen lassen. Sie wollte diese Schnauze deutlich sehen. Sie wollte ein Gesicht darüber legen, das Gesicht eines Menschen und nicht eines Hundes. Sie wollte ihn schnappen.

D'Orrico: »Ich habe ihn nie persönlich gesehen. Ich habe nie mit ihm am Telefon gesprochen. Ich weiß nicht, was für ein Gesicht er hat, ich weiß nicht, wie er aussieht, ich weiß nicht, wie er heißt. Ich war sicher, dass er mich töten würde. Stattdessen hat er zu mir gesagt, ich solle dort auf euch warten und euch alles erzählen.«

Wenn man über die Autobahn fährt und das Handy klingelt und man geht dran und der andere fragt, wo man gerade ist, und man antwortet: »Ich bin in Pescara«, dann ist das nicht wahr. Dort ist nicht Pescara, es sind noch zwei Kilometer über Ausfahrten und Zubringer und weitere neun über die Landstraße, und wenn man elf Kilometer von einem Ort entfernt ist, dann ist man nicht dort, sondern woanders. Wenn man dann noch zehn Minuten weitertelefoniert, und der andere fragt: »Sorry, wo, hast du gesagt, bist du?«, kann man nicht mehr sagen, man sei in Pescara, sondern in Roseto degli Abruzzi, wenn man nach Norden fährt, oder in Chieti, wenn man nach Süden fährt. Aber dort, in Roseto oder in Chieti, ist man auch nicht, sondern woanders. Man ist auf der Autobahn.

Bald würde es so weit sein.

Vittorio löste den Rücken von der Lehne und drückte ihn durch, um einen Wirbel einzurenken. Er streckte den Hals gerade, stützte sich mit dem Nacken am oberen Rand der Kopfstütze auf, um sich so zu straffen, aber es nützte nichts. Er seufzte, ein langer Seufzer, der, statt herauszukommen, in ihn einzudringen schien, warm, intensiv und vibrierend wie ein M. Aber auch das verschaffte ihm keine Linderung, einen Augenblick lang kribbelte es in den angespannten Muskeln und auf den schmerzenden Knochen, dann löste es sich auf, ohne dass es besser geworden wäre. Er stützte den Ellbogen auf den Fensterrahmen, klemmte die Gelenkspitze zwischen Metall und Gummidichtung, aber nach einer Weile tat sie ihm weh, er musste sie dort wegnehmen und ließ die Ellbogen schwer auf die Hüften fallen. Er schob die Hände am Lenkrad nach unten, von zehn nach zehn auf zwanzig nach acht.

Denn auf der Autobahn zählt nicht das *Sein*, sondern die *Bewegung*. In vernünftiger Entfernung kann man sagen, man sei in Pescara, auch wenn man gar nicht dort ist, weil man erst auf dem Weg dorthin ist. Für einen Körper in ständiger Bewegung ist die Richtung wichtiger als der genaue Ort, der einen Augenblick später nicht mehr ist. Die Autobahn ist Bewegung. Wenn ein Auto auf der Standspur steht, fragen sich alle: »Was macht der denn da?«, als wäre er ein blinder Passagier, ein Spion, ein Eindringling. Und wenn der Wagen auf der Fahrbahn stehen bleibt, dann ist er noch mehr als ein Eindringling, er ist ein Feind, eine Gefahr, der Tod. Das Schlimmste, was auf der Autobahn passieren kann, ist stehen zu bleiben, das plötzliche Kreischen der Bremsen, der stockende Verkehr, der Stau, der Unfall. Auf der Autobahn ist Leben gleichbedeutend mit ständiger, konstanter Bewegung ohne Unterbrechungen. Deshalb hält man nur ab und zu an einer Raststätte, wenn die Blase so voll ist, dass es wehtut.

Vittorio bewegte die Beine. Er stemmte den Rand der Sohle seines rechten Schuhs gegen die Karosserie, unterhalb des Armaturenbretts, ohne das Gaspedal loszulassen. Er versuchte, irgendwie auf dem Gummiteppich, der über dem Blech lag, Halt zu finden, um die Achillessehne zu entlasten, die in der immer gleichen Stellung blockiert war, um die Tachonadel konstant auf hundertzehn zu halten, weiße Linie auf weißer Linie. Er winkelte das linke Knie an, stellte die Schuhsohle auf die Rundung des Radkastens, dann bewegte er sich erneut, führte das eine Bein fast unter das andere, die Außenseite des Fußes berührte den Teppich, das aufgewölbte Gummi ritzte seinen Knöchel. Er spürte das unbezähmbare Verlangen, eins der beiden Dinge zu tun, die man beim Fahren nicht machen kann: die Beine übereinander zu schlagen. Das andere war, die Augen zu schließen.

Er dachte: bald ist es so weit.

Er hatte alles vorbereitet.

Er brauchte zwei Orte. Der eine war leicht, es konnte jeder beliebige Ort sein, Hauptsache, er war abgelegen genug. Er war sicher, dass er etwas Geeignetes finden würde, ob ein Bauernhaus in den Valli di Comacchio oder eine Berghütte im Apennin, das spielte keine Rolle. Der zweite Ort war schwieriger, doch schließlich hatte er ihn gefunden, kurz vor der Ausfahrt Imola. Eine Schotterstraße, die auf einem schmalen Damm hinunter in die Felder führte, am Betonsockel einer Überführung entlang. Ein paar Meter unterhalb, fast im Feld, mündete sie in den schwarzen Asphalt der Straße, die am Kanal entlang bis zur Staatsstraße führte. Ein paar Meter oberhalb befand sich ein Tor aus Rohren und Maschendraht, das von einer Kette mit Vorhängeschloss gesichert wurde. Hinter dem Tor lag halb unter der Überführung eine Haltebucht, hier begann die Autobahn.

Auf der Autobahn, beim Fahren, kann man viele Dinge tun. Musik hören, telefonieren, denken, singen, trinken, sich kratzen. Man kann sich die Jacke ausziehen, zieht dazu den Arm im einen Ärmel hoch, schüttelt die Jacke mit der Schulter ab, befreit den Ellbogen, schüttelt den anderen Ärmel ab, befreit den anderen Ellbogen, packt die Jacke dann am Kragen, zieht sie hinter dem Rücken hervor und legt sie ordentlich auf den Beifahrersitz. Man kann einen Brief öffnen, indem man mit der Spitze des Fingernagels an der Klebestelle kratzt, bis man den Umschlag an einer Ecke gelöst hat, packt diese Ecke dann mit

Daumen und Zeigefinger und zieht daran, während man den Brief mit der Handfläche gegen den Sitz drückt, steckt einen Finger in das Loch und reißt den Umschlag Stück für Stück auf, wobei die Hand wie eine Schnecke über das Papier kriecht. Man kann eine ganze Packung Mini-Salamis essen, man braucht nur die Spitze eines Taschenmessers in die Plastikverpackung zu stoßen, zieht seitlich, bis man einen Spalt geöffnet hat, durch den man sie eine nach der anderen herausholt, pralle runde Blasen, die von einer mit Mehl bestreuten Schnur zusammengehalten werden. Dann muss man sie nur noch voneinander trennen, indem man mit dem Zeigefinger die Klinge auf die Engstelle aus Darm und Schnur drückt, eine Salami nimmt, sie oben aufs Lenkrad legt, damit man beidhändig arbeiten kann, sie an einer Seite aufschneidet, abzieht und isst. Man kann auch Sex haben, zieht den Reißverschluss der Hose herunter, schiebt den Schlitz der Boxershorts zur Seite und presst sich mit dem Rücken gegen den Sitz, die Arme durchgedrückt, die Zähne zusammengebissen und die Augen geöffnet, damit man sich nicht die Sicht trüben lässt. Was man nicht machen kann, ist die Beine hochziehen und im Lotussitz verschränken. Ein Buch lesen oder fernsehen. Schlafen. Lange in eine andere Richtung als geradeaus schauen.

Als er die Zufahrt zur Haltebucht entdeckt hatte, hatte Vittorio sich die Stelle eingeprägt, denn er wollte sie von der anderen Seite der Autobahn, von draußen, ausfindig machen. Kein leichtes Unterfangen. Jenseits der Leitplanke, jenseits des Grabens und jenseits des Maschendrahtzauns, der die Autobahn säumt, liegt eine vollkommen andere Welt. Es stimmt nicht, dass drinnen alles genauso ist wie draußen. Der Asphalt ist anders, schwärzer oder grauer, manchmal fast weiß, und knirscht unter den Rädern auf eine andere Weise, er kratzt, rinnt, scharrt oder springt. Die Leitplanke ist anders, die Landschaft vor einem ist anders, die Raststätten sind anders, und wenn man sie nicht kennt, wenn man sich einfach für die nächstbeste entscheidet, findet man sich entweder in einer engen Alemagna-Bude wieder, mit dem Telefon zwischen den Zeitungen und der Toilette draußen, oder in der Berghütte eines Autogrill, mit Spizzico-Filiale und SB-Theke, oder in einem Fini-Wolkenkratzer mit Express-Tortellini, oder auch in der Brücke eines Pavesi, wo die Autos unter einem hindurchschießen. Doch all das ist Autobahn, eine lineare Geographie, die der Landschaft nicht folgt, sondern sie durchschneidet, und die aussieht wie der Baum, den ein Kind gemalt hat: zwei parallele Linien und einzelne dünne Linien, die davon abzweigen, alle gleich bis auf die Angaben auf den Ausfahrtschildern. Draußen ist das anders. Vor allem unmittelbar draußen. Der schmale Streifen dort ist wie das Niemandsland zwischen zwei Grenzen, nicht mehr Autobahn, aber auch noch nicht Welt. Ränder von bebauten Feldern, Einfriedungen von Fabrikhöfen, Felswände, Gräben, Kanäle, Begrenzungen von Gärten unter Häuserfassaden mit verschlossenen Fenstern.

Dort hatte Vittorio den geeigneten Ort gefunden. Am Rand der Staatsstraße, ein paar Kilometer von der Zufahrt zur Autobahn entfernt. Ein entweihtes Kirchlein inmitten von Macchiagestrüpp, mit bis auf die Ziegel abgeschlagenen Mauern, einem mit Brettern zugenagelten Fenster und einem Dach, das auf einer Seite eingedrückt war, als ob sich ein Riese daraufgesetzt hätte. Vor langer Zeit musste dies die Kapelle eines Gutshofs gewesen sein, doch jetzt war es nichts mehr, nur eine Ruine an der Grenze eines Landguts im Besitz eines Agrarunternehmens. Der Verwalter hatte es mit Freuden schwarz und unter der Hand an diesen Herrn aus der Stadt vermietet, der dort sein Wohnmobil unterstellen und angeln gehen wollte.

Vittorio fuhr langsamer, schaltete in den zweiten Gang herunter und bremste, denn er suchte die Schlange vor dem richtigen Mauthäuschen. Diesmal das, wo man bar bezahlt.

Zunächst hatte er an einen Lieferwagen gedacht, doch hatte er die Idee verworfen, weil solche Fahrzeuge manchmal an den Mautstellen von der Steuerfahndung angehalten werden, um Ladung und Lieferscheine zu kontrollieren. Besser ein Wohnmobil, ein kleines Wohnmobil, das er nachts in Padua aus der Garage einer Villa gestohlen hatte. Er hatte es in das Bauernhaus gefahren, dort neu lackiert, eine Stereoanlage und ein CB -Funkgerät, wie es die LKW-Fahrer benutzen, eingebaut sowie die Nummernschilder angeschraubt, die er am Flughafen, auf dem Parkplatz für Dauerparker, gestohlen hatte; saubere Nummernschilder, ersetzt durch andere, schmutzige, was die Besitzer vielleicht niemals bemerken würden. Damit war er nach San Marino gefahren, um von diversen Banken dreihundert Millionen Lire in bar abzuheben, war dann zu seinem Büro gefahren und hatte einen Anglerkoffer mit Make-up, Kontaktlinsen, Zahnprothesen und Perücken gefüllt, ein jedes Teil ordentlich in sein Fach geräumt. Den Koffer hatte er in das Wohnmobil gestellt, zusammen mit einem zweiten voller Haken, Bleigewichten und Angelschnüren, ein wildes Durcheinander, mit dem er die 22er und die beiden Schalldämpfer bedeckte, die auf dem Boden lagen, eingewickelt in einen mit Öl getränkten Lappen.

Hätte er das Handy eingeschaltet und jemand, zum Beispiel Annalisa, hätte ihn angerufen und gefragt, wo er sei, hätte er gesagt: »In Bologna«, auch wenn es bis dorthin noch weit war und er mindestens noch den halben Autobahnring vor sich hatte. Am liebsten wäre er schon zu Hause gewesen, denn er fühlte sich müde.

Meine Mutter, die von unten schreit: »Für dich!«

Ich gehe zur Treppe, lehne mich über das Geländer, aber ich sehe sie nicht. Weiß der Himmel, wo sie steckt. Sie hat diese bescheuerte Angewohnheit, aus einem Zimmer ins nächste zu schreien, ohne dass man weiß, aus welchem. Ich schreie zurück.

»Am Telefon oder an der Tür?«

»An der Tür!«

Komisch, ich habe es nicht klingeln gehört. Dann denke ich, ist doch normal, ich hatte die Kopfhörer auf, in meinem Zimmer, mit lauter Musik. Ich lehne mich so weit vor, dass ich fast runterfalle. Ich sehe sie, ich sehe ein Stück von ihr, jenseits der Kante des Treppenabsatzes, mehr oder weniger vor der Wohnungstür.

»Wer ist es?«, frage ich.

»Woher soll ich das wissen? Es ist für dich!«

»Wissen die Polizisten Bescheid?«

»Da sind keine Polizisten mehr!«

Wie, da sind keine Polizisten mehr? Seit die mich nach Ravenna ins Haus meiner Eltern geschickt haben, hat immer ein Auto vor unserem Haus gestanden und ein zweites ist ab und zu Streife gefahren. Jeder, der uns am ersten Tag besuchen kam, musste anhalten und den Polizisten die Papiere vorzeigen. Am ersten Tag, denn danach ist keiner mehr gekommen.

Ich höre, wie die Eingangstür geschlossen wird. Meine Mutter, die spricht, ich verstehe etwas wie: »Er ist oben, gehen Sie nur hinauf«, und ich höre, dass jemand hochkommt. Ich kralle mich ans Treppengeländer und halte den Atem an, denn ich habe wieder Angst. Schnelle Schritte auf dem unteren Teil der Treppe, Finger, die über das Geländer streichen. Dann biegt die Person, die heraufkommt, um die Ecke, und als ich sie erkenne, schließe ich die Augen und seufze. Es ist die Frau von der Polizei, an deren Namen ich mich nie erinnern kann.

»Was ist? Habe ich dir Angst eingejagt?«

»Nein«, sage ich. »So weit kommt's noch.«

Ich bitte sie in mein Zimmer und gehe ihr voran. Ich sage: »Entschuldigen Sie die Unordnung«, und sie: »Lass uns doch du sagen, ja?« Dann befreie ich für sie einen Stuhl von einem Knäuel Unterwäsche und Socken, die ich in den Schrank pfeffere. »Die sind sauber«, sage ich, »meine Mutter hat gewaschen.« Eine Socke ist draußen gelandet, und ich kicke sie hinterher. Die Frau hat sich nicht gesetzt. Sie ist zum Bett gegangen und hat die Kopfhörer in die Hand genommen, aus denen ein kratziges Rauschen kommt.

»Was hörst du da?«

Ich ziehe den Kopfhörerstecker aus dem Verstärker und mache schnell leiser, denn aus den Boxen dröhnt verzerrt die viel zu laute Musik.

»Tenco«, sage ich. »*Un giorno dopo l'altro*.«

»Schön«, sagt sie. »Traurig.«

Vom Krach aufgeschreckt, hat der Hund, der auf dem Bett unter einem umgewendeten Kissen schlief, den Kopf gehoben. Sie geht näher ran und hält ihm die Hand hin, erst mit gebührendem Abstand und dann aus der Nähe. Er schnuppert nicht mal daran. Er lässt die Nase auf das Kissen fallen und schläft ein.

»Bist du sicher, dass das kein Pitbull ist?«, fragt sie.

»Ja. Das ist was anderes.«

»Aha, na dann.«

Sie reicht mir einen Prospekt der Alitalia. Darauf steht »Bestimmungen für den Lufttransport von Tieren«. Darin liegt ein zweiter Prospekt, in dem aufgelistet ist, was man alles beachten muss, wenn man ein Tier mit ins Ausland nehmen will. Ich nehme die Prospekte an mich und drehe und wende sie in den Händen. Ein feuchter Knoten schnürt mir die Kehle zu.

Ich huste leise, um ihn zu vertreiben.

»Danke«, sage ich. Sie sieht mir zu, wie ich die Prospekte aufs Bett fallen lasse, nickt und lehnt sich an den Stuhl, den ich für sie freigeräumt habe.

»Ich bin nicht deswegen hergekommen«, sagt sie. »Ich war am Flughafen … ich bin dabei, noch einmal alle zu befragen, die mit dem Pitbull Kontakt gehabt haben, und da ich schon mal dort war und früher oder später sowieso hätte herkommen müssen …«

»Pitbull?«

»Ja, der Mann, der dich töten wollte. Wir nennen ihn so.«

»Warum habe ich darüber noch nichts in der Zeitung gelesen?«

»Weil wir das geheim halten. Wir glauben, dass er einen Plan verfolgt, und wollen ihm nicht in die Hände spielen.«

»Was ist das für ein Plan?«

»Weiß ich nicht.«

»Warum hat er mich nicht auf offener Straße getötet?«

»Weil er besondere Projektile hatte, die nicht genügend Durchschlagskraft haben. Um sicherzugehen, musste er aus der Nähe feuern.«

»Und warum hatte er diese Projektile?«

»Weiß ich nicht.«

»Wer ist dieser Mann?«

»Weiß ich nicht.«

»Werdet ihr ihn schnappen?«

»Ja.«

Sie geht um den Stuhl herum und setzt sich. Sie zieht die olivgrüne Bomberjacke aus, und ich sehe sie an. Nicht so, direkt und offen, ich beuge mich über den Hund, kraule seine Ohren und werfe ihr schnell einen Blick zu. Sie ist hübsch, sehr hübsch. Südländischer Typ. Wohlproportioniert, aber schlank. Kurzes schwarzes Kleid, schwarze Strümpfe und Boots. Die Stuhllehne ist gebogen, deshalb rutscht die Bomberjacke zu Boden, es tut einen schweren metallischen Schlag. Als sie sich bückt, um die Jacke aufzuheben, fällt eine kleine Schachtel heraus und kullert vor meine Pantoffeln. Ich hebe sie auf, und bevor ich sie ihr gebe, werfe ich einen Blick darauf.

»Oh«, sage ich. »Bist du schwanger?«

»Weiß ich nicht«, sagt sie.

»Hast du den Test gemacht?«

»Nein.«

Sie ist rot geworden, ganz wenig. Sie hat die Lippen aufeinander gepresst und sich umgeschaut, als ob sie sich plötzlich brennend für mein Zimmer interessieren würde. Sie murmelt: »Mann, ist das ein trauriges Lied…« Dann versucht sie, die Schachtel in die Tasche der Bomberjacke zu stecken, aber es gelingt ihr nicht, deshalb stellt sie sie auf den Boden, neben den Stuhl. Sie schlägt die Beine übereinander, und da muss ich sie einfach näher betrachten. Sie bemerkt es und setzt sich anders hin. Sie streckt die Beine aus, die Knie zusammen.

»Hör zu, ich bin nicht nur hier, um dir ein paar Fragen zu stellen, sondern auch, weil ich dir persönlich sagen wollte, warum der Posten nicht mehr da ist.«

»Der Posten?«

»Die Polizisten …«

Ach so, ich dachte, sie meint meinen Job, den Provider.

Warum der nicht mehr da ist, weiß ich, er ist abgebrannt, und alle sind tot.

»Du brauchst keinen Personenschutz mehr. Wir haben euren D'Orrico geschnappt, und für den Pitbull gibt es jetzt keinen Grund mehr, dich aus dem Weg zu räumen. Soweit ich weiß, hat er nie jemanden ohne Grund getötet.«

»Hoffentlich ist das jetzt nicht das erste Mal.«

Sie lächelt, und das macht sie noch hübscher. Sie hat ein offenes Lächeln, sehr konkret, fast kindlich. Wenn sie ernst ist, wirkt sie schroffer, aber wenn sie lächelt, sieht man, dass sie ein fröhliches Mädchen ist. Wild und fröhlich. Sie dreht den Kopf zu den Boxen und runzelt überrascht die Stirn. Sie fragt: »Ist das eigentlich immer dasselbe Lied?«, und ich nicke, denn ich habe die *Repeat-Taste gedrückt* und höre Tenco bis in alle Ewigkeit.

»Hör mal, äh … ich kann mir deinen Namen einfach nicht merken. Entschuldige.«

»Grazia Negro. Grazia.«

»Wie die drei Grazien«, sage ich, tumb wie immer, und sie runzelt die Stirn.

»Ja … Grazia, Graziella und Kratz mir 'n Arsch. Denk dran, Junge, ich bin immer noch Polizist.«

»Bist du der Chef von dem Laden?«

»Ach was, wie kommst du denn darauf?«

Sie lächelt wieder und schlägt die Augen nieder. Mit der Fingerspitze fährt sie über eine Laufmasche am Knie. Dann zuckt sie mit den Achseln. Sie sagt:

»Hilf mir, Alessa', versuch dich zu erinnern. Alle Einzelheiten, an die du dich erinnerst, sind wichtig. Beschreib seine Augen. Aber nicht die Form oder die Farbe, beschreib mir das Weiß… wie war dieses Weiß? Gelb? Hell? Rot geädert?«

Ich denke darüber nach. Ich versuche, mir die Szene wieder präsent zu machen, wie im Film, er folgt mir, schaut mich an, bleibt stehen und wartet auf mich. Ich schließe die Augen und projiziere ihn in mir, wie im Kino, aber es ist eher wie mit einem Traum, wenn man sich daran zu erinnern versucht, sind die Gefühle stärker als die Bilder, und wenn man sie zusammenzufügen versucht, verliert man beides.

»Keine Ahnung… weiß, glaube ich. Ich habe ihn nur flüchtig gesehen…«

»Von einem jungen oder einem alten Mann? Krank oder gesund? Der Eindruck, Alessa', dein Eindruck…«

»Jung und gesund. Bis auf die Wunde am Kopf.«

»Was für eine Wunde?«

Sie zieht die Beine zurück und setzt sich auf. Sie sieht mich so aufmerksam an, dass meine Stimme ins Stocken gerät.

»Die habe ich ihm verpasst…« Ich fasse mir an die Stirn. »… mit der Tür, als ich sie ihm vor den Kopf geknallt habe. Eine Platzwunde… es hat geblutet…«

Sie steht auf, macht zwei Schritte im Zimmer, drückt dabei mit dem Finger die Wange ein und kaut darauf herum, als ob sie ein Loch hineinbohren wollte.

»Kannst du damit etwas anfangen?«, frage ich, und sie macht »Ja« mit dem Kopf.

»Das ist etwas«, sagt sie. »Das kommt auf die Tafel.«

»Was für eine Tafel?«

»Vergiss es. Beschreib mir die Stimme, Ale. Tief, weich, schrill?«

»Ich habe sie kaum gehört… er hat geflüstert.«

»Um so besser… wenn einer flüstert, kann er die Stimme schwerer verstellen. Was hat er zu dir gesagt?«

Sie ist aufgestanden und ans Bett getreten. Mit einer Drehung der Hand stellt sie Tenco auf minimale Lautstärke und vertreibt ihn aus den Boxen. Ich schaue sie von unten an und schäme mich ein bisschen, dass sie mir so nahe kommt, weil ich nicht geduscht habe und mein Bart immer länger wird, in Schlafanzug, Pantoffeln und Socken.

»Er hat mich gerufen. Er sagte… ›Alessandro. Mach bitte auf.‹« Das werde ich nie mehr vergessen. Wie damals, als ich zum ersten Mal *Deep Red* im Fernsehen gesehen habe. Wie damals, als die mich das erste Mal bei einem Examen rausgeworfen haben. Wie damals, als Kristine mir auf Dänisch etwas Böses zugezischt hat, das ich bis heute nicht verstanden habe.

Sie schaut auf das Bett, als ob sie sich hinsetzen wollte, doch zwischen mir und dem Hund ist nicht genug Platz. Ich rücke zur Seite, aber sie stützt nur ein Knie auf die Matratze und beugt sich nach vorn, zu mir hin. Sie stemmt eine Hand auf den Schenkel, um sich abzustützen. Leise, flüsternd und mit geschlossenen Augen wiederholt sie den Satz.

»Das R… eher gerollt oder nicht? Wie?«

»Ich weiß es nicht… normal.«

»Das S… Ale. Mehr S oder mehr Sch?«

Ich schließe ebenfalls die Augen. Ich lege die Hand über die Lider und versuche, diese Stimme aus dem Dunkel hervorzuholen. Ich sage mir den Satz vor, wie sie es getan hat, leise wie sie, aber Grazia schiebt meine Hand weg, fasst mich am Kinn und zieht meinen Kopf hoch, so dass ich die Augen öffnen muss.

»Nein, sag den Satz nicht vor dich hin, wie du ihn sagen

würdest. Nicht vor dich hin sagen. Versuch, ihn zu hören, und beschreib es mir …«

»Ich weiß nicht … das S, das S … Er hat geflüstert, verdammt, und ich hatte Angst!«

»Entschuldige.«

Grazia steht auf. Sie stützt sich mit den Händen auf die Stuhllehne und kaut dabei von innen auf der Wange. Sie runzelt die Stirn, als ob sie über etwas nachdenken würde, runzelt sie so sehr, dass die Augenbrauen zu verwachsen scheinen. Sie ist auch hübsch, wenn sie nachdenkt.

»Was ist?«, frage ich.

»Mir ist da was eingefallen, aber jetzt ist es weg. Ich muss es vergessen … red weiter, früher oder später fällt es mir wieder ein.«

»Warum interessierst du dich so für die Stimme?«

»Weil die Stimme eine Menge verrät.«

»Und woher weißt du das, wenn ich fragen darf?«

»Weil das mein Spezialgebiet ist. Außerdem lebe ich mit einem Blinden zusammen. Er hat mir beigebracht, auf die Stimmen zu achten.«

»Aha«, sage ich.

Plötzlich schlägt sie die Hand vor den Mund und reißt die Augen auf. Sie murmelt: »Uh, verdammt!« und dann noch einmal, lauter: »Uh, verdammt!«

»Was ist?«, frage ich, aber sie antwortet nicht. Sie zieht die Bomberjacke vom Stuhl und streift sie über, wobei sie mich anschaut, als ob sie mich gar nicht sehen würde. »Was ist?« Ich bleibe beharrlich: »Grazia, was ist?«

»Nichts«, sagt sie, »mir ist etwas eingefallen. Entschuldige, Ale, ich muss los … wir unterhalten uns später weiter, entschuldige …«

Sie verlässt das Zimmer, und bevor ich aufstehen kann, höre ich sie schon die Treppe hinunterrennen. Ich sehe, dass etwas unter dem Stuhl liegt, bücke mich und hebe es auf. Es ist die Schachtel mit dem Schwangerschaftstest. Hinterherzurennen, um es ihr zu geben, hat keinen Sinn, glaube ich, denn inzwischen habe ich unten schon die Tür schlagen gehört.

Erlaubnis zum Führen einer Kurzwaffe zur Selbstverteidigung. Gemäß Artikel 42 Gesetz über die öffentliche Sicherheit und Artikel 61 ff. Ausländergesetz ist der Präfekt zur Erteilung der Erlaubnis an solche Personen befugt, auf welche die unten aufgeführten Kriterien nachweislich zutreffen:

- *Personen, die häufig Wertsachen mitführen, z. B. Schmuckvertreter oder -angestellte, zu deren Aufgaben es gehört, bedeutende Geldsummen abzuheben oder einzuzahlen;*
- *Personen, die in ihrem Geschäft Wertsachen anbieten, z. B. Juweliere;*
- *Händler, die aus geschäftlichen Gründen große Geldbeträge mit sich führen müssen;*
- *Personen, bei denen die Gefahr einer Entführung besteht;*
- *Personen, die Tätigkeiten ausüben, die sie einem besonderen Risiko aussetzen, Opfer von Gewalt- oder Rachetaten zu werden (z B. Justizbeamte, Taxifahrer).*

»Früher oder später schnappen wir ihn.«

Grazia verließ Ales Haus, rannte zum Wagen und raste auf die Autobahn. Auf der Fahrt von Ravenna nach Bologna nahm ihre Idee immer mehr Gestalt an, bis sie zur einzig möglichen Erklärung wurde. Dann plötzlich kam sie ihr wie der bare Unsinn vor, fiel in sich zusammen und ließ in ihrem Kopf ein Gefühl beißender Leere und kalter Müdigkeit zurück, wie nach einer durchwachten Nacht. Dann, ganz langsam, fügte sich die Idee wieder zusammen und schürte ihren Enthusiasmus.

In einigen Fällen hatte der Pitbull Projektile aus Wachs und Glas verwendet. Projektile, die keinem Gutachten unterzogen werden konnten und von denen man nicht anhand der Rillen auf die Waffen schließen konnte, aus denen sie abgefeuert worden waren, denn auf diesen Projektilen blieben keine Rillen zurück. Er hatte sie nur für bestimmte Morde verwendet, während er es bei anderen nicht einmal für nötig gehalten hatte, die Hülsen einzusammeln. Diese Morde waren sämtlich in der Region verubt worden. Warum?

Der Antrag auf einen Waffenschein zum Führen einer Kurzwaffe muss förmlich beim Präfekten gestellt werden, unter Beilegung eines Zeugnisses über die körperliche und geistige Eignung sowie über die Sachkunde in der Handhabung der Waffen, ausgestellt vom nationalen Schießsportverband (im Falle, dass der Antragsteller Wehrdienst geleistet hat, genügt die Bestätigung durch Unterschrift). Der Antragsteller versichert durch Unterschrift, nicht den Kriegsdienst aus Gewissensgründen verweigert zu haben, bestätigt seinen Wohnort, die familiären Verhältnisse und dass er für die Schulbildung der minderjährigen Kinder gesorgt hat. Dem Antrag beizulegen sind zwei Passfotos, die Quittung über die Einzahlung von Lire 170 000 auf das Konto Nr. 8003 beim Postgiroamt, Empfänger Zentralkasse-Rom, sowie die Quittung über die Einzahlung von Lire 4000 auf das Postgirokonto der Kasse des örtlichen Polizeipräsidiums für die Ausstellung des Waffenscheins.

»Früher oder später schnappen wir ihn.«

Während sie über die Autobahn fuhr, spielte Grazia im Kopf immer wieder die Unterhaltung durch, als würde sie schon auf die Einwände von Matera und Sarrina und vor allem Kommissar Carlisis antworten.

D'Orrico hatte verraten, warum. Warum der Pitbull so peinlich darauf geachtet hatte, jeden Kontakt zur Unterwelt zu vermeiden. Er hatte versucht, so sauber wie möglich zu bleiben. Er hatte saubere Waffen benutzt, die er regulär im Waffengeschäft gekauft, regulär angegeben und regulär mit der vom Präfekten ausgestellten Erlaubnis bei sich geführt hatte. Er musste keine heimlichen Schießplätze und abgelegenen Gegenden aufsuchen, um zu trainieren, er konnte einfach auf den Schießplatz gehen und nach Herzenslust herumballern. Wenn er fernab tötete, benutzte er normale Projektile, und wenn er in der Nähe seines Wohnorts zuschlug, benutzte er spezielle Projektile, um das Gebiet zu vergrößern, in dem nach der Waffe gesucht werden musste. Es ist leichter, alle Besitzer einer Beretta oder einer Smith and Wesson in Bologna zu überprüfen, als sie in ganz Italien suchen zu müssen. Die Spezialprojektile hatte er dreimal benutzt: in Bologna, in Ferrara und in Rimini. Mit anderen Worten: Der Pitbull kommt aus der Emilia Romagna.

Wozu brauchte er einen Waffenschein? Könnte er sie nicht im Waffengeschäft kaufen, angeben und heimlich mitführen? Könnte er nicht einfach einen Waffenschein für Sportschützen beantragen und mit entladener Waffe im Futteral herumlaufen? Tja … Grazia ging in Gedanken zurück, spielte diesen Teil der Unterhaltung noch einmal durch und verhedderte sich, blieb an Satzfetzen hängen, die sich ewig wiederholten, einschläfernd und nervig. Na schön, dann nehmen wir auch noch alle Pistolen dazu, die zu Hause aufbewahrt werden, und alle Waffenscheine für Sportschützen.

»Früher oder später schnappen wir ihn.«

Und die privaten Wachleute? Und die Polizei? Seit der

Bande mit dem weißen Uno konnte man nichts mehr ausschließen, zumindest theoretisch … Und die Jäger? Die auch, nehmen wir die auch noch dazu.

»Früher oder später schnappen wir ihn.«

Das Feld musste eingegrenzt werden. Die Gegend: Emilia Romagna. Provinz Bologna. Provinz Ferrara. Reggio Emilia. Parma. Ravenna. Forlì. Rimini. Cesena? Ist Cesena eine eigene Provinz?

»Früher oder später schnappen wir ihn.«

Das Feld eingrenzen nach Kaliber und Waffentyp. Welcher? Vielleicht eine 22er, vielleicht eine Kaliber 40, vielleicht welcher Typ? Suche nach dem legalen Besitzer einer Waffe unbestimmten Typs und unbestimmten Kalibers in der ganzen Emilia Romagna, mit Waffenschein und ohne. Wie viele mochten das sein?

Als sie an die Mautstelle Bologna kam, standen Grazia Tränen der Wut in den Augen. Es kam ihr vor, als wäre sie ganz nah an den Pitbull herangekommen und hätte ihn dann verloren. Sie hatte sich schon eine genaue Vorstellung von ihm gemacht, Erlaubnis zum Führen von Waffen, vielleicht als Schmuckvertreter, und dann auf einmal hatte er sein Aussehen geändert und war ein privater Wachmann geworden, ein Juwelier, ein Taxifahrer. Ein Polizist. Sie biss die Zähne zusammen wie als Kind, wenn die Jungens aus der Grundschule von Nardò sie ärgerten, weil sie die Kleinste in der Schule war. Die ganze Truppe, Di Corato, Puglisi und Naccari, hatte vor dem Tor auf sie gewartet, um sie auszulachen, ihr hinterherzupfeifen und sie zu begrapschen. Sie parkte den Wagen auf dem Platz vor dem Polizeipräsidium, blieb aber noch ein bisschen sitzen und machte es wie damals. Sie atmete tief ein, senkte den Kopf, hob die Augen nur so weit wie nötig, biss kräftig die

Zähne zusammen, dachte »Ach, leck mich doch« und stapfte los. Als sie zu Kommissar Carlisi hinaufging, hatte sie viele Fäden der Unterhaltung wieder zusammengefügt und fühlte sich entschlossen, dickköpfig und starrsinnig wie immer. Der Enthusiasmus war nicht zurückgekehrt, aber im Grunde bedurfte es dessen auch nicht.

»Früher oder später schnappen wir ihn, Grazia. Die Idee ist nicht schlecht… man muss sich nur hinsetzen, Daten sammeln und sie überprüfen.« Der Kommissar nickte und lehnte sich in seinem Sessel zurück. Er verschränkte die Hände im Nacken und nickte noch einmal, kräftiger. »Ja, gut möglich. Früher oder später schnappen wir ihn.«

»Ja, aber wann schnappen wir ihn? Wir müssen uns beeilen. Wie erklären Sie sich diese Sache mit D'Orrico? Warum hat er ihn zu uns geschickt, anstatt ihn zu töten? Warum hinterlässt er überall Pitbulls? Chef, der Mensch weiß, was er tut. Er verfolgt einen Plan. Wir müssen ihn bald schnappen.«

»Wir schnappen ihn schon, Grazia, wir schnappen ihn. Früher oder später, wie immer«, sagte der Kommissar.

Als sie wieder in ihrem Büro war, kamen Grazia erneut die Tränen. Stress, dachte sie, ach, leck mich. Meine Tage, dachte sie, ach, leck mich. Dann steckte sie die Hand in die Tasche, um den Test zu suchen, und fand nur die Pistole. Ach, leck mich doch, dachte sie, schlimmer wäre, wenn ich die Pistole verloren hätte.

Dann ging sie zur Tafel, riss alle Post-its ab, auf denen keine Tatsachen standen, und auch die, auf denen Banalitäten standen, wie »Profikiller«. Und alle Zettel, die lange Untersuchungen mit sich brachten, die sie nicht persönlich erledigen konnte, wie jene, die mit Geld zu tun hatten. Übrig blieben die beiden, die sie kurz zuvor angebracht hatte.

Er lebt in der Emilia Romagna.

Er hat eine Platzwunde auf der Stirn.

Kaltblütig, ohne Verzweiflung und ohne Wut, einzig mit dem eisigen Gefühl eines Menschen, der sich verarscht vorkommt und zu der rationalen Schlussfolgerung gelangt, dass er vorläufig nichts daran ändern kann, entfernte Grazia das Foto mit dem Pitbull von der Tafel. Sie legte die Finger darauf, schloss sie und zerknüllte das Foto in ihrer Hand, wobei ein Fingernagel über die glatte Oberfläche der Tafel strich und ein solches Ekelgefühl hervorrief, dass sie die Lippen zusammenpresste.

In diesem Augenblick kam Sarrina herein.

»Grazia … kommst du mal? Da draußen ist einer, der möchte dir was erzählen.«

Er hatte ein richtiges Bullengesicht. Lang und schmal, graue Säcke unter den Augen und eine Nase, die traurig über die Lippen herabhing. Er war hoch gewachsen und fast kahl, und sein Regenmantel war für die Jahreszeit zu schwer.

»Carrone«, sagte er und stand auf, um Grazia die Hand zu geben, und dabei machte er einen Diener und hätte fast die Hacken zusammengeschlagen. Er zog eine Visitenkarte hervor, identisch mit der, die auf Carlisis Schreibtisch lag, und reichte sie ihr. »Marco Carrone, Privatdetektiv« stand darauf. Und darunter: »ehem. Maresciallo der Carabinieri, langjährige Erfahrung als Ermittler«. Eine dieser Visitenkarten, die man am Automaten machen lässt, auf der Autobahn.

»Eigentlich bin ich nur Brigadiere«, sagte er, »aber ich stand kurz vor meiner Beförderung zum Maresciallo, als ich entlassen wurde.«

Grazia setzte sich auf den Schreibtisch des Kommissars, der sich gerade bei Carrone dafür entschuldigt hatte, dass sie ihn zwei Tage in einer Pension in Bologna vergessen hatten, bis er von selbst wieder ins Präsidium kam und fragte: »Also, wenn ich nicht mehr gebraucht werde, dann würde ich jetzt gehen.« Carrone schüttelte den Kopf, die Augen im Bullengesicht geschlossen, eine unbestimmte Grimasse, als wollte er sagen, dass er es gewöhnt sei zu warten, vergessen zu werden. Dann bückte er sich nach einer Seite und nahm ein Notizbuch aus der Ledertasche, die an den Stuhlbeinen lehnte, eine Tasche mit Riemen, eine Bullentasche eben, und legte es auf

Carlisis Tisch. Grazia reckte sich vor, um zu sehen, was es war, denn sie dachte, es sei für sie bestimmt, zum Lesen, doch Carrone verschränkte die Arme und öffnete den Mund, bereit, seine Erzählung zu beginnen. Und er sah sie an, Grazia, vielleicht, weil sie direkt vor ihm saß, jedenfalls sah er sie an, als wäre sie es, der er seine Geschichte erzählen wollte.

Wir nehmen jetzt ein Protokoll auf, hatte er gesagt, während er diesen verbrannten Stumpf von Mann in seinen Armen hielt. Mit dem Kugelschreiber hatte er eilig in sein Notizbuch geschrieben, hatte oben Platz gelassen, um später hinzuzufügen: »Hier vor mir, Brigadiere Marco Carrone, ist heute…« und so weiter und so fort. Er schrieb alles auf, was der Mann ihm, seine Wange mit Speichel und Blut bespritzend, ins Ohr spuckte, und wenn er etwas nicht verstand, ging er näher heran, mit angehaltenem Atem wegen des strengen Geruchs nach verbranntem Fleisch. Kaum eine Minute hatte der Mann gesprochen, oder besser: geknurrt wie ein verletzter Hund, als einer der Krankenträger versuchte, den Brigadiere fortzuziehen.

Wenige Sätze, vom kratzenden Gurgeln, das erstickt aus jener verbrannten Kehle kam, auseinander gerissen, so dass man sie erst wieder zusammenfügen musste, doch Carrone hatte sie alle aufgeschrieben, Wort für Wort. Und danach, bevor er Erlaubnis gab, dass die Träger den gepeinigten Rumpf davontrugen, hatte er unten unterschrieben und die Träger gegenzeichnen lassen, als Zeugen.

»Der Mann ist auf dem Weg ins Krankenhaus verblutet, und ich wurde wegen unterlassener Hilfeleistung angeklagt«, sagte er. »Die Truppe hat mich nicht gedeckt, also wurde ich rausgeschmissen. Was meinen Sie, Dottore, habe ich falsch gehandelt?«

»Hm…«, sagte Carlisi und zuckte die Achseln. »Darum geht es jetzt nicht. Fahren Sie fort, Maresciallo…«

Er konnte sich nicht damit abfinden, dass man ihn entlassen hatte. Er konnte sich nicht damit abfinden, dass man dem Hinweis nicht nachging, den er mit so großem Eifer und Starrsinn aufgenommen hatte. Also hatte er die Ermittlungen auf eigene Faust weitergeführt, mit weniger Möglichkeiten, gewiss, denn nun war er ja nur noch Privatermittler, ehem. Maresciallo, langjährige Erfahrung und so weiter, doch ein paar Freunde bei den Carabinieri waren ihm geblieben, und die hatten ihm die eine oder andere Frage beantwortet.

Der Mann, der mit dem Auto in die Luft gesprengt worden war, war ein Oberst der Luftwaffe, der für den Geheimdienst arbeitete. Warum man ihn in die Luft gesprengt hatte, hatte Carrone nie auch nur im Ansatz ergründen können, aber das spielte keine Rolle.

»Während der Oberst starb, hat er mir gesagt, die Bombe sei von einem Profikiller gelegt worden, den man den Pitbull nenne.«

Grazia beugte sich nach vorn und stützte sich auf dem Knie ab.

»Und dass der Pitbull ihn töten wollte, weil er seine Identität hätte entdecken können… es ging um Waffen, um frühere Morde für die Geheimdienste, ich habe es nicht verstanden, es waren nur Worte…«

Grazia nickte und machte ein Zeichen, dass das keine Rolle spiele, er solle fortfahren.

»Er hat mir gesagt, dass der Pitbull jemandem gehört… das hat er gesagt, er gehört jemandem, wie ein Gegenstand, und dass dieser Jemand Don Masino Barletta wäre. Und dass der Pitbull auch ihn getötet hätte.«

Unschlüssig schaute Grazia zum Kommissar. Sie hatte nicht begriffen, sie hing noch in der Luft und wartete auf etwas, das ihr auf die Sprünge half. Barletta, der Name sagte ihr etwas, aber was nur.

Matera wollte sprechen, doch der Kommissar bedeutete ihm, still zu sein. Dieser Augenblick gehörte dem Maresciallo Carrone, es war die Gelegenheit, seine ganze Geschichte zu erzählen.

»Tommaso Barletta war ein unbedeutender Mafioso. 1979 wird er verhaftet und anschließend verbannt, weshalb er Palermo verlassen muss. Später wird die Verbannung aufgehoben, aber er kehrt nicht nach Sizilien zurück, und dem Anschein nach verhält er sich ruhig, er kontrolliert nichts, er handelt mit nichts. Aber ab 1981 ist sein Name bei den Banden wieder respektiert, sowohl bei den Verlierern als auch bei den Gewinnern. Damals ging das Gerücht, er besorge jedermann saubere Killer. 1995 verschwindet er von der Bildfläche, und man hört nie mehr wieder etwas von ihm.«

»Ich verstehe«, sagte Grazia. »Don Masino war einer der Bevollmächtigten des Pitbulls, wie D'Orrico. Das bringt uns wieder einen kleinen Schritt weiter …«

»Nein«, schaltete sich Carlisi ein, »einen großen. Weißt du, wohin man unseren Don Masino verbannt hat? Sagen Sie's ihr, Maresciallo, es ist Ihre Geschichte.«

Carrone nickte, und einen Augenblick lang wirkte sein Bullengesicht nicht gar so traurig.

»Verbannung nach Budrio, Provinz Bologna.« Er legte den Zeigefinger auf das Notizbuch und schob es Grazia hin, auf ihr Bein zu, so nahe, dass sie noch die Umrisse der Blutflecken des Oberst erkennen konnte, die vom Einband abgekratzt worden waren.

»Es steht alles hier drin«, sagte Carrone. »Die Worte des Obersten und meine anschließenden Ermittlungen über Don Masino. Aufgeschrieben, unterschrieben und gegengezeichnet.«

Eingrenzen. Zusammenhänge herstellen. Ausschließen und noch mehr eingrenzen.

Der Pitbull lebt in der Emilia Romagna. Don Masino lebte in Budrio, in der Via Wagner 10. Erster Zusammenhang.

Eingrenzen: alle Besitzer von Feuerwaffen in Stadt und Provinz Bologna. Meldung über Erwerb und Besitzausübung, Liste von Accorsi, Michele bis Zarrillo, Elena. Zu viele.

Weiter eingrenzen. Ein neues Post-it neben die anderen beiden. Intuitionen Grazias, nur Intuitionen, aber als Tatsachen angenommen. Um einzugrenzen.

Besitzer eines Waffenscheins in der Provinz Bologna. Nicht Besitzausübung, nicht die Pistole zu Hause, in einer abgeschlossenen Schublade, die Munition unerreichbar für die Kinder. Die Pistole bei sich führend, im Holster. Dazu mehrere Pistolen, bevorzugt 22er und Kaliber 40. Liste von Bonetti, Marco bis Tibaldi, Francesco. Zu viele.

Eingrenzen, noch ein Post-it an die Tafel kleben. Die gelbe Linie beschreibt langsam einen Kreis.

Intuition von Grazia: Er übt einen Beruf aus, der Ortswechsel und freie Zeiteinteilung rechtfertigt. Privatdetektive, Inhaber von Finanzierungsgesellschaften, selbstständige Geschäftsführer, Handelsvertreter mit wertvollen Musterkollektionen. Liste von Carletti, Piero bis Quadalti, Mariano. Schon besser.

Weiter eingrenzen. Noch ein Post-it, der Kreis wächst nach unten.

Intuition von Grazia: Er schminkt sich wie ein Schauspieler. Er verkleidet sich wie ein Schauspieler. Er spielt eine Rolle wie ein Schauspieler. Alle Besitzer eines Waffenscheins, die zu den genannten Kategorien gehören und Kurse in Schauspiel, Sprechen oder Maskenbildnerei belegt haben. Kein Verzeichnis verfügbar. Müsste man alles selber recherchieren, Theater für Theater, Kulturverein, Bürgerzentrum, Stadtverwaltung … zu langwierig. Runter mit dem Post-it, weiter nach unten, verwenden als Bestätigung »im Fall der Fälle«. Einen neuen Zusammenhang herstellen. Das Verzeichnis von Carletti bis Quadalti auf der einen Seite. Don Masino auf der anderen.

Es klopft, Grazia hebt den Kopf. Es ist ein Beamter in Uniform, mit einem Päckchen in der Hand. Für Sie, Inspektor, hat ein junger Mann gebracht.

Was für ein junger Mann? Na schön, ist nicht wichtig … falls er es war, könnte er wie jedermann aussehen.

Wer, er?

Nicht wichtig, danke.

Das Päckchen: viereckig, Geschenkpapier mit rotem Band, das am Ende zu zwei straffen Locken gekräuselt ist. Und wenn es ihr in den Händen explodierte? Wenn es das Ohr eines Menschen wäre? Wenn es eine Kugel wäre, auf der ihr Name steht?

Grazia macht es auf. Als sie das Papier unter dem Band aufreißt, geht ihr ein Licht auf, und zwar wegen dieser einen Geschenkbandlocke, die am Ansatz von der zu schief gehaltenen Schere zerfranst worden ist. Nicht perfektionistisch genug für den Pitbull.

Der Schwangerschaftstest, den sie bei Alex vergessen hat.

Auf den Tisch, neben den Computer. Wieder an der Tafel, mit dem Verzeichnis in der Hand.

Carletti Piero, Castelli Silvio, Costa Daniele, Davito Alessandro, Emaldi Pietro, Facchini Primo, Forte Gaetano, Franchini Giulio, Iotti Lisa, Lombardini Alessandro, Marchini Vittorio …

Marchini Vittorio.

Handelsvertreter. Inhaber und Geschäftsführer einer Firma, die Schmuck importiert und vertreibt.

Marchini Vittorio.

Besitzer eines Waffenscheins für eine Kurzwaffe zur Selbstverteidigung. Besitzer einer Glock Automatik Modell 23 Kaliber 40 S&W, einer SIG Sauer P229 Kaliber 40 sowie einer Beretta Sportautomatik Modell 71, Kaliber 22.

Marchini Vittorio.

Wohnhaft Via Wagner 12, 40 054 Budrio.

Durch einen Spalt in der Seitenwand des Lieferwagens beobachteten sie, wie sie ankam. Um sie zu sehen, musste Sarrina sich gegen das Blech quetschen, ein Auge schließen und das andere ganz nah an die Öffnung legen, sich dann, als sie vorüber war, umsetzen, auf der anderen Seite gegen den Spalt quetschen, das andere Auge schließen. Kein leichtes Unterfangen. Die Via Wagner war eine Sackgasse, die sich in zwei gleiche, im rechten Winkel abgehende Arme aufteilte, breit, sauber, eine typische Wohnstraße, aber kurz. Auf einer Seite standen Reihenhäuser, alle gleich, zwei Etagen mit Dachgeschoss, Gärtchen und Garage daneben. Auf der anderen Seite eine Reihe Bäume, dahinter die Felder. Nummer 12 war das letzte am Ende der Straße. Man konnte nicht davor parken, weil der Bürgersteig zwischen den Garageneinfahrten von anderen Autos zugestellt war. Man konnte nicht gegenüber parken, weil vor den Pfählen, die das Ende der Straße von dem öffentlichen Park trennten, schon ein Volvo Kombi stand. Die einzige Möglichkeit war, den Lieferwagen auf einer Fläche in der Straßenmitte abzustellen, die ebenfalls schon voll besetzt gewesen war, doch Matera hatte bei ein paar Häusern geklingelt, viele Nummern vor der 12, hatte den Besitzer eines der Autos ausfindig gemacht und es wegfahren lassen. Von dort aus, zusammengedrängt im Lieferwagen, konnten Matera, Sarrina und zwei Beamte der Mordkommission mit Maschinenpistolen und kugelsicheren Westen mehr schlecht als recht verfolgen, wie Grazia das Sträßchen entlangging.

Hinter der Straßenecke war sie aus dem Wagen gestiegen, in dem jetzt noch Dottor Carlisi saß. Als ob nichts wäre, eine Illustrierte in der Hand und die Bomberjacke bis zum Hals zugezogen, um die kugelsichere Weste zu verbergen, ging sie auf Nummer 12 zu. Dort beugte sie sich herunter zu der kleinen Säule neben dem Gartentürchen, las die Namen auf dem Schild: »Marchini R. – Zauli M. – Marchini V.«, und klingelte.

Schwitzend umklammerte sie die Zeitschrift. Am liebsten hätte sie die Pistole in die Hand genommen und den Arm baumeln lassen, hinter dem Oberschenkel versteckt, doch wenn die Signora Marchini die Pistole gesehen hätte, hätte sie ihr nicht aufgemacht. Und wenn er sie gesehen hätte, wäre sie tot gewesen.

»Ja? Wer sind Sie?«

Grazia winkte der Frau, die in der Tür am anderen Ende des Gartenwegs stehen blieb, mit der Zeitschrift zu. Sie wollte das Türchen aufdrücken, aber es war abgeschlossen.

»Guten Tag. Ist Vittorio da?«

Er parkte den Wagen nie vor dem Haus. Er stellte ihn immer dahinter ab, an der anderen Straße, und benutzte den Pfad zwischen ihrem Haus und dem Park. Es gab keinen Grund, das zu tun, keine Vorsichtsmaßnahme oder Agentengepflogenheit. Es war nur, weil die Via Wagner immer zugeparkt war, und wenn er den Wagen nicht in die Garage stellte, war es bequemer, ihn dort abzustellen und das kleine Stück zu Fuß zu gehen. Als er die Stimme hörte, war er noch auf dem Pfad, hinter der Hecke, vom Eingang seines Hauses aus noch unsichtbar.

»Guten Tag, ist Vittorio da?«

Die Signora hob die Hand, um die Augen zu beschirmen, denn die schwache Sonne blendete durch das Laub der Bäume. Ein komischer Herbst war das, er zog sich, und der Wintereinbruch wollte und wollte nicht kommen, abgesehen von ein paar kalten Tagen, als hätte man schon Januar. Na, Gott sei Dank, wir wollen's nicht beschwören.

»Nein, er ist noch auf Arbeit. Wer sind Sie?«

»Ich bin eine Freundin von Vittorio. Es geht um die Arbeit. Ich wollte das hier für ihn abgeben...«

Vittorio ging weiter, aber statt nach rechts, zum Haus, bog er nach links ab, in den Park. Er kehrte seiner Straße den Rücken zu und ging weiter, bis er einen Baum fand, der ihm Deckung bot. Dort bückte er sich, als wollte er sich den Schuh zubinden, und beobachtete von unten, ein Knie im Gras, den Garten.

Eine junge Frau mit dunklem Teint, nicht sehr groß, in einer olivgrünen Bomberjacke und mit einer Zeitschrift in der Hand. Er dachte: ich kenne sie nicht.

»Ich bin eine Freundin von Vittorio. Es geht um die Arbeit. Ich wollte das hier für ihn abgeben...

Grazia wedelte noch einmal mit der Zeitschrift und wollte wieder eintreten, drückte wieder gegen das rostschutzfarbene Metallgitter. Die Signora machte einen Schritt zurück, wobei sie die Beine hob, damit sie mit ihren Stoffpantoffeln nicht an der Schwelle hängen blieb. Ein Arm verschwand hinter der Wand, und mit einem kurzen Klicken sprang das Gartentürchen auf.

Vittorios Mamma erwartete Grazia mit neugierigem Lächeln an der Tür, in Hauskleidung, mit einem blauen Pullover vom Markt, der vorne mit einem Herz aus durchsichtigen Perlen bestickt war, sonst nichts, denn normalerweise zog sie noch eine Jacke darüber, aber sie hatte gerade gebügelt, ihr war warm geworden.

»Und wer ist das hübsche Mädchen hier?«, fragte sie, als Grazia näher gekommen war. Heiter, weil das reine Gesicht eines schönen Mädchens immer Freude macht, aber auch aufmerksam, ein klein bisschen argwöhnisch, Vittorio hat nämlich schon eine Freundin, Annalisa, was Ernstes, Achtung.

»Sie sind sicher, dass Ihr Sohn nicht zu Hause ist, oder?«

Er dachte: das muss nichts heißen.

Es könnte irgendwas sein. Ein Abonnement für eine Fachzeitschrift. Uhren, Schmuck. Ein neues Auto. Eine fällige Rate. Die Gewerkschaft.

Er betrachtete diese Frau, die neben seiner Mutter stand. Turnschuhe und Röhrenjeans. Die Jacke aufgeplustert, weit an den Schultern. Achtung: kräftiger, als man ihrem Gesicht nach denken würde. Das muss nichts heißen: rundes Kinn, mediterrane Formen, zierlich, durchtrainiert. Möglich. Links schaute etwas aus ihrer Tasche. Ein Stück schwarze Schlaufe. Ein Fotoapparat? Ein Fernglas? Ein Paar Handschuhe? Möglich. Er beobachtete, wie sie ihre Hände bewegte. Eine unten, am Bein, die mit der Zeitschrift. Die andere weiter oben, auf Höhe der Taille, zur Faust geschlossen. Nervös? Nein. Ruhig? Auch nicht. Sie hatte den Kopf ein Stück zur Seite gereckt, als wolle sie einen Blick ins Haus werfen, hinter seine Mutter.

Er sah auf die Straße. Leere Autos, alle bekannt, von Nachbarn. Nur ein nie gesehener Lieferwagen auf der Mittelfläche. Unbekannt. Aber er war ja selten zu Hause.

Er dachte: das muss nichts heißen.

Es kam darauf an, was diese Frau jetzt machen würde. Ob sie

ihr die Zeitschrift geben und sich verabschieden oder ob sie bleiben würde. Es hing davon ab, was sie sagen würde.

»Sie sind sicher, dass Ihr Sohn nicht zu Hause ist, oder?«

Vittorios Mamma schob die Lippen vor, beugte dabei den Kopf zur Seite wie ein Hund. Ihr Lächeln, das eben noch herzlich, aber aufmerksam gewesen war, zeigte nun Überraschung und auch ein bisschen Misstrauen.

»Ja, warum?«

»Polizei, Signora. Inspektor Negro. Wir müssen ins Haus.«

Er dachte: also doch.

Er richtete sich neben dem Baum auf und versteckte sich ganz hinter dem Stamm, um zu beobachten. Er sah, wie die Frau die Schlinge herauszog, eine Hand in die Tasche steckte und ein Walkie-Talkie herausholte. Er sah, wie sie es an den Mund führte und den Knopf an der Seite drückte, und er hörte sie sagen: »Einsatz!«, fast ein Flüstern. Dann sah er, wie sie einen Arm ausstreckte und vor seine Mutter hielt, ohne sie zu berühren, und doch schob, drängte sie sie damit in gewissem Sinn sanft gegen die Wand.

Er dachte: also doch.

Von dort, hinter jenem Baum, hätte er die Glock aus ihrem Holster ziehen und sich in Schussposition stellen können, das rechte Handgelenk am Stamm angelegt, die linke Hand um die rechte geschlossen, um die Pistole noch ruhiger zu halten. Zügig hätte er entlang einer waagerechten Linie schießen können, von links nach rechts, erst auf den Kräftigen, der schon halb auf dem Gartenweg war, dann auf den Jüngeren am Gartentor und dann auf die anderen beiden. Oben in den Kopf oder unten in die Beine, nicht auf den Rumpf, wegen der Westen. Drei Schritte nach vorn, durch die Pfähle. Zwei Schüsse genau in die Brust des Mannes in Sakko und Krawatte, der die Straße entlanggerannt kam. Noch ein Schritt, auf die Linie des Hauswegs einschwenken. Ein Schuss in den Kopf der Frau mit der Bomberjacke, vorsichtig, damit er nicht seine Mutter traf. Dann mit dem restlichen Magazin die auf dem Boden fertig machen.

Doch er dachte nichts von alledem.

Er dachte: also doch.

Dann drehte er seinem Haus den Rücken zu und ging in den Park, um auf Umwegen die andere Straße zu erreichen, wo er den Wagen geparkt hatte.

Sie hatte nicht begriffen, was passiert war, und wahrscheinlich würde sie es nie begreifen. Sie betrachtete all diese Leute, die im Haus hin und her liefen, und sagte in einem fort: »Ist es wegen der Waffen? Vittorio hat eine Erlaubnis, er darf sie besitzen, er ist Schmuckvertreter …«, und als von oben jemand sagte: »Dottore, kommen Sie doch mal hoch, und sehen Sie sich das an«, wollte sie auch hinaufgehen, aber diese junge Frau da hatte sie zurückgehalten und gesagt: »Signora, können Sie mir ein Foto von Vittorio zeigen? Vielleicht irren wir uns ja.«

Aber sicher, das ist offensichtlich. Sie hatten sich geirrt. Sie musste nur ins andere Zimmer gehen und ihnen die Fotos zeigen.

»Da, das ist Vittorio mit zwanzig Jahren. Ein schöner Junge, nicht? Er ist aber schon verlobt, müssen Sie wissen …«

Grazia nahm das Foto, das die Signora aus einem Schuhkarton gezogen hatte. In dem Karton waren viele Fotos, eins hinter dem anderen standen sie da, manche in Schwarzweiß, mit Wellenrändern, wie in den fünfziger Jahren, andere klein und quadratisch, mit matten Farben, auf denen in winzigen Buchstaben das Datum aufgedruckt war, 2. Aug. '62, 15. Sep. '78. Außerdem gab es noch verblasste Polaroids und ein Hochzeitsalbum.

»Wir haben es nicht so mit den Fotos«, sagte die Signora. »Und Vittorio hat sich doch immer so angestellt, wenn man ihn fotografieren wollte.«

Grazia betrachtete das Foto in ihrer Hand. Ein glänzendes Rechteck, auf dem die Formen von den leuchtenden Cibachromefarben wie auf einem Relief hervorgehoben wirkten. Eine Porträtaufnahme von Vittorio, aufgenommen, ohne dass er es bemerkte, während er mit jemandem sprach, von dem man nur den schwarzen, unscharfen Fleck eines Arms sah. Auch Vittorio war nicht ganz scharf, aber es reichte. Ein schlanker junger Mann mit gerader Nase und regelmäßigen Zügen, fast schön geradezu. Er hatte sehr kurzes Haar und rote Augen vom Blitzlicht und hielt eine Hand am Kinn, ein Finger gerade auf die Lippen gelegt, als würde er aufmerksam zuhören. Zwanzigjährig. 1990. Das war kein Killerblick. Grazia kannte die Killer, sie hatte ihre Fotos studiert, sie hatte sie heimlich belauscht, sie hatte mit der Pistole auf sie gezielt, sie hatte ihnen in die Augen gesehen, während sie ihnen Handschellen anlegte. Das war kein Killerblick. Zumindest noch nicht.

»Hätten Sie vielleicht ein neueres?«, fragte sie.

Die Signora seufzte und kramte in der Schachtel. Während sie mit den Fingern über die Fotokanten fuhr, schüttelte sie den Kopf.

»Tja, also … Vittorio musste man immer überraschen, sonst schob er alles Mögliche vor. Er war schon immer ein schüchterner Junge, ein bisschen verschlossen. Aber ein guter Junge, wissen Sie? Herzensgut. Da, das hier ist von letztem Jahr. Vom Reisepass …«

Ein Passfoto in Farbe. Flach, wie Passfotos eben sind. Vittorio von vorne, in Großaufnahme, der Kopf gerade, der Blick ernst und ein bisschen stumpf, als würde er etwas fixieren, das es nicht gibt. Sehr kurzes Haar, schwarz, geschlossene Lippen, fleischig, aber nicht wulstig, und die Augen … Grazia hielt das

Foto abwechselnd näher und weiter weg und versuchte sich auf die Farbe zu konzentrieren ... blau, schien ihr, vielleicht grün. War im Moment nicht wichtig, das würde sie in der Einwohnerkartei herausbekommen, mit Hilfe der Karteikarten der Passdokumente, Augenfarbe, Größe, Gewicht. Sie hätte gern mehr gehabt. Ein Foto, in dem man etwas lesen konnte, auf dem man einen Gesichtsausdruck erkennen, einen Gedanken erhaschen konnte. Stattdessen nichts, auf diesem Passfoto hatte er auch keinen Killerblick. Es war anonym und leer wie ein Phantombild.

Sie sagte: »Wenn Sie nichts dagegen haben, behalten wir die eine Zeit lang, dann sehen wir, ob wir uns geirrt haben.«

Vittorios Mamma nickte, als hätte sie ihr überhaupt nicht zugehört. Sie lächelte, während sie ein Schwarzweißfoto mit abgerundeten Ecken betrachtete, das sie mit beiden Händen an den Rändern hielt, um es nicht mit den Fingern zu beschmutzen.

»Das hier mag ich am liebsten«, sagte sie und reichte es Grazia.

Es war ein Kind. Ein zehnjähriges Kind. Es hockte auf etwas, das hinter dem unteren Rand des Fotos verschwand, hatte die Ellbogen auf die Knie gestützt, die Hände übereinander gelegt und das Kinn darauf gestützt. Drum herum war eine Wiese, die im kontrastreichen Weiß des Fotos flüssig und wogend wie ein Stück Meer aussah. Es musste der Garten in der Via Wagner sein, denn dahinter erkannte man unscharf das Haus. Das Kind hatte glattes, halblanges Haar, das von einem Scheitel geteilt wurde, dem es nicht gelang, die lange Strähne zu bändigen, die ihm in die Stirn gefallen war. Es musste ein bisschen windig sein. Und die Sonne musste scheinen, denn die Augen des Kindes waren fast geschlossen, nur ein ganz klein wenig geöffnet, als hätte es sie offen halten wollen, um trotzdem zu schauen. In diesen Augen lag ein schwieriger Ausdruck. Nicht seltsam, schwierig. Schwierig zu begreifen. Er war nicht melancholisch, er war nicht lebhaft, es war ein Ausdruck der Erwartung. Auf den Lippen lag die Andeutung eines Lächelns, aber es war kein echtes Lächeln, es war eine kleine Grimasse, die kaum einen Mundwinkel anhob, es war die Erwartung eines Lächelns, als würde jemand etwas Lustiges erzählen, und das Kind wartete nun auf das Ende der Geschichte, um zu entscheiden, ob sie zum Lachen war oder nicht. Ein schönes Kind, dachte Grazia, und das sagte sie Vittorios Mutter auch.

»Das ist ein schönes Kind.«

»Ja, er war ein schönes Kind. Und ein Plappermaul, wissen Sie? Wie der plappern konnte … hier sehen Sie ihn ernst, aber das ist, weil da hatte er doch gerade erst …«

Sie unterbrach sich und schüttelte den Kopf, als ob sie eine Fliege vertreiben wollte. Sogar ein Stöhnen entfuhr ihr, fast eine Art Grunzen.

»Was denn?«, fragte Grazia. »Was hatte er da gerade erst?«

Vittorios Mamma schüttelte wieder den Kopf. »Nichts«, murmelte sie, aber die Stimme blieb ihr im Hals stecken. Sie begann zu husten und versuchte Grazia das Foto aus der Hand zu nehmen, doch die drückte es sich gegen die Brust und gab es nicht her. »Was hatte er da gerade erst hinter sich? Eine Krankheit? Einen Unfall? Was?« Die Signora hustete immer heftiger, als ob sie Grazias Stimme überdecken wollte. Dabei schüttelte sie den Kopf und fuhr mit der Hand hin und her und machte Nein mit dem Finger. Grazia hob die Stimme, sie schrie fast. »Was ist passiert? Signora, was ist Vittorio widerfahren, als er zehn Jahre alt war?«

Als er zehn Jahre alt war, hatte Vittorio ein anderes Kind getötet. Es war ein Unfall gewesen, und es war in der Schule passiert. Er ging damals in die fünfte Grundschulklasse.

Grazia hatte die Geschichte durch Befragung von Lehrerinnen und Sozialhelferinnen rekonstruiert. Bis nach Mailand war sie gefahren, um die Teile des Puzzles zusammenzufügen, denn damals hatten die Marchinis dort gelebt. Von Vittorios Mutter hatte sie nichts mehr erfahren, das sie weitergebracht hätte. Und von Annalisa auch nicht. Sie erzählte gerade, was für ein Gesicht Annalisa gemacht hatte, als sie sie in der Bibliothek in Ferrara aufsuchte. Als Grazia ihr erzählt hatte, sie sei von der Polizei und komme wegen Vittorio, hatte sie die Hand vor den Mund geschlagen.

»O Gott, ist ihm etwas zugestoßen?«

Und als Grazia ihr den Grund für ihren Besuch genannt hatte, hatte Annalisa sich auf den Schreibtisch ihres Büros in der Bibliothek gestützt.

»Moment, Moment, Moment, Inspektor... wie heißen Sie?«

»Negro.«

»Einen Moment, Inspektor Negro... Sie wollen mir sagen, dass der Mann, mit dem ich seit zwei Jahren zusammen bin, ein professioneller Killer ist, der... wie viele, haben Sie gesagt, soll er umgebracht haben?«

Auf den Stühlen im Sitzungssaal der Mordkommission lachten Dottor Carlisi und Di Cara und lächelten noch immer, während sie ihr zuhörten. Auch Matera lächelte. Nur Sarrina fehlte, er parkte noch den Wagen, mit dem er Di Cara vom Flughafen abgeholt hatte.

Damals wohnten sie noch in Mailand. Jeden Morgen brachte die Mutter ihn zur Schule und holte ihn später wieder ab, obwohl er auch allein hätte gehen können, denn sie wohnten ganz in der Nähe, und Vittorio war ein aufgewecktes intelligentes Kind. Und wenn die Mutter einmal krank und der Vater schon auf Arbeit war, dann ging er auch alleine, zog die Jacke über den Kittel, hängte sich den Ranzen über die Schulter und verließ das Haus. Obwohl er einen Umweg machte, kam er trotzdem rechtzeitig an, denn das letzte Stück rannte er. Er wohnte in der Nähe der Via Paolo Sarpi und ging oft durch diese Straße, um sich das Chinesenviertel anzusehen. Um sich die Chinesen anzusehen, vor allem. Gern beobachtete er die fremdartigen Gesichter und versuchte herauszufinden, was sie dachten, was es bedeutete, wenn sie die Augen weiteten oder den Mund verzogen oder den Kopf bewegten. Er blieb vor den Geschäften stehen und beobachtete sie durch die Schaufenster, bis sie es bemerkten. Dann rannte er los, zur Schule. Die Lehrerinnen waren alles in allem zufrieden. Alles in allem. Denn Vittorio kam zwar gut mit, er lernte, begriff, war fleißig, doch er war ein seltsames Kind. Nein, nicht seltsam, schwierig. Er sagte nicht viel und spielte nicht mit den anderen Kindern. Er lachte fast nie, und wenn doch, dann lächelte er mehr, als dass er lachte. Wurde er gehänselt, wehrte er sich nicht, er erduldete es schweigend, blickte zu Boden, und dann brach er plötzlich aus, grundlos. Er schrie oder weinte nicht, er brach aus, körperlich, warf Gegenstände auf den Boden oder schmiss sie gegen die Wand. Einmal kippte er sogar eine Schulbank um. Es geschah nicht oft, fast nie, aber die Male, wenn es geschehen war, hatten die Lehrerinnen bewogen, einen Psychologen um Hilfe zu bitten. Vittorio war ein verhaltensauffälliges Kind.

Inzwischen war auch Sarrina eingetroffen, geräuschvoll öffnete er die Tür und zwang Matera, aufzustehen und ihn vorbeizulassen. Grazia hielt inne und dachte an ihre Magnettafel, an das Foto des Kindes mitten in dem Meer aus Gras, das sich an einer Ecke gelöst hatte und herunterbaumelte, gehalten nur noch vom halben Klebestreifen eines Post-it. Sie hatte versucht, es wieder anzuheften, hatte mit dem Daumen fest auf die Papierecke gedrückt, die nicht haften wollte, und da waren ihr zum ersten Mal die Magnete aufgefallen, rund und massiv wie kleine Damesteine. Mit vier dieser Magnete hatte sie die Ecken des nun endlich gerade hängenden Fotos befestigt, das Foto eines zehnjährigen Kindes, das schaut und vielleicht lächelt, die Hände unterm Kinn.

Seine Eltern hatten sich für eine Ganztagsschule entschieden, und Vittorio blieb dort bis um fünf Uhr abends. Es gab kein Anzeichen dafür, dass er das nicht mochte, im Gegenteil, er las, zeichnete, ging auf den Hof, spielte Ball, allerdings allein. Er warf den Ball gegen die Wand, die ganze Zeit, Wurf auf Wurf, bum bum bum, fast ohne sich zu bewegen. Zu Hause tat er dasselbe, er las, zeichnete, spielte im Hof Ball, und darüber hinaus sah er fern. Der Psychologe hatte seinen Eltern geraten, nicht zuzulassen, dass er die ganze Zeit allein verbrachte, und so hatte seine Mutter ihn zum Schwimmkurs angemeldet. Nach der Schule brachte sie ihn hin und ging dann heim, weil er von der Mutter eines anderen Jungen, der in ihrer Gegend wohnte, nach Hause gebracht wurde. Sie wusste nicht, dass Vittorio nur den ersten Teil des Kurses mitmachte, wo er zusammen mit den anderen im Becken für die Kleinen hin und her schwamm, aber dann, wenn die Mannschaften gebildet wurden, um Wasserball zu spielen, eine Ausrede erfand, sagte, dass es ihm nicht gut gehe, das Wasser verließ und von draußen zuschaute. Seine Mutter hätte nicht dableiben und auf ihn Acht geben können. Die Krisen von Vittorios Vater hatten bereits begonnen.

»Na, betreiben wir ein bisschen Motivforschung, Inspektor Negro?«, fragte Dottor Carlisi. »Sie wollen mir den Pitbull doch nicht etwa entschuldigen?«

Grazia errötete heftig. Sie spürte, wie ihr Gesicht bis zu den Haarwurzeln brannte. Sie reagierte heftiger, als sie wollte, mit einem bösen Knurren.

»Das sind nur Daten, Dottore. Ich will den Pitbull nicht verstehen, ich will ihn schnappen.«

Sie erzählte weiter: In der Schule, in der Mensa, gab es einen anderen Jungen, der es auf ihn abgesehen hatte. Wenn sie am Tisch saßen, untersuchten die Kinder, bevor das Essen kam, ihre Teller, auf deren Rändern Tiere aufgedruckt waren. Alle, besonders die Kleinen, die auch dann weiterkreischten, wenn die Nudeln schon aufgetan waren, hoben ihren Teller hoch und schrien: »Wer das Pferdchen hat, ist bei mir! Wer den Elefanten hat, ist bei mir!« Alle außer Vittorio, der seinen Teller unter der Serviette versteckte. Der andere Junge zog ihn ständig auf. Es war ein kräftiger Junge, größer als die anderen, und nach einer Weile begann er, Vittorio bei jeder Begegnung, ob drinnen auf dem Flur oder draußen auf dem Hof, am Ranzen zu ziehen, ihn gegen die Wand zu schubsen, ihm eine auf den Hinterkopf zu geben. Vittorio hatte nie etwas gesagt, nie reagiert. Eines Tages dann war er von sich aus auf den anderen zugegangen und hatte ihn gegen eine Glastür geschubst. Die Glastür zerbrach, und ein Splitter durchtrennte dem Jungen die Kehle.

Dottor Carlisi sagte nichts. Keiner sagte etwas. Nur Di Cara murmelte: »Ein Unfall?«, wobei er mit den Fingerspitzen die Ränder des Berichts ausrichtete, der vor ihm lag und der mit Antimafia Palermo überschrieben war. Er wirkte nervös.

Es war ein Unfall gewesen. Es gab einen Haufen Probleme, Anzeigen, richterliche Anordnungen, doch Vittorio war zehn Jahre alt, er war noch ein Kind, es war ein Unfall. Die Marchinis zahlten eine Menge Geld an die Familie des toten Jungen, und die Sache kam nicht mal in die Zeitung. Vittorio war ruhig, er schien alles verarbeitet zu haben, als wäre nie etwas vorgefallen. Der Gerichtspsychiater riet zu einem Ortswechsel, einer Luftveränderung. Vittorios Mutter stammte aus Budrio in der Provinz Bologna. Dort ließen sie sich nieder, in einem ruhigen Häuschen in der Via Wagner 12. Und dort begegneten sie Don Masino.

Di Cara hob die Hand, wie in der Schule. Mit dem Finger klopfte er auf die Blätter, die vor ihm lagen.

»Jetzt bin ich dran«, sagte er. »In Palermo und in Florenz hat es ein paar äußerst merkwürdige Morde gegeben. In Palermo wurde 1981 ein kleiner Boss namens Peppino Cannata ermordet. Peppino hat eine Schwäche für einen Ort, der das Kastell des Emirs genannt wird. Es ist eines der ärmsten Viertel Palermos, aber er ist dort geboren und fährt so oft er kann dorthin, zum Meditieren, könnte man sagen. Peppino ist nicht leicht zu ermorden, denn er ist immer bewaffnet und misstraut allen. Nun hat Don Masino mit Peppino noch eine Rechnung offen, aber in Palermo will ihm keiner den Gefallen tun, obwohl Peppino allen auf den Sack geht. Ihn zu überraschen, mit einer sauberen Sache, ist nicht drin, und niemand will ein Blutbad anrichten und riskieren, dass es Krieg gibt.«

Di Cara hob einen Finger, als hätte er Angst, die Aufmerksamkeit zu verlieren, während er Atem holte.

»Nun…«, sagte er, »es gibt einen ähnlichen Mord in Florenz. Und zwar war das…« Er hob die Ecke eines Blattes, um darunter nachzulesen, wobei er mit dem Finger der Zeile folgte. »… 1982. Ein Libanese, eine Geheimdienstgeschichte. Der Libanese wohnt in einem Hotel und ist von Leibwächtern umgeben und lässt niemanden, der eine Bedrohung darstellen könnte, an sich ran. Man könnte ihn aus dem Weg räumen, indem man eine Rakete durchs Fenster schießt oder ihn in der Halle niedermäht, aber kein Mensch will eine solche Publicity. Sowohl Cannata als auch der Libanese werden ermordet. Eine saubere Arbeit, vier Schüsse aus einer 6.35er in den Kopf und aus. Gut, und jetzt kommt's. In beiden Fällen gibt es Hinweise darauf, dass ein Kind in die Sache verwickelt war.«

Er konnte nicht mehr auf der Seite schlafen. Lange Zeit hatte er so geschlafen, immer in der gleichen Stellung, fast auf dem Bauch liegend, einen Arm unter dem Kissen, den anderen darüber angewinkelt, aber jetzt konnte er das nicht mehr. Seine Schulter wurde gefühllos, die Hand eiskalt, als würde das Blut nicht mehr zirkulieren, und er wollte, musste sich ständig umdrehen, von einer Seite auf die andere. Deshalb legte er sich schließlich auf den Rücken, verschränkte die Hände im Nacken und starrte auf das Dach des Wohnmobils. Er fragte sich, wie es zu manchen Gedankensprüngen kam. Eben hatte er noch an seinen Vater gedacht, und plötzlich war ihm Don Masino in den Sinn gekommen.

Er hatte seinen Vater im Pflegeheim gesehen, auf einem packpapierblauen Stuhl sitzend, hatte gedacht, dass er ihn nie wieder besuchen gehen würde, als plötzlich an seiner statt Don Masino da gewesen war, ganz anders, klein und nervös, an einem anderen Ort und mit etwas ganz anderem beschäftigt. Erst sein Vater, dann Don Masino, wie in den Träumen.

Er dachte: das erste Mal als ich ihn gesehen habe.

Das erste Mal war wenige Tage nach ihrer Ankunft in Budrio gewesen. Don Masino wusste, was passiert war, denn er wusste immer alles von allen. Vittorio sah, wie dieser Mann, der ihm uralt vorkam, obwohl er kaum über fünfzig war, sich an der Tür mit seinem Vater unterhielt. Vor allem erinnerte er sich an das Licht, das von draußen einfiel, doch diese Erinnerung mochte irregeführt sein, vielleicht durch ein Bild aus einem Film. Ein blendendes Weiß, das die Umrisse verschwimmen lässt, Schatten, die bis ins Wohnzimmer reichen, und dieser kleine alte Mann mit dem Krokodil auf dem gelben Polohemd, der einen Schritt nach vorn macht, das Haus betritt und ihn anlächelt. Du musst Vittorio sein. Dann bückt er sich und gibt ihm die Hand, er sieht ihm in die Augen, sieht ihn lange an, als würde er etwas suchen, und als er lächelt, versteht Vittorio, dass dieser Mann genau weiß, dass es kein Unfall war.

Er konnte einfach nicht auf dem Rücken liegen. Die unter dem Nacken eingezwängten Finger brannten, und er bekam wieder Lust, sich umzudrehen. Er versuchte, ihr zu widerstehen, legte die Hände auf den Bauch, die Handfläche der einen um den Daumen der anderen geschlossen, damit die Arme nicht an den Seiten herunterrutschten. Er wusste schon, dass er in dieser Position nicht lange verharren würde. Draußen, von irgendwo auf dem Parkplatz, der Bariton eines Lastwagens.

Nicht das war die Verbindung zwischen seinem Vater und Don Masino: die beiden an der Tür. Nicht wegen dieses Details hatte er an beide gemeinsam gedacht. Doch auch wenn er sich konzentriert hätte, wäre ihm der wahre Grund nicht eingefallen, zumindest nicht in diesem Moment. Sein Vater war verschwunden, und nur der andere war da, der kleine alte Mann mit dem gelben Lacoste-Hemd.

Er dachte: auf dem Land.

Auf dem Land musste er etwas anderes angehabt haben, doch Vittorio sah ihn immer so, in diesem gelben Hemd, und auch darin waren die Erinnerungen wie Träume, absurd und surreal. Er lief mit dem Alten am Kanalufer entlang, und was ihm an Don Masino gefiel, war, dass immer er sprach. Nein,

Don Masino ist falsch, so ließ er sich von ihm nicht anreden. Er ließ sich mit Onkel Tommaso anreden. Onkel Tommaso. Onkel Tommaso. Vittorio musste es sich mehrmals still vorsagen: Onkel Tommaso, die Zunge im geschlossenen Mund bewegen. Es klang nicht richtig, es erforderte Konzentration und brachte den Fluss der Erinnerungen ins Stocken, deshalb ließ er es. Don Masino. Don Masino sprach, er fragte nichts, und das gefiel ihm, weil er schweigen und zuhören konnte. Sie liefen an den Feldern entlang, Vittorio balancierte auf den umgepflügten Erdschollen, sie streiften durch die Weinberge, er kroch unter den ausladenden Trieben der Weinstöcke hindurch, gelangten bis zur Brücke über den Bach, Don Masino redete, und er hörte zu, schaute und hörte zu. Er erinnerte sich nicht an die Worte, hätte er wie in einem Film die genaue Unterhaltung wiedergeben sollen, mit Dialogen und Betonungen, hätte er passen müssen. Aber was Don Masino zu ihm gesagt hatte, hatte er nicht vergessen, das war in ihm wie ein Gefühl, ein Gedanke, den man weder sehen noch aussprechen konnte. Don Masino sprach mit ihm über das, was er in der Schule getan hatte, über das Kind, das er getötet hatte.

Er hörte ein Geräusch vor dem Fenster. Eine Stimme im Vorübergehen, näher als die anderen, die bis zu diesem Augenblick den Hintergrund gebildet hatten. Er stützte sich auf einen Ellbogen, griff mit einer Hand unter dem Bett nach der Beretta und richtete sie auf die Tür des Wohnmobils. Mit dem Daumen spannte er den Hahn und bugsierte den Rücken des Schalldämpfers zwischen die Zacken der Zielvorrichtung, in einer Linie mit dem Griff. Die Stimme hatte sich schon wieder entfernt und war unbestimmt und ungefährlich geworden wie die anderen auf diesem Parkplatz einer Raststätte, doch er hielt die Waffe trotzdem so. Er wollte herausfinden, wann seine Hand zu zittern beginnen würde.

Er dachte: die Hand.

Seine Hand war zu klein für eine echte Pistole gewesen. Er war erst zehn Jahre und sechs Monate alt, er war ein Kind, mit den kurzen Fingern, der kleinen Handfläche und dem zarten Gelenk eines Kindes. Don Masino hatte eine geeignete Waffe für ihn gefunden, eine Mauser Baby Kaliber 6.35, modifiziert mit einer Prothese am Griff, in die er die Hand hineinstecken konnte wie in einen Handschuh. Er erinnerte sich an die Schmerzen im Handgelenk, die mit jedem Training weniger wurden, und daran, wie stolz er war, als er schließlich das ganze Magazin leer schoss, ohne zwischendurch den Arm zu senken. Darauf basierte Don Masinos Methode. Den Willen ausprägen. Die Freude über eine gelungene Arbeit stimulieren. Die Schuldgefühle eliminieren. Das hatte er erst viel später begriffen. Damals war er gerade mal zehneinhalb gewesen.

Die Hand begann zu zittern, ein wenig, ein kleines bisschen ganz vorn am Schalldämpfer. Er ließ das Handgelenk ein wenig nach links sinken und stoppte auf diese Weise das Zittern.

Er dachte: das Kastell des Emirs.

Er konnte es sehen, hinter den Augen projiziert wie ein Film, mit den Stimmen, Geräuschen und Bewegungen, aber auch mit Bildausschnitten und Nahaufnahmen, die er später, beim Erinnern hinzugefügt hatte. Das Kastell des Emirs, hatte Don Masino ihm im Flugzeug erklärt, war kein richtiges Kastell. Er wollte nicht, dass Vittorio sich das, was er tun sollte, als Märchen oder Kinderkram vorstellte. Es war eine Arbeit, nur eine Arbeit, die gut gemacht werden musste, als hätte seine Mutter ihm aufgetragen, sein Zimmer aufzuräumen oder ihr zu helfen, die Bettlaken zu dehnen. Es war kein Spiel, es war eine

Arbeit, die gemacht werden musste und die er allein machen konnte. Das Kastell des Emirs war eine alte arabische Festung, von der nur die Mauern übrig waren. Darüber, drum herum und darin waren illegale Häuser aus Stein und Beton entstanden, kleine Wucherungen in allen möglichen Formen, die aussahen, als hätte eine Faust Fialen aus nasser Erde auf eine Sandburg aufgesetzt. Dort war Cannata, er saß auf einem Stein und rauchte. Der kleine Vittorio war auf ihn zugegangen, eine Hand in der Tasche seiner Jacke, die andere in den Träger seines Ranzens mit den Schulheften gehakt, war vor dem Mann stehen geblieben und hatte vier Schüsse Kaliber 6.35 auf sein Gesicht abgegeben. Dann war er durch die Straßen, die er vorher auswendig gelernt hatte, zu der Stelle gerannt, an der Don Masino mit dem Auto auf ihn wartete.

Er konnte die Spitze des Schalldämpfers nicht länger still auf die Türklinke richten. Mit dem Daumen löste er den Hahn und legte die 22er zurück unters Bett. Eine sinnlose Übung war das, denn wenn er es nicht mit einer Hand geschafft hätte, hätte er sie einfach mit beiden halten können. Er drehte sich auf die Seite, so dass der Körper von der Hüfte bis zur Schulter auflag, zog die Beine an und schob eine Hand zwischen die Schenkel wie früher als Kind, wenn der Winter kam und es langsam kalt wurde oder wenn er Fieber hatte.

Er dachte: wir sind froh dass er bei Ihnen so unbeschwert ist. Er dachte (mit der Stimme von Don Masino): wie ein Pitbull der fürs Töten abgerichtet ist.

Er dachte (sah): seinen Vater am Fenster, hinter dem Vorhang, weiß wie ein Gespenst, der ihm, dem Zwanzigjährigen, dabei zusieht, wie er ein Bein von Don Masino in den Kofferraum des Wagens steckt.

Er dachte (sah sich): von oben, mit den Augen seines Vaters, mit dem Entsetzen seines Vaters, wie er selbst den Kopf hob und nach oben sah.

Da war die Verbindung, der Gedankensprung von seinem Vater zu Don Masino. Doch die Erinnerung war längst verschwunden. Deshalb schob er den Arm unter das Kissen und streckte die Beine aus. Er hoffte, dass er eingeschlafen wäre, bevor er wieder Lust bekam, sich auf die andere Seite zu drehen.

Sie hatte nicht die leiseste Ahnung, wie man so einen Scheißtest benutzte. In der Gebrauchsanweisung stand, man solle in einen Behälter urinieren, den Teststab am Plastikgriff anfassen und hineintauchen, aber ihr war nicht ganz klar, wie sie das Ergebnis interpretieren sollte, und sie wollte nicht unnötig in Panik verfallen. Deshalb schüttete sie den Kaffeebecher, den sie gefüllt hatte, nicht ohne sich über die Finger zu machen, im Klo aus und warf ihn in den Behälter für die Binden, legte dann den Teststab in die Schachtel zurück und steckte diese in die Tasche der Bomberjacke.

Normalerweise, überlegte sie, während sie über den Flur zurück in ihr Büro ging, war in solchen Fällen doch immer eine beste Freundin oder eine Mutter da, die über gewisse Dinge genau Bescheid wusste. Sie hatte keine beste Freundin, und ihre Mutter lebte unten in Apulien, in Nardò, und wenn sie ihre Mutter angerufen und um Rat gefragt hätte, wäre die, noch bevor Grazia den Hörer aufgelegt hätte, mit der versammelten Verwandtschaft nach Bologna geeilt.

An der Tür zum Büro begegnete sie Sarrina und musste die Hände schnell hinter dem Po verstecken, damit er den Test nicht sah, sonst hätte er einen Riesenwirbel darum gemacht.

An der Magnettafel war nur das Foto des Kindes in dem Meer aus Gras übrig geblieben. Alle Post-its waren im Papierkorb gelandet. Jetzt ging es nicht mehr darum, sich Fragen zu stellen wie: Wer ist er? Wo versteckt er das Geld? Wie beschafft er sich seine Waffen? Jetzt ging es darum, ihn zu schnappen. Ihn zu suchen, zu finden und zu schnappen.

Auf der Liege, bis zum Kissen verstreut, lagen die Abhörprotokolle der Telefonanschlüsse in der Via Wagner, von Annalisa in Ferrara, von allen Verwandten in Budrio und Mailand sowie von allen Nummern, die in den Ausdrucken des auf die Firma Marchini Schmuckwaren zugelassenen Handys verzeichnet waren (einige wenige).

Ihn schnappen, wenn er sich bei jemandem meldet.

Auf dem Boden, unter dem Tisch an der Wand, zusammengerollte Faxe auf stinkendem Thermopapier, mit den Briefköpfen sämtlicher Polizeipräsidien und Verzeichnissen (fast) aller Gasthöfe, Hotels, Gästehäuser und Pensionen in Italien. Ihn schnappen, wenn er Rast macht, um zu schlafen.

Auf dem Tisch Kopien von Fahndungsfunksprüchen an die Präsidien und Kommissariate der Staatspolizei, an die Kommandos und Posten der Carabinieri, an die Kasernen der Steuerfahndung, an die Verkehrspolizei, die Bahnpolizei, die Flughafenpolizei und die Hafenämter.

Ihn schnappen, wenn er versucht abzuhauen.

Ihn schnappen, wenn er seine Papiere vorzeigt, wenn er mit Scheck- oder Kreditkarte bezahlt, wenn er versucht, bei den Banken in San Marino Geld abzuheben, wenn er den elektronischen Mautpass benutzt, wenn er mit seinem Auto fährt. Ihn schnappen, wenn er das Handy benutzt, mit dieser Karte (nein: zu dämlich) oder auch mit einer anderen, weil er (ja: wahrscheinlich) nicht weiß, dass nicht nur die Karte, sondern auch das Handy einen internen Identifikationscode besitzt, und wenn er es einschaltet, und sei es nur eine Sekunde lang, kommt eine Funkverbindung zustande, und er wird lokalisiert.

Auf dem Stuhl vor dem Tisch mit dem Computer lagen die

ersten Ergebnisse der ballistischen Gutachten über die in Budrio und San Marino beschlagnahmten Waffen. Zwei positive Befunde. Plus die sechzehn, die D'Orrico angegeben hatte. Macht zusammen: achtzehn Morde.

Im Computer das psychiatrische Gutachten, das Professor Morri per E-Mail an Dottor Carlisi und zur Kenntnisnahme auch an sie geschickt hatte. Betreff: Vittorio Marchini, genannt Pitbull.

[…] Es ist zu konstatieren, dass Marchini seit seinem zehnten Lebensjahr nur dafür gelebt hat, jeden Aspekt seines Lebens auf das Töten auszurichten und diesem unterzuordnen. Rein technisch gesehen, könnte man ihn als Serienmörder definieren. […] Was den Umstand betrifft, dass er seit 1999 bei manchen Verbrechen seine Unterschrift zurückgelassen hat, wodurch er Verbindungen zwischen diesen herstellte und seine Existenz offenbarte, so deutet dies auf eine Beschleunigung des psychotischen Prozesses hin. Einerseits sucht der Narzissmus des Subjekts nach einer Ausdrucksform, die ihn aus der Stille heraustreten lässt, in die er all die Jahre versunken war; andererseits handelt es sich um einen expliziten Hilferuf. – Subjektiv steht Marchini an der Schwelle zur Hölle und will zurückgehalten werden, bevor er sich hineinstürzt.

Anmerkung des Kommissars unten: »Schwachsinn«.

Das Fenster stand offen, um Luft hereinzulassen, und ein Sonnenstrahl, der sich darin spiegelte, traf die Magnettafel und verschleierte das Kind im Meer. Es sah aus, als wäre das Kind nicht mehr da, als wäre das Foto zu früh aus dem Säurebad genommen worden und das Bild verschwunden. Grazia ging zum Fenster und verstellte es so, dass der Reflex verschwand und das Kind wieder in seinem Meer aus weißem Gras hockte. Ihn schnappen, sobald er irgendwas macht.

Sarrina steckte wieder den Kopf durch die Tür.

Grazia verließ das Präsidium und zog den Reißverschluss der Bomberjacke bis zum Hals zu, denn es wurde langsam kalt. Sarrina fragte, ob er sie mitnehmen könne, aber sie hob die Hand und schüttelte den Kopf: Danke, ich gehe zu Fuß nach Hause. Komm schon, gleich fängt's an zu regnen, lass mich dich wenigstens zur Bushaltestelle fahren. Sie sagte: Na gut, obwohl sie wusste, dass es ein Fehler war, das Angebot auszuschlagen. Aber sie wollte allein sein.

»Hör zu, ich hab die Schachtel mit dem Test gesehen. Schöne Bescherung …«

»Red keinen Quatsch … ich muss ihn erst noch machen, und außerdem glaub ich eh nicht, dass was ist.«

»Wie lange bist du überfällig?«

»Über eine Woche.«

»Verdammt …«

»Komm schon, Sarri'! Red keinen Stuss, du hast doch auch keine Ahnung von so was!«

»Und wenn du's bist, behältst du's?«

»Weiß nicht.«

»Bist du's denn?«

»Ich weiß es nicht! Ich weiß es nicht! Ich weiß es nicht!«

Als sie an der Haltestelle ausstieg, knallte sie die Tür zu.

Sie zog die Jacke über den Hintern, um sicherzugehen, dass das Holster mit der Pistole bedeckt war, steckte die Hände in die Taschen und machte sich auf den Weg zur Halteinsel. Sarrina hatte Recht. Es lag eine Feuchtigkeit in der Luft, die nach Eisen und Verbranntem roch. Früher oder später würde es wirklich anfangen zu regnen.

Sie setzte sich hinten in den Bus, vor die Tür, in Fahrtrichtung, so dass ihre Beine über der Aussparung der Einstiegsstufen baumelten. Sie hielt sich an der Stange fest und legte das Kinn auf die geschlossene Faust auf dem kühlen Metall. Hundemüde schloss sie die Augen und schlief einen Moment lang ein, verlor sich für den Bruchteil einer Sekunde in einer schäumenden Helligkeit, losgelöst, weggetreten, ausgelöscht. Beim ersten Schlagloch wachte sie auf, schweißnass und mit trockenem Mund, als ob sie Stunden geschlafen hätte, doch müder als zuvor, nur froh, dass sie nicht geträumt hatte, denn sie wusste, dass sie dann von ihm geträumt hätte, von dem Kind auf dem Foto. Dem Pitbull. Einem zehnjährigen Kind, das von einem Mafioso wie ein Kampfhund abgerichtet worden war. Na bravo, sie fuhr nach Hause, um mal ein bisschen Abstand von dieser ganzen Geschichte zu bekommen, und schon war sie wieder mittendrin.

Um das Thema zu wechseln, schob sie die Hand in die Tasche und berührte die Schachtel mit dem Schwangerschaftstest. Assoziation zu den Kindern, dachte sie. Sobald ich zu Hause bin, mache ich ihn. Ohne dass Simone was mitkriegt. Heimlich. Warum heimlich? Weil es meine Sache ist.

Sie hob den Blick und sah auf der Fensterscheibe Streifen aus Regen, schräge, unterbrochene Rinnsale, immer dichter. Bevor sie ihre Haltestelle erreichte, waren sie zu einer flüssigen, dichten Patina geworden, wie eine Schicht Farbe, und als sie aus dem Bus stieg, bereute sie, dass sie Sarrinas Angebot nicht ganz angenommen hatte.

Der Hof ihres Hauses war klein und quadratisch, und Grazia rannte hindurch, sprang in die Pfützen, die sich in den Löchern zwischen den Kieseln ausbreiteten, doch als sie an der Haustür ankam, war sie trotzdem klatschnass. Sie trat auf die Stufe und lehnte sich gegen die nasse Holztür, um sich unter einen schmalen Streifen Hauswand zu flüchten, während sie in der Jeanstasche nach dem Schlüssel suchte. Der Regen, der geradewegs in den Kragen der Bomberjacke fiel, machte sie wahnsinnig.

Im Hausflur öffnete sie seufzend die Jacke, schob die nassen Haare zurück und fuhr sich mit einer Hand über das mit Tropfen bedeckte Gesicht. Sie öffnete die Tür zu ihrer Wohnung und rief: »Simo', ich bin's!« Dann drehte sie den Kopf zur Seite, weil sie hinter sich ein Rascheln gehört hatte.

Sie bemerkte ihn aus dem Augenwinkel und wusste sofort, dass er es war, obwohl er völlig normal aussah.

Ihr blieb nur die Zeit, mit halb gedrehtem Oberkörper einen Schritt in die Wohnung zu machen und zu rufen: »Nein! Nein!«, bevor der Pitbull ihr den Schalldämpfer der 22er an die Schläfe hielt und abdrückte.

»Dottore? Hier ist Matera, entschuldigen Sie bitte, dass ich Sie zu Hause störe, aber es ist wichtig. Negros Freund hat bei uns angerufen. Da ist was Schlimmes passiert.«

Wo bin ich?

Nirgends.

Er konnte ihr nicht antworten, er hätte sagen müssen: In Imola, aber das stimmte nicht, denn sie waren kurz vor Castel San Pietro, und wenn sie ihn gleich darauf wieder gefragt hätte, hätte er Bologna sagen müssen. Sie waren nirgendwo. Sie waren auf der Autobahn.

Das Mädchen bewegte sich auf dem Bett hinter ihm. Er betrachtete sie eingehender durch den Rückspiegel, den er so eingestellt hatte, dass er durch das Fensterchen in der Wand, die den Fahrerraum vom übrigen Wohnmobil trennte, das Bett sehen konnte.

Er hätte sie gern im Auge behalten, aber dann hätte er nicht fahren können. Er konnte sich doch nicht umdrehen. Auf der Autobahn ist alles vor einem.

Die Frau versuchte aufzustehen, aber es gelang ihr nur, sich auf eine Seite zu drehen, denn ihre Arme waren im Rücken mit Handschellen gefesselt, und die Knöchel waren mit einer Schnur zusammengebunden, die bis zu den Handgelenken reichte. Eine Ziegenfessel, lautete der Fachbegriff dafür, obwohl sie nicht ganz vollständig war, denn dazu hätte er ihr die Schnur noch um den Hals schlingen müssen. Durch den Rückspiegel sah er wie auf einem kleinen Monitor, wie sie den Kopf zu heben versuchte und stöhnte, ein angestrengtes Gemurmel, als wäre sie, so kam es ihm zumindest vor, noch nicht ganz bei Bewusstsein. Dann ließ sie sich auf das Bett sinken, den Hals auf eine Schulter geknickt, Kopf nach unten, über das Kissen hinaus, die Augen geschlossen.

Mmmmmm …

Bewegen Sie sich nicht. Ich fahre jetzt rechts ran und schaue mal, wie es Ihnen geht.

Er hielt unter einer Überführung und rannte nach hinten. Er wollte schnell machen, denn er stand dort nicht gerne, wo jederzeit ein Streifenwagen vorbeikommen und anhalten konnte, um nachzusehen, ob etwas passiert war. Auf der Autobahn besteht das Leben aus Bewegung. Wer anhält, braucht Hilfe.

Er stieg ins Wohnmobil und machte die Tür hinter sich zu. Es regnete heftig, auf den drei Metern war er klatschnass geworden, denn die Tropfen fielen mit solcher Wucht, dass sie sogar unter die Überführung spritzten.

So, mal sehen.

Er drehte die Frau auf den Bauch und schob mit der Hand ihre Haare von der Schläfe. Sie stöhnte leise, ein weinerlicher Seufzer, als wolle sie nicht aus dem Schlaf erwachen. Sie hatte nichts, abgesehen von einer bläulichen Beule, einer Platzwunde und ein bisschen Blut, das eine verkrustete Haarsträhne an die Schläfe klebte. Er hatte ein Plastikprojektil mit verringerter Pulverladung auf sie abgeschossen, denn er wollte sie betäuben, nicht töten.

Er drehte sie auf die Seite und zog die Arme unter der Hüfte hervor, dann hob er ihren Kopf an und legte ihr das Kissen unter. Als sie den Blick senkte, merkte er, dass sie die Augen geöffnet hatte, wenn auch noch verschleiert, und ihn durch die Haare, die ihr ins Gesicht gefallen waren, hindurch anstarrte.

Bist du der Pitbull?

Ja.

Warum hast du mich geschnappt? Was hast du mit mir vor?

Nichts. Vorläufig.

Er verließ das Wohnmobil und setzte sich, nass bis auf die Haut, wieder ans Steuer. Wie eine graue Wand klatschte der Regen auf den Asphalt und begann bereits über die Straße zu fließen und zu einer glänzenden Schicht zu werden, mindestens fingerhoch. Vittorio musste das Seitenfenster öffnen und sich ins Nasse hinauslehnen, um nach hinten zu schauen, während er langsam und fast blindlings die Haltebucht verließ und sich auf die Autobahn einfädelte.

Als der Pitbull zum zweiten Mal die Tür des Wohnmobils öffnete, war Grazia wach und klar, obwohl sie überall Schmerzen hatte, wie bei einer Grippe. Das Licht und die frische Luft, die plötzlich hereinkamen, ließen sie auffahren und aufstöhnen zugleich, weil die Handschellen in die Gelenke schnitten.

Der Pitbull hatte sein wahres Gesicht, das auf den Passfotos: gerade Nase, regelmäßige Züge und kurz geschnittenes Haar. Der ernste und ruhige Ausdruck verriet nicht, was er gerade dachte, obwohl sein Gesicht eher flach wirkte als geheimnisvoll, wie auf den Fotos. Vielleicht war er so daran gewöhnt, andere Züge zu tragen, hineinzuschlüpfen und sie darzustellen, dass er jetzt, in nacktem Zustand, nichts mehr war, anonym wie die Grundierung für ein Make-up. Nur die Augen sagten etwas. Die Augen waren die des Kindes auf dem Foto, grün, ruhig, weder melancholisch noch lebhaft, aber aufmerksam, wie in Erwartung. Selbst jetzt waren es nicht die Augen eines Killers.

Grazia hatte trotzdem Angst. Allein und unbewaffnet, gefesselt auf einem Bett, dem Pitbull gegenüber.

»Was willst du?«, fragte sie. »Warum hast du mich hier hergebracht? Warum ich? Was hast du mit mir vor?«

Im Gürtel des Pitbulls steckte eine Glock mit Schalldämpfer. Grazia hielt den Atem an, als er sie zog, zerrte wieder an den Handschellen, und der stechende Schmerz fuhr ihr heiß von den Handgelenken bis in die Ellbogen. Der Pitbull hielt die Pistole, packte sie aber nicht am Griff, sondern ließ sie locker in der Hand liegen, mit dem Lauf nach oben, als wollte er sie ihr nur zeigen. Eine gedrungene Automatik, kompakt und viereckig.

»Vorhin habe ich mit einer 22er und reduzierter Ladung auf Sie geschossen. Das hier ist eine Kaliber 40, volle Ladung, mit Hohlspitze. Die bläst Ihnen den Kopf weg. Habe ich mich klar ausgedrückt?« Er sah Grazia an, die nichts sagte, die Augen aufgerissen, der Mund leicht geöffnet, die Brust reglos, weil sie den Atem anhielt. Er wiederholte: »Habe ich mich klar ausgedrückt?«

Grazia nickte. Sie sah, wie er näher kam, und ließ sich auf die andere Seite rollen, als er ein Stilett aus der Tasche zog.

»Ich habe Sie geschnappt, weil es am einfachsten war«, sagte er, während er die Schnur an ihren Knöcheln durchschnitt und ihr die Handschellen abnahm. »Ich habe euch beobachtet, als ihr bei mir zu Hause wart. Und auch vor dem Polizeipräsidium. Sie waren die einzige Frau der Truppe.«

»Und was willst du mit mir machen?«

Sie erwartete keine Antwort, und es kam auch keine. Sie ließ sich vom Bett herunterhelfen, wie ein Kranker nach langer Liegezeit, erst auf den Rand setzen, dann vorsichtig aufstehen, gebückt, um nicht mit dem Kopf gegen das Dach des Wohnmobils zu stoßen.

»Warte, warte, warte!«

Millionen von Ameisen krabbelten an ihren Beinen hoch bis zum Hintern, fraßen sich durch Waden und Schenkel mit Bissen, die wie Nadelstiche brannten. Grazia knickte in den Knien ein und wäre aufs Bett zurückgefallen, wenn er sie nicht festgehalten und ihr geholfen hätte, den ersten Schritt zu tun.

An der Tür des Wohnmobils bekam Grazia Angst. Jetzt tötet er mich, dachte sie, jetzt führt er mich auf ein Feld, lässt mich hinknien und tötet mich. Sie sah sich sogar, wie sie es auf so vielen Fotos und bei so vielen echten Toten gesehen hatte, feucht, mit Schlamm beschmiert, offener Mund.

»Vorsicht«, sagte er und legte ihr eine Hand auf den Kopf, damit sie nicht gegen den Türrahmen des Wohnmobils stieß. Sie zuckte zusammen und versuchte unsicher Widerstand zu leisten.

»Es ist sinnlos, du weißt, dass es sinnlos ist, oder?«, sagte sie eilig, zu eilig, um bedrohlich zu wirken. »Das bringt doch nichts. Es ist nur eine Frage der Zeit … früher oder später erwischen sie dich …«

Er stieg aus dem Wohnmobil, dann zog er sie an den Armen und ließ sie hinunterspringen, wobei er sie an den Händen hielt, als ob sie ein Kind wäre, flieg flieg flieg, und wie damals als kleines Mädchen landete Grazia geradewegs in einer Pfütze. Draußen stand eine Hütte, ein Holzhaus, nicht viel größer als ein Unterstand, die Tür war offen. Dahinter führte ein grasbewachsenes Sträßchen über einen Erdwall hinauf und verschwand in einem Baumdickicht. Jenseits des Waldes sah man einen Autobahnviadukt, fern, aber nah genug, um das Knurren der Lastwagen zu hören, die darüber fuhren.

Offenbar waren sie im Gebirge.

»Da rein«, sagte der Pitbull mit einer Kinnbewegung. »Und keine Sorge. Ich töte Sie nicht.«

Drinnen war es recht mild. Es war nicht warm, wegen der Feuchtigkeit, einer frischen, unangenehmen Feuchte wie in einem geschlossenen Raum, aber auch nicht kalt, denn es gab einen kleinen Elektroofen, der eingeschaltet war. Die Heizspirale hatte die Hütte zwar nicht aufzuheizen vermocht, aber immerhin hatte sie die Luft umgewälzt. Es gab sogar einen Kamin, in dem über einem Berg aus zusammengeknülltem Papier Holz aufgestapelt war, aber er brannte nicht. Grazia zog die

Schultern an und rieb sich die Arme. Die Bomberjacke war im Wohnmobil geblieben, und sie stand in Jeans und T-Shirt da.

»Wo sind wir?«

»Im Apennin, zwischen der Toskana und der Emilia. Zwischen Bologna und Florenz, vor der Passhöhe.«

»Sie werden dich finden. Das ist kein guter Ort für ein Versteck.«

»Macht nichts. Ich brauche nur ein paar Tage, um etwas zu erledigen.«

»Sie werden dich vorher finden. Ich weiß, was passiert. Die hiesigen Carabinieri kennen diesen Ort, und sobald sie die Benachrichtigung erhalten, kommen sie her und schauen nach.«

Der Pitbull sah sie an, und Grazia kam es vor, als huschte ein Lächeln über sein Gesicht. Es war ein Lächeln, die Andeutung eines ironischen und ein bisschen mitleidigen Gesichtsausdrucks, wie jener verzogene Mundwinkel, den er als Kind auf dem Foto hatte.

»Nein. Deine Leute suchen jetzt schon nach dir. Aber woanders.«

Grazia runzelte die Stirn und machte die Augen schmal. Sie fixierte den Pitbull, der jetzt ein wenig mehr lächelte, fast offen. Ein zufriedenes Lächeln. Woanders? Wieso?

»Weil ich dein Handy auf irgendeiner Raststätte in eine Mülltonne geworfen habe. Und ich habe es auf Vibracall gestellt, so dass niemand es läuten hört.«

Grazia kamen die Tränen. Ihre Leute würden das Handy über die Funkverbindung lokalisieren, würden die Zelle, in der es sich befand, ausfindig machen und dorthin eilen, um die Gegend abzusuchen. Und sie würden sie gründlich absuchen, Meter für Meter, und lange, sicherlich länger als ein paar Tage.

Sie konnte nicht mit der Hilfe ihrer Leute rechnen. Sie konnte mit niemandes Hilfe rechnen. Es gab nur sie beide: sie und ihn. Sie und den Pitbull.

Ihr war immer noch nach Weinen zumute, doch plötzlich spürte sie auch einen stillen und wilden Zorn, der sie die Fäuste ballen und die Lippen aufeinander pressen ließ. Am liebsten hätte sie sich auf diesen Mann gestürzt, der sie jetzt wieder ausdruckslos ansah, ernst und aufmerksam, hätte sich auf ihn geworfen und ihm eine verpasst, ihn getreten, ihn gewürgt. Er schien es zu ahnen, denn er machte einen Schritt zurück und zog die Pistole mit dem Schalldämpfer.

»Tun Sie das nicht«, sagte er. »Sie sind schneller als ich und vielleicht auch stärker. Vielleicht trainieren Sie sogar eine Kampfsportart… ich nicht, ich habe mich nie mit jemandem geschlagen, nicht mal als Kind. Ich schieße.«

Er hob den Arm und richtete die Pistole auf Grazia, die wie eine Schildkröte den Kopf zwischen die Schultern zog, sich abwandte und das Gesicht mit den Handrücken schützte. Als sie die Hände sinken und an den Seiten herunterfallen ließ, hatte der Pitbull die Pistole schon wieder zurückgesteckt.

»Ich habe nie Kampfsport gemacht«, sagte Grazia. »Ich prügele mich manchmal, aber normalerweise kriege ich die Prügel ab. Kann ich meine Jacke haben? Mir ist kalt, nur im T-Shirt.«

Sie wirkte ziemlich ruhig, als hätte sie endlich begriffen, dass er überhaupt nicht vorhatte, sie zu töten. Zumindest vorläufig nicht. Sie benutzte die Bomberjacke als Decke, Jeans und Strümpfe hatte sie ausgezogen und zum Trocknen vor den Ofen gehängt. Es war nicht mehr ganz so kalt, trotzdem hatte sie sich unter der Jacke zusammengekauert, ganz klein gemacht, wahrscheinlich schämte sie sich dafür, dass er ihre nackten Beine anschauen konnte. Denn er hatte sie angeschaut. Grazia gefiel ihm, sehr sogar.

Sie aßen Tramezzini aus einer Tüte, die er in dem Pavesi an der Abzweigung der Autobahn Bologna-Florenz gekauft hatte. Sie saßen auf dem Teppich vor dem Kamin und tranken Coca-Cola aus Dosen. Plötzlich streckte Grazia sich unter der Bomberjacke und schüttelte sich ein wenig übertrieben.

Brrr … das schöne Holz, warum machen wir kein Feuer?

Er würdigte sie keiner Antwort. Sie wusste selbst, dass er nicht so töricht gewesen wäre, durch eine Rauchfahne aus dem Schornstein einer verlassenen Hütte die Aufmerksamkeit auf sich zu ziehen.

Wo sind die Besitzer? Hast du sie umgebracht?

Nein. Sie kommen nur am Wochenende. Ich töte nicht, wenn es nicht sein muss.

Wie viele Menschen hast du getötet?

Dazu musste er nicht nachrechnen. Er erinnerte sich an jeden, Mord für Mord, hatte sie vor den Augen ablaufen lassen wie einen Film, um eventuelle Fehler auszumachen und zu korrigieren. Hatte sie verbucht in Geisterüberweisungen auf Nummernkonten und bar abgehoben. Hatte jeden bis in die kleinsten Einzelheiten vorhergesehen, noch bevor diese eintraten.

Achtzehn? Zwanzig? Fünfundzwanzig?

Neunundfünfzig.

Verdammt…

Er hatte die Magazine aus der 22er und aus Grazias Beretta genommen und in die Tasche gesteckt, hatte den Schalldämpfer von der Glock geschraubt und die Pistole auf den Teppich gelegt, neben sein Bein. Durchgeladen, er musste nur mit der Daumenspitze die Sicherung lösen, am Abzug ziehen und schießen.

Er sah, wie sie sich auf dem Fußboden lang machte, nach der Tüte angelte und sich noch einen Tramezzino aussuchte. Hühnchen und Rucola nicht. Tunfisch und hart gekochtes Ei nicht. Paprika und Schinken ja. Sie stieß sich mit dem Ellbogen ab und kehrte unter die Jacke zurück. Oben blieb die Kurve eines Knies unbedeckt, unten sahen die beiden Fußspitzen hervor, die Zehen rieben sich aneinander.

Es gibt Mafiakiller, die haben noch mehr getötet. Brusca, Aglieri, Spatuzza… Als ich in Palermo war, habe ich einen geschnappt, der hatte fast zweihundert ermordet.

Sollte das eine Provokation sein? Wollte sie testen, wie er reagierte? Gar nicht. Er war etwas anderes. Das sagte er auch.

Ich bin etwas anderes.

Ich weiß… du bist ein Profi. Du bist der Pitbull.

Wollte sie ihn wirklich provozieren? Sie sah ihn mit einem beharrlichen Lächeln an, Tramezzinikrümel auf den Lippen, eine Hand verschwand unter der Bomberjacke und zog an einem Zeh.

Was hatte sie vor? Wollte sie, dass er die Geduld verlor? Wollte sie ihn aufs Kreuz legen?

Du studierst alle Einzelheiten, du verkleidest dich, du stellst deine Waffen selbst her… wer hat dir das beigebracht? Don Masino?

Nein. Er hat mir beigebracht, wie man tötet. Ich habe Kurse belegt. Schauspiel, Sprechen und Maskenbildnerei. Ich habe Lehren als Waffenbauer, als Kfz-Mechaniker. Stand kurz vor dem Diplom in Informatik und Chemie und bin fast fertiger Krankenpfleger. Ich habe studiert, was ich brauchen konnte, und sobald ich genug davon verstand, brach ich die Ausbildung ab.

Ganz schön ausdauernd…

Das ist meine Arbeit.

Eine ganze Menge Zeit…

Die habe ich. Hatte ich immer. Seit ich zehn bin, tue ich nichts anderes.

Er sah auf und bemerkte, dass sie ihn fixierte. Sie betrachtete sein Gesicht, als ob sie etwas suchte, mit einem Ausdruck, den er nicht deuten konnte, ein wenig traurig und ein wenig hart. Sie lächelte nicht mehr. Er stand auf, denn draußen war es dunkel geworden, und die Schreibtischlampe auf dem Kaminsims gab nicht genug Licht, um den Raum auszuleuchten. Er überprüfte, ob die Läden geschlossen waren, dann schaltete er eine Stehlampe ein und stellte sie neben Grazia, die den Kopf wegdrehte und sich mit der Hand beschirmte.

Entschuldigen Sie, aber ich muss Sie sehen können.

Hör zu, tu mir einen Gefallen. Hör endlich auf, mich zu siezen. Das geht mir tierisch auf die Nerven. Willst du die Distanz wahren, weil es dir dann leichter fällt, mich zu töten?

Nein. Wieso?

Dann duz mich gefälligst. Ich sitze hier, halbnackt, ich bin deine Geisel, und früher oder später schießt du mir in den Kopf. Du kannst mich genauso gut duzen, verdammt.

Er nickte. In einer Ecke des Kamins stand ein Schaukelstuhl, in den er sich setzte, wodurch er fast im Halbdunkel verschwand. Der Raum war nicht groß, aber vielleicht konnte sie ihn von da unten schon nicht mehr sehen. Er stellte sich eine Stimme vor, die aus der Dunkelheit kam, Sätze aus der Stille, die im Dunkel schwebten. Er hingegen sah sie gut, den Träger des BHs, der aus dem weiten Halsausschnitt des T-Shirts schaute, die Haare, die sie hochgesteckt und mit einem Holzspan aus dem Kamin festgesteckt hatte, sogar die Runzel, die ihr rundes Kinn verzerrte und ihre Lippen schmal machte. Sie fürchtete sich wieder.

Darf ich dich mal was fragen?

Er wollte sie nicht ablenken, nicht nur. Es gab da wirklich etwas, das er wissen wollte. Es war ihm eingefallen, als sie über seine Ausbildung gesprochen hatte.

Wie seid ihr eigentlich auf Don Masino gekommen?

Über einen Mann, den du getötet hast. Er hatte keine Beine und Arme mehr, er war praktisch tot, aber er hat trotzdem noch was sagen können.

Aha.

Hast du Don Masino getötet?

Ja.

Und warum?

Er stellte eine Gefahr für meine Sicherheit dar. Ich habe alle getötet, die Vittorio Marchini mit dem Pitbull in Verbindung hätten bringen können. Aber wenn selbst die Toten reden, dann weiß ich nicht mehr, was ich noch tun soll.

Das hatte er nur so dahergesagt, doch sie musste ihn beim Wort genommen haben. Er sah, wie sie sich über den Boden reckte und das Halbdunkel nach seinem Gesicht absuchte.

Stell dich. Arbeite mit uns zusammen. Mach von der Kronzeugenregelung Gebrauch.

Ich bitte dich.

Du hättest dem Richter eine Menge zu erzählen, die Morde, die Namen all deiner Auftraggeber … komm schon, Vitto'! Sieh dir Brusca an, sieh dir die anderen an – sie kommen alle davon, das kannst du auch.

Ich bitte dich.

Es war das erste Mal, dass sie ihn mit Namen ansprach, wenn auch nur in Kurzform. Sie hatte Anstalten gemacht, näher zu kommen, doch er hatte wieder nach der Pistole gegriffen, und sie musste die Bewegung erraten haben, denn sie hatte innegehalten. Allerdings hatte sie sich hingekniet, und die Jacke war heruntergerutscht.

Mittlerweile wissen alle, dass es den Pitbull gibt, bald steht die ganze Geschichte in der Zeitung, und man erfährt, was du getan hast. Du bist aus der Stille herausgetreten, Vitto', du hast bekommen, was du wolltest, wozu musst du mich noch töten?

Was redete sie da? Er verstand nicht … was sollte dieses Gerede von der Stille? Sie hatte sich sogar bewegt, war mit einem Knie vorgerückt, obwohl sich die Pistole im Dunkeln auf sie gerichtet hatte, und hatte eine Hand auf den Teppich gesetzt, um das Gleichgewicht nicht zu verlieren. Er wollte nicht, dass sie noch näher kam. Er wollte sie nicht jetzt erschießen. Er sagte etwas, damit sie innehielt.

Ich weiß nicht.

Sie hielt inne. Sie glitt zurück, hockte sich auf die Fersen. Sie sah ihn aufmerksam an, unsicher, und obwohl sie weiterhin nach unten, auf die Pistole starrte, kam es ihm vor, als hätte sie jetzt weniger Angst. Umso besser. Er stand auf.

Schluss jetzt. Ich will schlafen.

Er zog die Handschellen aus der Tasche und ging zu ihr, die zögerte, ihm dann aber den Rücken zuwandte und die Arme hinstreckte. Während er ihr Handgelenk ergriff, betrachtete er sie aus der Nähe, und obwohl man sah, dass sie Angst vor der Pistole hatte, die sie an der Seite streifte, kam sie ihm ruhiger vor. Umso besser.

Nur, was sollte dieses Gerede von der Stille?

Sie schliefen auf der Erde vor dem kalten Kamin, auf Matratzen aus dem Schlafzimmer, das nicht benutzbar war, denn es wurde nur von einem alten Kachelofen beheizt, den sie wegen des Rauchs unmöglich anmachen konnten. Hätte Grazia ihre Arme frei bewegen können, hätte sie ihre Knie umfasst und sich wie ein Fötus zusammengerollt, denn ihr war kalt. Nicht wegen der Temperatur, sondern wegen der Zugluft. Draußen hatte es wieder angefangen zu regnen, und ein eisiger nasser Luftstrom blies über den Boden. Sogar der Fußboden schien Wärme zu absorbieren. Zum wiederholten Male zog sie die Nase hoch.

»Was ist?«, fragte er hinter ihr. Der Richtung nach, aus der die Stimme kam, musste er sich auf einen Ellbogen gestützt oder aufgesetzt haben. »Kannst du nicht schlafen?«

»Mir ist kalt.«

»Ich kann meinen Arm um dich legen …«

Er bewegte sich, und sie hielt den Atem an und biss die Zähne zusammen. Sie versuchte, nicht zu erstarren, als sie spürte, wie er unter ihre Decke kroch, sich an ihren Rücken drängte, einen Arm um ihre Schulter legte und baumeln ließ, vor ihrem Hals. Sie wollte ihn nicht reizen, nicht jetzt, da es ihr so vorkam, sie hätte einen Schritt vorwärts gemacht, als sie ihm sagte, er solle sich stellen, und er geantwortet hatte: Ich weiß nicht. Sie wollte ihn so lang wie möglich bei Laune halten. Sie spürte seinen warmen Atem auf dem Hals, seine Brust an ihren Schultern, ihre Beine, die unter seinen angewinkelt waren, und sie dachte, wenn er nicht der Pitbull wäre, wenn er nicht der Mörder von neunundfünfzig Menschen wäre und ihre Arme nicht mit Handschellen hinter dem Rücken gefesselt wären, könnte es sogar angenehm sein, so einzuschlafen, müde und eng umschlungen in einer Regennacht.

»Nein«, sagte er und löste sich. »Das geht nicht. Mir ist auch kalt.«

»Lass uns ins Schlafzimmer gehen. Wir nehmen den Elektroofen mit.«

»Nein. Da ist keine Steckdose.«

»Lass uns die Sprungrahmen nach unten tragen. Dann schlafen wir wenigstens nicht direkt auf dem Boden.«

»Ich glaube nicht, dass sie durch die Tür passen. Wir müssten sie auseinander nehmen…«

Grazia drehte den Kopf über die Schulter und sah, dass er sich aufgesetzt hatte und sich umschaute, und ihr ging durch den Sinn, wie absurd das alles war, eine Polizistin und ein Mörder, die versuchen, es sich zum Schlafen gemütlich zu machen, wie beim Zelten oder auf einem Schulausflug. Ach was, wir schlafen beide in einem Zimmer.

»Komm.«

Er stand auf, ergriff ihren Arm und half ihr, auf die Beine zu kommen. Grazia wollte ins Schlafzimmer, aber er hielt sie zurück und dirigierte sie zur Tür der Hütte. Instinktiv sträubte sie sich.

»Wir gehen ins Wohnmobil«, sagte er. »Es hat zwar nur ein Bett, aber dafür zieht's nicht.«

Er hielt ihr die Decke über den Kopf und führte sie hinaus, so dass sie mit nackten Füßen über den nassen Schotter hüpfen musste. Aufsperren, die Klinke herunterdrücken und sie eintreten lassen, all das dauerte nur einen Augenblick, doch als er die Tür des Wohnmobils wieder schloss, hatten die Regenböen sie beide bis auf die Haut durchnässt.

»Mist«, sagte Grazia, »so ein Scheißwetter…«

»Dreh dich um«, sagte er zu ihr, mit der Pistole in der Hand. Grazia erstarrte wieder, aber sie gehorchte. Sie war überrascht, als sie spürte, dass er ihr die Handschellen abnahm.

»Zieh das T-Shirt aus.«

»Wozu?«, rutschte ihr heraus, sie hätte es lieber unterdrückt, aber nun war es ihr herausgerutscht.

»Weil es nass ist«, sagte er und begann sich auszuziehen. Grazia nahm das Shirt an den Rändern und zog es über den Kopf, mit Gewalt, denn es war klatschnass und klebte an der Haut, als wäre es aus Papier. Nun stand sie in Slip und BH da und schlang bibbernd die Arme um sich.

»Bitte«, sagte sie, »fessele meine Arme vorn. Leg mir die Handschellen nicht hinten an, ich schwöre, dass ich nichts tun werde, ich haue nicht ab, wohin soll ich denn fliehen?«

Er sah sie prüfend an, dann nickte er. Er machte ihr ein Zeichen, sie solle ihm die Arme hinstrecken, vorne, und schloss die Handschellen um ihre Gelenke. »Danke«, murmelte sie und legte sich aufs Bett, so weit weg wie möglich, ganz an die Außenwand des Wohnmobils gedrängt, die Augen schon geschlossen, damit sie ihn nicht anschauen musste. Er legte die Pistole auf den Boden und legte sich neben sie.

»Arme hoch«, sagte er. Sie tat es nicht, aber nur, weil sie nicht verstand. Überrascht sah sie ihn an, dann winkelte sie die Ellbogen an, legte die Handgelenke an die eine Schulter und dann an die andere, weil sie nicht wusste, was er von ihr wollte. Er packte die Kette der Handschellen, hob ihre Arme, zwängte sich hindurch und schob ihre Handgelenke an seinem Rücken bis zur Taille hinunter. Jetzt war sie blockiert.

Die Hände gefesselt und die Arme von seinen blockiert. Sie konnte nichts tun. Sie konnte sich nicht davonschleichen, ohne ihn zu wecken. Sich herunterbeugen und die Pistole nehmen. Ihn schlagen. Ihn mit den Handschellen erdrosseln. »Gut«, sagte er. »Lass uns schlafen.«

Grazia schloss die Augen. Draußen trommelte der Regen gegen die Blechwand des Wohnmobils, schlug auf das Plexiglasfenster, ungestüm, aber nicht unangenehm. Drinnen war es recht warm, und zu zweit, so nah beieinander, würde es noch wärmer werden, sie brauchten nicht mal eine Decke.

Sie wusste, dass sie nicht würde schlafen können. Sie fühlte sich unbehaglich. Das wäre ihr bei jedem so gegangen, außer bei Simone, und ein bisschen war ihr das auch bei den anderen Männern so gegangen, die sie vor ihm gehabt hatte. Aber das hier war etwas anderes. Eng umschlungen, nackt, Bein an Bein, die Gesichter ganz nah. Sie spürte die Wärme seiner Haut, feucht von Schweiß. Sein Atem auf ihrer Stirn. Sie dachte: Mann, was für eine Geschichte. Früher habe ich die Verbrecher, die ich jagte, wie einen Geliebten studiert, jetzt gehe ich sogar mit ihnen ins Bett.

Auch er konnte nicht schlafen. Grazia merkte es daran, dass er versuchte, sich nicht zu bewegen, regelmäßig zu atmen. Er hatte den linken Arm unter das Kissen gesteckt, und sie lag mit der Schulter darauf, was ihn stören musste, aber er bewegte sich nicht. Den anderen ließ er am Körper, so dass er über Grazias Ellbogen abknickte und die baumelnde Hand ihren Bauch streifte. Jedes Mal, wenn Grazia einatmete, berührte ihre Haut seine Finger, doch auch sie bewegte sich nicht, blieb reglos, starr, obwohl es sie juckte und sie am liebsten ein Bein von sich gestreckt hätte, um den Oberschenkelmuskel zu dehnen. Durch das Kissen dröhnte der Herzschlag beharrlich in ihrem

Ohr, Schlag auf Schlag, wie durch einen Verstärker. Ganz, ganz langsam versuchte sie, den Kopf nach hinten zu ziehen. Dann öffnete sie die Augen und merkte, dass er sie ansah.

Nein, dachte sie, als sie sah, dass er sich bewegte. Nein, als er sie an der Schulter stieß und auf den Rücken drehte. Nein.

Nein, bitte.

Er starrte ihr gerade in die Augen. Ausdruckslos, das Gesicht leer wie auf dem Passfoto, nur dieser grüne, aufmerksame Blick, in Erwartung. Er legte sich auf sie, und sie konnte nichts dagegen machen, weil ihre Hände an seinem Rücken blockiert waren, als ob sie ihn umarmen würde, sie konnte sie nicht wegnehmen und gegen seine Brust stemmen, um ihn zurückzudrängen, und sie hätte es sowieso nicht getan, denn sie hatte Angst. Sie hatte Angst, dass er sie töten würde, dass er wütend werden und ihr die Pistole in den Mund stecken und hier auf dem Bett abdrücken würde. Sie hatte Angst, alles zu verderben, den kleinen Vorteil zu verlieren, diesen Spalt, den sie in ihm geöffnet hatte, das spürte sie, und der einzig und allein ihr Leben retten konnte.

Sie schloss die Augen, als er ihren Slip an den Beinen herunterzog und abstreifte, biss die Zähne zusammen und ballte die Fäuste, als er in sie eindrang. Wären ihre Hände frei gewesen, hätte sie die Arme von sich gestreckt und das Laken gepackt, aber so war sie gezwungen, ihn zu umarmen und festzuhalten, als ob sie das wollte, aber sie konnte nichts anderes tun, sagte sie sich, nichts, denn sie hatte Angst, Angst zu sterben und auch Angst vor dieser Leere im Bauch, die sie von innen verschlang und heftig atmen ließ, immer heftiger, die sie schweben und wogen ließ, als würde sie schwimmen, als wäre der Körper nicht mehr da, nur noch ein heißes Kribbeln, und dann plötzlich stürzte sie hinunter, mit einem atemlosen

Schluchzer, wie es immer bei ihr war, als spränge sie von weit oben in ein himmlisch weiches Bett.

Sie spürte, dass auch er sich entspannte und leise keuchend neben sie glitt. Da öffnete sie die Augen und sah, dass er sie geschlossen hatte und sie nicht mehr ansah, und sie fragte sich, was er dachte, denn sie sah, dass er an etwas dachte. Sie fühlte sich klebrig, benommen und schmutzig und zog sich zurück, denn nun konnte sie sich bewegen, so weit zurück, wie es mit gefesselten Händen ging.

Sie wollte am Leben bleiben, sagte sie sich, sie wollte abhauen, fliehen, nach Hause zu Simone gehen. Sie wollte den Pitbull verhaften, aufs Präsidium schaffen. Sie wollte ihn erschießen, ermorden, eigenhändig erwürgen. Sie wollte die Augen schließen und schlafen.

Es war gewesen wie mit den Fotos der Toten, sagte sie sich, wenn sie auf die Stelle da schaute.

Es war unwillkürlich gewesen, als wenn man das Geschlecht von Toten anschaute.

Wer bekommt die Rustichella?

Vittorio hob den Arm, darauf bedacht, dass ihm das Reisenecessaire nicht unter der Achsel herausrutschte. Er zeigte den Kassenbon vor, den der Barmann auch an der anderen Seite einriss und ihm dann zurückgab.

Wollen Sie den Kaffee jetzt gleich? Oder soll ich damit noch warten?

Warten Sie noch.

Er nahm noch mehr Papierservietten, denn die Rustichella war irrsinnig heiß, und stellte sich an den runden Tisch, der wie ein Pilz vor der Theke stand. Er riss einen Fäden ziehenden Biss kochend heißen Mozzarella ab, den er mit den Fingern durchtrennen musste, und blickte auf das Wohnmobil, das genau davor parkte. Ihm fiel ein, dass er noch das Täschchen unterm Arm hatte, deshalb schob er Spizzico-Reste und tomatenrote Servietten beiseite und stellte es auf den Tisch.

Er sah sich um und suchte den Mann, den er vorhin gesehen hatte, als er draußen hinter dem Steuer des Wohnmobils gewartet hatte. Dort hatte er die Autos beobachtet, die ankamen. Keine Familien, keine Pärchen, keine Frauen. Er suchte einen Mann, einen einzelnen Mann. Aber nicht irgendeinen Mann. Ein junger Mann mit schwarzem T-Shirt, groß, »Natural Born Killers« auf dem rechten Oberarm tätowiert (nein). Ein kleiner Dicker (nein). Ein junger Mann um die fünfundzwanzig, Brille mit leichter Fassung, Pickel auf der Stirn (vielleicht). Er hat einen Hund im Auto gelassen (nein). Ein Mann um die vierzig, Schnurrbart, langes Haar, weißes T-Shirt »Oktoberfest«, Tarnhose und Stiefel (ja). Er hat eine orangefarbene Arbeitsjacke über den Arm gelegt, mit weißem und gelbem Saum und auf dem Rücken mit der Aufschrift »Anas« (nein). Ein Mann um die dreißig, gelber Pullover, hellblaues Hemd mit offenem Kragen, weißes Fruit-of-the-Loom-Shirt darunter, Jeans und Stiefel (ja). Er betritt die Raststätte und bestellt eine Rustichella, eine Cola in der Dose, einen Kaffee und ein Rubbellos (ja!). Vittorio war zurück zum Wohnmobil gegangen, hatte den Motor angelassen und hinter dem Punto des Mannes geparkt.

Er riss ein weiteres Stück von dem Teig ab, der schon kalt zu werden begann. Kochend heiß an der ersten gerösteten und leeren Ecke, kalt in der Mitte, gefroren an der letzten gummiartigen Ecke mit Mozzarella und Tomate. Der Mann aß sehr viel langsamer als er. Er war erst am Anfang der Rustichella und hatte seine Cola noch nicht eingeschüttet, deshalb nahm Vittorio eine Münze aus der Handtasche und kratzte sein Rubbellos frei. Er hatte ein Freilos gewonnen, aber er faltete es trotzdem zusammen und steckte es zwischen die Teller.

Wollen Sie jetzt den Kaffee?

Vittorio nickte, wickelte das letzte Stück Rustichella in die Serviette ein und warf es in den Mülleimer. Während er die Coca-Cola austrank, kamen zwei Beamte der Verkehrspolizei herein. Genau vor ihm lehnten sie sich an die Theke und sahen sich genau die Leute an, bevor sie das Frühstück bestellten. Auch den Mann mit der Cola schauten sie sich an, in Trainingsanzug und Schlappen, mit Segelohren und einem spärlichen roten Bart am Kinn, dann drehten sie ihm den Rücken zu.

Pardon.

Vittorio drängte sich dazwischen, um seinen Kaffee zu holen. Er trug ihn an seinen Tisch und blies hinein, bevor er einen Schluck nahm. Er sah zu dem Mann mit dem gelben Pullover und merkte, dass er bereits fertig war, er kratzte gerade mit dem Löffel den Zucker vom Grund der Tasse, und das Rubbellos war nicht mehr da. Vittorio klemmte die Handtasche unter den Arm und folgte ihm. Auf der Schwelle blieb er noch stehen, hielt die Tür auf und ließ die beiden Verkehrspolizisten vorbei, ein höfliches Lächeln, solidarisch, ein Hoch auf die Ordnungshüter. Dann ging er rasch auf den Mann zu, der sich schon umschaute, die Tür offen und einen Fuß im Wagen. Dieses blöde Wohnmobil, welcher Idiot…

Bin schon weg, bin schon weg, sorry.

Stattdessen ging er auf den Wagen zu und zog die 22er aus dem Necessaire, und während der Mann sich umdrehte und in sein Auto steigen wollte, drückte er ihm die Schalldämpfermündung an den Kopf und schoss.

Grazia machte die Schultern steif und schob sie nach vorn, spannte die Halsmuskeln an und zog den Kopf, so weit sie konnte, nach hinten. Sie bereitete sich darauf vor, beim Husten so still wie möglich zu halten, denn die Schnur, die um ihre Kehle lag, zog sich bei jeder Bewegung weiter zu und erdrosselte sie ein bisschen mehr. Diesmal war es eine vollständige Ziegenfessel, mit einer zusätzlichen Schlinge um den Hals, von wo die Schnur am Rücken nach unten führte und erst die Handgelenke und noch weiter unten die Knöchel aneinander fesselte. Grazia hatte die Füße umfasst, die Hände fest um den Stoff der Strümpfe geschlossen, so dass sie sich nach hinten bog wie eine Gondel. Die Muskeln ihrer Oberschenkel brannten, aber das hätte sie wohl ausgehalten, wäre da nur nicht dieser Husten gewesen, der sie schüttelte, seit die Schnur zu würgen begonnen hatte. Und jetzt war es gleich wieder so weit.

Grazia spannte die Bauchmuskeln an, riss den Mund auf und machte die Kehle starr, doch der Hustenreiz blähte ihre Brust, und der Rückstoß ließ sie zusammenzucken. Sie schob die Zunge vor, während die Schnur sich noch ein bisschen mehr zuzog, ihr den Atem nahm, und als sie versuchte, Luft zu holen, zu hastig, o Gott, o Gott, bewegte sie sich wieder, und ein Fuß entglitt ihren Fingern und zog kurz und heftig an der Schnur. Vor Schreck riss sie die Augen auf, während sie die Kontrolle über die Muskeln und den Rücken verlor, und im Versuch, den Fuß wieder zu packen, kratzte sie mit den Fingern der freien Hand durch die leere Luft und stieß aus dem aufgerissenen Mund ein ersticktes Gebrüll hervor, bei dem ihre Zunge über die Zähne schabte.

In dieser Lage fand Vittorio sie, blau angelaufen und mit geschwollenen Adern an den Schläfen, während ihr die Tränen aus den Augenwinkeln liefen und blutiger Speichel als schmales Rinnsal vom Mund aufs Kissen floß. Er sprang ins Wohnmobil und hielt mit einer Hand ihre Knöchel, während er mit der anderen nach dem Stilett suchte, um die Schnur durchzuschneiden. Er befreite auch ihre Handgelenke, dann versuchte er sie hochzuheben, doch sie stieß ihn zurück, kauerte sich auf dem Bett zusammen, die Knie an die Brust gedrückt und der Mund über dem Kissen aufgerissen, wo er sich leer erbrach.

»Tut mir Leid«, sagte er. »Ich dachte, du würdest stillhalten.«

»Leck mich am Arsch!«, fauchte Grazia. Sie bedeckte den Mund mit der Hand, weil die wunde Zunge an die Zähne stieß und wehtat. »Das ist dir doch scheißegal!«, sagte sie durch die Finger, die Wörter rollend, als ob sie ein Bonbon im Mund hätte. »Du bringst mich ja sowieso um!«

Vittorio zuckte die Schultern. Er steckte das Stilett in die Tasche zurück und packte sie am Arm, zwang sie aufzustehen, das Wohnmobil zu verlassen und über den nassen Schotter zu hüpfen, denn sie war barfuß. Er stieß sie in die Hütte, zog die Glock aus dem Holster am Gürtel und wartete ab, wie Grazia reagieren würde.

»Wer ist das? Was hast du mit ihm gemacht?«

Auf dem Schaukelstuhl vor dem Kamin saß ein Mann in einem gelben Pullover. Er war an die Armstützen und Kufen des Stuhls gefesselt und hatte einen Knebel im Mund. Seine Augen waren geschlossen, Blut verkrustete die Stirn am Ansatz der kurzen Haare. Die Fingerspitzen waren schwarz, wie verbrannt. Auf dem Tisch neben dem Stuhl lag Grazias Beretta. Vittorio griff danach. Er warf das Magazin aus, um zu kontrollieren, ob sie geladen war.

»Was hast du vor?«, fragte Grazia.

»Ich will sterben.«

»Was hast du vor?«, wiederholte sie, denn sie hatte nicht begriffen. Er lud die Pistole durch, trat hinter Grazia und drückte ihr die Mündung der Glock in die Seite, fest, damit es wehtat. Er nutzte ihre Überraschung aus, um ihr die Beretta in die Hand zu drücken und seine Finger um ihre und den Griff der Pistole zu schließen. Er drängte sich an sie, Brust an Rücken, umfing sie mit dem linken Arm und drückte ihr die Glock unters Kinn. Dann gab er ihr einen Stoß, wodurch sie sich notgedrungen auf den gefesselten Mann auf dem Schaukelstuhl zubewegte, fast zurannte, und stützte sie, als sie auf den nassen Strümpfen ausrutschte. Der Lauf der Beretta zielte genau auf das Gesicht des Mannes.

»Warum?«, schrie Grazia. »Warum ich? Warum?«

Doch sie wusste ganz genau, warum. Weil man es glauben würde, wenn sie schoss. Man würde ihre Hand auf Schmauchspuren untersuchen, würde feststellen, dass sie ihn getötet hatte, und im Nu würde aus dem entstellten Mann im Schaukelstuhl der Pitbull werden. Natürlich musste sie, nachdem sie geschossen hatte, ebenfalls sterben.

Sie begann zu verstehen. Kein Narzissmus und kein Hilferuf: Vittorio hatte nur deshalb begonnen, seine Verbrechen zu unterzeichnen, um verschwinden zu können, falls es sich als nötig erwies. Um sich zu töten, musste der Pitbull vorher existieren. Warum er das tat, wusste sie nicht. Ob deshalb, weil er keine andere Wahl hatte oder weil er noch das zehnjährige Kind war, das zum Töten abgerichtet wurde, wusste sie nicht, und es interessierte sie auch nicht. Gleich würde sie auf einen Mann schießen, und danach würde sie sterben.

»Nein!«, rief Grazia, im Versuch, sich zu widersetzen. »Warte! Warte warte warte!« Sie stemmte die Füße in den Boden und lehnte sich zurück, doch wieder rutschte sie auf den nassen Strümpfen aus und verlor den Halt, so dass sie sich notgedrungen auf die Mündung von Vittorios Pistole stützte, der Kopf starr, gegen seine Brust gedrückt. Sie merkte, dass ihr Finger am Abzug der Beretta nicht mehr allein war, dass nun auch Vittorios Finger in dem Bügel war, sich in die Metallöse drängte und ihren Zeigefinger nach hinten drückte. Sie sah den Mann aus den Augenwinkeln, über den Rand der Lider hinweg, denn sie konnte den Kopf nicht senken.

»Nein!«, schrie sie. »Nein! Nein!«

Dann konnte sie nicht mehr und beugte den Finger.

Aus der Beretta löste sich eine Salve, die in der Brust des Mannes explodierte und dort eine Reihe von Löchern hinterließ, die nach links oben bis zur Schulter anstieg. Vittorio korrigierte die Schussrichtung, weiter nach unten, und gab drei Schüsse auf das Gesicht ab. Der Mann auf dem Stuhl spannte die Muskeln an, blähte sich wie ein Segel und zerrte so heftig an den Lehnen, dass eine brach, dann wand er sich nicht länger und erschlaffte. Vielleicht hatte er geschrien, aber niemand hatte seine Schreie hören können, die sich in einem pfeifenden Getöse verloren, das nie mehr zu enden schien.

Vittorio lockerte die Finger, Grazias Hand glitt nach unten und überließ ihm die Pistole. Auch Grazia glitt zu Boden, auf die Knie, und dort suchte sie mit aufgerissenem Mund den Atem zum Schreien, sog Luft ein wie bei einem Asthmaanfall.

Vittorio ging zu dem Mann, um zu überprüfen, dass von seinem Gesicht nichts mehr übrig war. Er hatte die beiden Pistolen in der Hand, die Glock in seiner Linken, die er wie einen Stein am Rahmen hielt, und die Beretta in der Rechten, bereit, noch einmal zu schießen. Er warf Grazia einen Blick zu, die jetzt auf allen vieren auf dem Boden hockte und mit einem immer tieferen Röcheln weiter Luft einsog, und beugte sich über den Schaukelstuhl, um nachzuschauen.

In diesem Augenblick atmete Grazia endlich aus. Der Schrei kam mit solcher Kraft aus ihr heraus, dass sich die Wunde auf der Zunge wieder öffnete. Voll und brennend wie ein Brüllen, entlud er sich und riss sie mit sich, und sie kratzte mit den Fingernägeln über den Boden und stemmte die Füße auf den Teppich, bis sogar die nassen Strümpfe Halt fanden und Grazia schnell und geballt wie eine Pistolenkugel nach vorn schoss, auf den Pitbull zu.

Er dachte: ein Schuss in den Bauch.

An einem Bauchschuss würde Grazia genauso sterben, doch theoretisch hätte sie vorher noch Zeit, auf den Mann zu schießen, auf den Pitbull also, was die Sache plausibler machte.

Ein Schuss in den Bauch, dachte er, während er sich über den Mann beugte, der kein Gesicht mehr hatte, weshalb er nicht noch einmal auf ihn zu schießen brauchte, als er plötzlich Grazias Schrei hörte und ihre Bewegung wahrnahm, und im gleichen Augenblick wusste er, dass er nicht die Zeit haben würde auszuweichen wie bei einem Pistolenschuss: Wenn man ihn hört, ist es schon zu spät. Er hatte nur Zeit, sich umzudrehen und die Arme zu heben, als sie ihn mit der Schulter mitten in die Brust rammte, und sie war wirklich stärker und schneller, denn sie warf ihn nach hinten, fast hätte er den Boden unter den Füßen verloren. Er flog gegen die Holzwand, und als sein Genick aufschlug, dröhnte es kalt in seinem Kopf bis in die Zähne und betäubte ihn einen Augenblick lang, nur einen Augenblick. Er fiel nicht einmal zu Boden, und als er wieder zu sich kam, streckte er den rechten Arm aus und schoss mit der Beretta, weil die Glock, die er wie einen Stein in der Linken gehalten hatte, nicht mehr da war. Ein Schuss, instinktiv, ohne zu zielen, mehr war gar nicht nötig, Grazia war zu nah. Und er hätte sie auch erwischt, wenn sie nicht wieder ausgerutscht wäre.

Grazia spürte, wie die Kugel ihre Haare versengte und auf der anderen Seite des Raumes an die Wand klatschte. Sie schlug mit den Händen auf den Boden, und als sie zwischen den Fingern den rauen Kunststoff von Vittorios Pistole spürte, schloss sie die Hand um den Griff, winkelte den Arm an und schoss, ohne hinzusehen, auf die Gefahr hin, sich selbst zu treffen, noch immer nach vorn gebeugt wie ein Hundertmeterläufer. Zwar traf sie Vittorio auch nicht, aber immerhin zwang sie ihn, zur Seite auszuweichen und mit der Hand das Gesicht vor den Holzsplittern zu schützen, die umherflogen und seine Wange ritzten. Dies gab ihr die Zeit, noch einmal nach vorn zu schnellen und zur Tür der Hütte zu rennen, die offen geblieben war, während Vittorio ein weiteres Mal auf sie feuerte, noch geblendet von den Splittern, und sie wieder verfehlte.

Sie hastete nach draußen, bremste ihren Lauf, indem sie sich mit der freien Hand an der Front des Wohnmobils fest hielt, diese umkurvte und sich an das Blech schmiegte, um aus dem Sichtfeld der Tür zu kommen. Erst da, und nur weil sie die Augen zukneifen musste, um sie vor den Tropfen zu schützen, merkte sie, dass es wieder heftig zu regnen begonnen hatte.

Die Strümpfe waren vollkommen durchnässt und bleischwer an den Knöcheln. Sie hob die Knie, riss die Strümpfe von ihren Füßen, erst den einen, dann den andern, und warf sie weit von sich. Das eisige Wasser an den nackten Füßen machte ihr bewusst, dass der Pitbull unter dem Wohnmobil hindurch auf ihre Beine schießen könnte, deshalb sprang sie zu einem

Rad, um dahinter Deckung zu suchen. Dort, still mit dem Rücken an der Metallwand, die Beine geschlossen, die Pistole mit beiden Händen nach oben gerichtet und an ihre Wange gepresst wie ein Kissen in einer Gewitternacht, dort dachte sie, dass sie nicht mal wusste, wie viel Schuss sie noch hatte, und dass sie es mit einem Profikiller zu tun hatte, der neunundfünfzig Menschen getötet hatte. Sie dachte, dass hinter dieser Ecke aus metallicgrauem Blech der Pitbull stand, der sie töten wollte, dass sie allein war und dass ihr niemand helfen konnte, und sie begann zu weinen. Sie kniff die Augen zu, während ihre Mundwinkel von einer verzerrten Grimasse nach unten gebogen wurden und ihr ein langer verzweifelter Klagelaut entfuhr, und sie hätte die Hände vors Gesicht geschlagen, wenn nicht die Panik, dass er sie so angetroffen hätte, wehrlos und blind, sie gezwungen hätte, die Augen wieder zu öffnen und das Weinen in einer Serie feuchter, abgehackter Schluchzer zu ersticken, wie von einem Kind. Sie schniefte, wobei sie Tränen und Regen mit hochzog, reckte dann den Kopf vor, nur einen Augenblick lang, und zog ihn so schnell wieder zurück, dass sie gegen die Kante des Wohnmobils knallte.

Doch sie hatte ihn gesehen.

Er kam langsam näher, hinter einer rauschenden Wand aus Regen, Oberkörper vorn, mit gebeugten Knien und angewinkelten Ellbogen, die er am Bauch aufstützte, um die Pistole zu balancieren. Gleich wäre er bei ihr, und sie hatte nur die Wahl, wegzulaufen und sich in den Rücken schießen zu lassen, vorzutreten und einen Schuss ins Gesicht abzubekommen oder abzuwarten und nichts zu tun. Auf jeden Fall würde sie sterben, so oder so. Deshalb packte sie die Pistole, knurrte: »Leck mich am Arsch«, und stürzte nach vorn, hinter der Ecke des Wohnmobils hervor.

Er dachte: ich kann sie nicht mit der hier erschießen.

Er konnte sie nicht mit ihrer Beretta erschießen. Er konnte nicht auch in ihrem Körper dieselben 9x21-mm-Kugeln hinterlassen, die den Pitbull getötet hatten. Damit wäre sein ganzer Plan zunichte gemacht. Er hatte die falsche Pistole in der Hand.

Er hätte sie trotzdem erschossen, denn auch sie war bewaffnet, doch als Grazia hinter dem Wohnmobil hervorsprang, dachte er noch immer: ich kann sie nicht mit der hier erschießen, und es war das erste Mal, dass er während einer Aktion dachte. Deshalb drückte er um den Bruchteil einer Sekunde zu spät ab, nur den Bruchteil, und nur an dem Stoß, der ihn nach hinten schleuderte, merkte er, dass sie zuerst auf ihn geschossen hatte.

Wieder schlug er mit dem Rücken gegen die Hüttenwand, und plötzlich, zusammen mit einem Druck auf der Brust, der noch nicht Schmerz war und ihn auch nicht belästigte, nur ein Gefühl, das sich in Höhe des Herzens bemerkbar machte, hörte er eine tiefe Stille, echte, umfassende Stille. Eine solche Stille hatte er noch nie gehört. Es war, als würde man sich Watte in die Ohren stopfen, aber ohne das Summen im Kopf zu hören, das dumpfe Pfeifen auf den Trommelfellen. Es war eine Stille, die alles einwickelte, alles einschnürte und nicht innehielt, sie drang immer tiefer und breitete sich aus, schwoll weiß und dicht an. Es war Stille ohne das Geräusch von Stille.

Ein Teil von ihm dachte: der Schuss des Toten.

Ein Teil von ihm fuhr fort zu denken: mit einem Schuss ins Herz überlebt man zehn Sekunden, obwohl man schon tot ist. (Eins) Der betäubende Effekt des Adrenalins ließ plötzlich nach, und an seine Stelle trat ein Brennen, das so durchdringend war, dass er die Arme über der Brust schloss, die Augen zusammenkniff und die Lippen einzog. Ein Teil von ihm dachte: nein. (Zwei) Die Blutung senkte schlagartig den Blutdruck, im nassen Gras fiel er auf die Knie. Er presste die Hände auf die Brust, und ein Teil von ihm konnte noch den heißen Spritzer spüren, der sein Hemd tränkte und ihm durch die Finger rann. Er dachte: Mamma. (Drei) Das Gewicht seines Hinterns zog ihn auf die Fersen, der Aufprall verlagerte den Schwerpunkt, so dass sein Kopf nach hinten kippte. Er versuchte zu schreien, doch aus dem aufgerissenen Mund kam nur ein regennasses Rumoren wie ein Gurgeln. Ein Teil von ihm dachte: nein nein ich stehe jetzt auf. (Vier) Eine Kontraktion des Herzens. Die taube Empfindung einer Leere, reglos, matt, dumpf und total. (Fünf) Nur Schmerz, keine Gedanken, keine Bewegungen, nur Schmerz, starker Schmerz, akuter Schmerz, stechender Schmerz, Schmerz und sonst nichts. (Sechs) Der Blutdruck sinkt weiter, der Rücken fällt in sich zusammen und schleudert den Kopf nach vorn. Die Arme fallen hinunter, die Handrücken schlagen aufs Gras. (Sieben) Weniger Energie, um den Schmerz zu spüren. Der eisige Regen im Nacken, der das Bewusstsein wiedererweckt. Ein Teil von ihm dachte: wie kann ich der ich bin der ich denke der ich fühle wie kann ich. (Acht) Das Gewicht des Kopfes zieht ihn nach vorn. Die Lippen kräuseln sich verzerrt über den Zähnen, eine Grimasse, die das Gesicht zerreißt. Er dachte. (Neun) Weiter hinunter mit dem Kopf, auf das nasse Gras. Er dachte: schade. (Zehn)

Als die Stirn den Boden berührte, während er in einem schäumenden Weiß entschwand, das wie ein Sprung in ein Meer aus Gras war, dachte er: es endet. Er dachte: wirklich. Er dachte: hier.

»Weißt du, Negro … du bist der einzige Polizist, den ich kenne, der bei einem Schusswechsel fast an einer Lungenentzündung krepiert wäre.«

»Ja, verarsch sie ruhig, Sarri', mach sie nur wütend … nicht mehr lange, und sie ist dein Vorgesetzter, und dann guckst du schön aus der Wäsche. Wie geht's jetzt weiter, Grazia? Wirst du befördert?«

»Ich weiß nicht …«

»Befördert wirst du auf jeden Fall. Schusswechsel mit einem gefährlichen Kriminellen … das Ganze außerhalb der Dienstzeiten, wenn mich nicht alles täuscht. Und verwundet wurdest du auch noch, verdammt …«

»Matera, ich habe ein Pflaster auf dem Kopf …«

»Wie sollen sie sie denn zum Chef machen, sie hat doch nicht studiert. Sie ist Oberinspektor, allerhöchstens kriegt sie ein Haupt davor …«

»Mach das Examen nach, und lass dich zum Kommissar befördern.«

»Ich hab's nicht so mit dem Studieren.«

»Dann lass dir halt eine gute Aufgabe geben. Geh zurück nach Palermo, geh zur Antimafia … nein, zur SoKo Organisierte Kriminalität. Lass dich auf einen Posten versetzen, wo man Karriere macht.«

»Sie kann nicht aus Bologna weg. Sie ist schwanger.«

»Echt? Grazia, echt?«

»Ich weiß es nicht …«

»Hast du den Test gemacht?«

»Wenn du mich fragst, sie hat ihn gemacht. Ich sag dir, sie ist schwanger.«

Sie hatte den Test nicht gemacht, es war keine Zeit gewesen. Aber er steckte noch in der Tasche der Bomberjacke. Als sie endlich aufhören konnte, im strömenden Regen zu schreien, war sie auf die Knie gefallen und hatte eine Weile gebraucht, bevor sie einen klaren Gedanken fassen konnte. Dann war sie mit dem Wohnmobil losgefahren und hatte Hilfe geholt, denn das CB-Funkgerät am Armaturenbrett funktionierte in diesem Gebirgstal nicht. Zuvor hatte sie allerdings Vittorio umdrehen und in seinen Taschen nach dem Schlüssel kramen müssen. Eine Carabinieri-Streife aus Roncobilaccio hatte eine durchnässte junge Frau mit nackten Füßen aufgegriffen, die behauptete, Inspektor der Staatspolizei zu sein und einen Pitbull erschossen zu haben. Sie hatten sie zur Erste-Hilfe-Station gefahren, wo Matera und Sarrina sie dann abholen kamen. Carlisi hatte sie sofort in der Mordkommission sehen wollen, um wenigstens etwas zu erfahren, bevor der Polizeipräsident, der Staatsanwalt und die Journalisten eintrafen, der Bericht hat doch bis morgen Zeit, ich bitte dich, nach allem, was du durchgemacht hast. Die Geschichte war nicht kompliziert. Der Pitbull hatte sie entführt, um seinen Tod plausibel zu machen. Sie hatte sich befreien können und hatte zuerst geschossen, wie, wusste sie noch immer nicht. Der Psychologe und alle anderen hatten nichts vom Pitbull verstanden. Von wegen aus der Stille heraustreten. Er wollte wieder hinein in die Stille, von einer anderen Stelle aus, und weitermachen wie bisher. Vielleicht gefiel es ihm, oder vielleicht konnte er einfach nicht anders. Es war nicht ihre Sache, das zu verstehen. Sie hatte ihn geschnappt.

Diesmal hatte sie das Angebot angenommen, nach Hause gefahren zu werden. Sarrina fuhr sogar bis auf den Hof, und Matera hielt ihr die Tür auf.

»Kannst du allein aussteigen?«

»Mein Gott, nun hör schon auf…«

»Okay, aber schon dich. Oh, und sag Bescheid… wenn du schwanger bist, meine ich.«

Langsam ging sie die Treppen hoch, denn sie hatte wirklich überall Schmerzen, sogar die Zunge tat ihr weh, und der Kopf brummte ein bisschen. Der Regen fiel ihr ein, das Wohnmobil, Vittorio, und sie kniff die Lippen zusammen, nein, nichts, nichts, morgen.

Matera hatte Recht, überlegte sie, sie könnte sich doch eine geeignete Aufgabe zuteilen lassen und auf einem wichtigen Posten Karriere machen. Und wenn sie schwanger war? Was dann, sollte sie heiraten? Und wenn sie es nicht behalten wollte? Oder umgekehrt, wenn sie es behalten wollte, was sollte sie dann tun? Alles hinschmeißen? Und Simone? Es gab eine Menge Dinge, die sie mit Simone besprechen musste.

Grazia öffnet die Tür und sieht ihn, er stcht neben dem Sofa und tut so, als hätte er sie nicht gehört. Er muss auch gerade erst heimgekommen sein, denn er hat den Regenmantel noch nicht aufgehängt. »Simo’, ich bin wieder da«, sagt sie. »Komm her, wir müssen reden.«

Einen Tag nach dem andern …
vergeht die Zeit …
Die immer gleichen Straßen …
dieselben Hauser.

Ich habe die Augen nur einen Wimpernschlag lang geöffnet und habe ihn gesehen. Er hatte schon die Hand ausgestreckt, weil er glaubte, dass ich schlafe, aber das stimmt nicht, ich bin wach. Ich bin schon tausendmal mit Kopfhörern eingeschlafen, aber nicht bei Tenco, das könnte ich nicht.

Wenn ich mir Tenco jetzt anhöre, ist die Wirkung nicht mehr so heftig wie früher, als ich ihn nicht hören konnte, ohne dass sich mir wegen der Tränen die Kehle zuschnürte. Die Kehle schnürt sich mir immer noch zu, aber nicht deswegen, es ist ein anderes Gefühl. Es ist ein Gefühl der Schwebe, der Erwartung, auch der Unruhe. Der Angst, denn ich habe keine Ahnung, was passieren wird, und ich weiß noch nicht, ob ich die richtige Entscheidung getroffen habe. Nein, viel gebessert hat sich nicht, aber es ist etwas anders geworden, und bei Gefühlen sind Nuancen entscheidend.

Ich öffne die Augen und stoppe ihn auf halbem Weg. Ich nehme die Kopfhörer ab, obwohl ich ihm einfach nur die Papiere zeigen und ihm still auf die Entfernung zuschauen könnte, während ich in Tencos dichter rauchiger Stimme schwimme, aber ich weiß, dass er etwas zu mir sagen wird und ich dann antworten muss, obwohl alles in Ordnung ist. Polizisten sind überall gleich, auch in der Schweiz.

Halb eins, umsteigen in Basel und dann direkt weiter nach Kopenhagen. Fünfhunderttausend Lire für mich und dreihundertsiebenundneunzig für den Hund, der Anrecht auf vierzig Prozent Ermäßigung hat. Plus den Umschlag mit Bescheinigung über den Eintrag ins Hunderegister mit Tätowierung und Mikrochip, Attest über vor mindestens zwanzig Tagen und vor nicht mehr als elf Monaten erfolgte Impfung gegen Tollwut sowie eine Gebührenquittung über Lire achttausendsechshundertsiebzig, entrichtet per Postanweisung. All das, ohne zu wissen, wie Kristine reagieren wird, wenn sie mich mit dem Hund ankommen sieht, ob sie mir um den Hals fällt und mich küsst wie im Film oder ob sie uns beiden einen Tritt in den Hintern gibt. Das ist es, warum ich Angst habe.

Ich hätte auch nach Kopenhagen fliegen können, aber abgesehen davon, dass das teurer gewesen wäre, hätte ich den Hund wie ein Paket im Frachtzentrum aufgeben und ihn im Laderaum in einem Käfig lassen müssen, und das wollte ich nicht. Jetzt kann ich ihn einfach an der Leine führen, er braucht nur einen Maulkorb. Es war kinderleicht, ihm den Maulkorb anzulegen: Ich habe ihn im Schlaf überrascht, er hat es immer noch nicht gemerkt.

Der Schweizer Polizeibeamte nimmt meine Papiere und studiert sie, als ob er sie auswendig lernen müsste, dann schaut er auf den Hund, der sich zwischen den Sitzen auf dem Boden fläzt, und zieht eine Augenbraue hoch. Ich weiß, was er mir gleich sagen wird. Das ist ja der Grund, warum ich seit dreieinhalb Stunden allein im Abteil sitze. Deshalb komme ich ihm zuvor und sage es als Erster. »Das ist kein Pitbull. Das ist ein American Staffordshire. Sieht aus wie ein Pitbull, ist aber keiner.«